나를

위로하는

그림

나와 온전히
마주하는
그림 한 점의
일상

우지현 그림에세이

나를
위로하는
그림

책/이/있/는/풍/경

나와 마주하는 시간, 그림을 보다

우리는 수많은 고통을 감내하며 살아간다. 착한 사람으로 살기 위해, 좋은 사람이 되기 위해, 강한 사람으로 보이기 위해, 더 많이 사랑받기 위해, 참고 또 참으며 하루하루를 견딘다. 끝 간 데 없는 시련들 속에 어떻게든 자신을 지키기 위해 절박하게 몸부림친다. 살다보면 때를 기다렸다는 듯이 엄청난 불행이 한꺼번에 휘몰아칠 때도 있고 때로는 왜 살아야 하는지 몰라 어떻게 살아야 하는지를 잊어버릴 때도 있다. 얼마나 더 많은 슬픔을 겪어야 하는지 알 수 없고, 그 어떤 위로의 말도 소용없게 느껴질 때도 있다.

그럴 때 내가 찾은 것이 그림이다.

세상은 눈물을 모이게 했고 그림은 눈물을 떨어지게 했다. 세상으로부터 도피하고 싶을 때마다 그림을 보며 그 시간을 버텼다. 아무리 고통스럽더라도 견뎌야 했기에, 그림을 보며 나만의 방식으로 스스로를 달랬다. 그림은 늘 지치고 고단한 마음을 다정하게 위로해주었고, 그림을 볼 때마다 새로운 힘을 얻을 수 있었다. 수많은 이야기를 담고 있는 그림은 세상에 대한 이해의 폭을 넓혀주었고, 그림이 전하는 이야기에 공감하며 따듯해지는 가슴을 느낄 수 있었다.

그림이 어떤 해답을 알려주거나 대안을 제시하지는 않는다. 그저 질문할 뿐이다. 그래서 당신의 생각은 무엇이냐고. 지금 당신의 마음은 어떠하냐고. 우리는 그림이 던지는 질문에 대한 답을 스스로 찾을 수밖에 없다. 이런 과정에서 가슴 깊이 숨어 있던 자신의 슬픔과 온전히 마주하고, 슬픔을 견딜 수 있는 방식을 터득하며, 이윽고 슬픔과 공존할 수 있는 방법을 깨우친다. 설혹 슬픔이 영원히 사라지지는 않을지라도 그 어떤 슬픔도 곁에 둘 수가 있음을 깨닫는다.

그림을 본다는 것은 내면을 발견하는 것과 같다. 그림은 내면의 깊은 곳까지 파고들어 도달하기 힘든 지점까지 마음을 이끌고 심연의 낯선 곳까지 우리를 안내한다. 그림 감상이란 두렵고도 즐거운 명상의 시간이자, 내면을 들여다보는 깊은 호흡이며, 심연의 나와 만나는 의미 있는 과정이다. 그림을 진지하게 바라봄으로써 마음의 소리에 귀 기울일 수 있고, 타인은 물론 자기 자신의 마음속 혜안까지 얻는다. 그리고 마침내 화석화된 삶을 깨고 나와 점차 자유로워지는 나를 가능하게 한다.

이 책은 객관적인 사실을 바탕으로 하고 있지만 그 내용은 지극히 주관적이다. 글을 읽기 위해 필요한 사전지식이나 학문 따위는 없다. 지금 힘들고 외롭다면, 그래서 위로가 필요하다면 그것으로 족하다. 그림은 배우는 것이 아니라 이해하는 것이며, 분석이 아니라 감응하는 것이다. 그리고 그림의 근본적인 역할은 삶은 살아갈 만한 가치가 있음을 감화하는 것에 있다. 그림을 바라봄으로써 조금은 쓸데없고 불확실한, 그러나 분명히 존재하고 있는 것들에 대해 여러 가지 상상을 기웃거려보고, 그 소통의 과정을 통해 삶의 행복을 일깨울 수 있다면 그것만으로도 우리가 얻는 가치는 충분하지 않을까.

나는 감히 내가 누군가에게 대단한 위로가 될 수 있으리라고는 생각하지 않는다. 다만 나 역시 당신과 같다는 것을, 우리 모두 다르지 않음을, 사람은 누구나 각자의 슬픔을 견디며 살아간다는 사실을 보여주고 싶었다. 그리고 그림이 그 슬픔을 견디는 방법 중에 하나가 될 수 있음을 알려주고 싶었다.

내가 그림에서 위안을 받았듯이 내가 소개하는 그림들이 누군가에게 작은 위로라도 될 수 있다면 더 이상 바랄 게 없을 듯하다.

이 책이 나오기까지 도움주신 분들이 너무나 많다. 우선 세세한 부분까지 신경을 기울이며 여러모로 애써주신 엔터스코리아의 제임스양 대표님과 박보영 팀장님께 감사드린다. 필자의 기획안을 망설임 없이 채택하고 믿어주신 책이있는풍경의 이희철 대표님께 감사의 마음을 전하며, 꼼꼼하게 원고를 손봐주신 책이있는풍경 편집부의 조일동 차장님께도 감사드린다. 부족한 내게 끝없는 격려와 응원을 아끼지 않은 친구, 동료, 선배, 가족을 비롯한 모든 분들께 고마움을 표하며, 일평생 사랑과 믿음으로 나와 함께 해주신 부모님께 진심으로 감사와 존경의 마음을 전하고 싶다. 마지막으로 위로가 필요한 모든 이들에게 이 책을 바친다.

C|O|N|T|E|N|T|S

PROLOGUE 나와 마주하는 시간, 그림을 보다

일상

그림처럼
머물고 싶은 날

행복은 소소한 것을 느끼는 것에 있다. 미래에 다가올 커다란 행복을 기대하며 살거나 어차피 떠나갈 불행에 묶여 있지 말고
오늘, 지금 이 순간의 행복을 느끼며 사는 것이 진정으로 행복한 삶이 아닐까.

그림 속 그녀의 위로

텅 빈 새벽 거리를 혼자 걸었다. 닫힌 가게들이 보인다. 갑자기 빗방울이 후드득 쏟아지더니 눈앞이 점점 뿌옇게 흐려진다. 헐떡이는 숨소리와 조여 오는 심장소리가 나를 가득 채운다. 그렇게 홀로 정신없이 달리다가 문득 멈춰 섰다. 그제야 알았다. 고독이 닫힌 마음이라는 것을. 마음이 쏟아지는 슬픔이라는 것을. 그리고 슬픔이 곧 눈물이라는 것을.

살다 보면 누구나 죽을 것처럼 힘들고 지칠 때가 있다. 이리 치이고 저리 치이고 당연히 되는 일은 하나도 없고, 사랑도 일도 친구도 가족도 모두 마음에 들지 않으며, 나쁜 일은 때를 기다렸다는 듯이 한꺼번에 휘몰아친다. 페르디낭 호들러의 〈생에 지치다〉처럼 힘겨운 삶에 허덕여 지친 몸을 가눌 수 없을 때, 빈센트 반 고흐의 〈슬픔〉처럼 생의 바닥에 주저앉아 어쩔 수 없이 살아야 하는 고통이 어깨를 짓누를 때, 에드가 드가의 〈기다림〉처럼 아무리 기다리고 또 인내해도 똑같은 삶이 반복될 때 우리는 절망한다. 그럴 때 우리는 발버둥 친다. 이 시간을 어떻게든 벗어나기 위해.

얼마 전, 친구에게 전화를 했다. 그녀는 어릴 적부터 함께 동고동락한 친구라서 이제는 눈빛만 보고 목소리만 들어도 서로의 생각이나 감정을 알 수 있는 막역한 사이다. 결혼한 지 얼마 안 된 신혼이기에 깨 볶는 소리를 들으리라 예상하고 전화기를 들었다. 어쩌면 행복에 겨운 그녀의 모습에 기대어 조금이나마 괜찮아지고 싶었던 건지도 모른다.

"어디야? 뭐해?"

"응, 나 지금 백화점. 그냥 속옷 좀 사려고……."

속옷을 사려 한다는 그녀의 느린 목소리를 듣는 순간, 나는 생각했다. 아, 무슨 일이 있구나, 하고.

일반적으로 신혼의 신부가 예쁜 속옷을 쇼핑하는 것은 너무나 당연한 일이겠지만, 그녀는 늘 힘든 일이 있을 때면 속옷을 사서 모아왔다. 언젠가 "예쁜 속옷을 보고 만지고 입으며 스스로에게 위로의 감정을 선물하는 것"이라던 그녀의 말이 떠올랐다.

그녀는 자기만의 방식으로 자신의 마음을 어루만지는 것이다. 그리고 위로가 필요할 때 나는 그림을 본다.

그림을 보는 데에는 다양한 이유가 있겠지만 나는 주로 위로받기 위해 그림을 본다. 그것도 아주 슬픈 그림을. 힘든 일이 있을 때 오히려 슬픈 음악을 듣고 슬픈 영화를 보면서 실컷 눈물을 흘리면 속이 후련해지듯이 나는 그림 속 인물의 슬픔에 공감하며 스스로를 타이르듯 위로한다.

조용히 방에 앉아 화집을 한 장씩 넘기는데, 덴마크의 상징주의 화가 빌헬름 함메르쇠이Vilhelm Hammershøi, 1864~1916의 〈침실〉에서 손이 멈췄다. 그리고 침실 속 그녀를 한참 동안 바라보았다.

정돈된 침대가 양쪽에 뻣뻣하게 서 있고, 정갈한 헤어스타일에 단아한 블랙 드레스를 입은 여자가 창문 앞에 서 있다. 고요하고 고독하며 모호한 신비감이 감돈다. 아직 동이 트지 않은 이른 아침인지 큰 창문임에도 빛의 양은 그리 많지 않다. 여자의 시선은 정면이 아닌 아래를 향해 있다. 그녀는 지금 무엇을 보고 있는 것일까? 무슨 생각을 하고 있을까? 뒷모습밖에 보이지 않지만 헤어스타일과 옷차림, 그리고 몸의 실루엣만으로도 그 슬픔이 충분히 전해진다.

어떤 말은 고요하게 품을 때 더 많은 말을 한다. 뒷모습이 그렇다. 영원히 타인에 의해서만 관찰되는 뒷모습은 영영 볼 수도 만날 수도 없는 우리의 슬픈 내면인지 모른다. 그 슬픔이 인간의 삶에 아주 조용히, 소리 없이 새겨지고 있음을 그녀의 뒷모습을 보며 깨닫는다. 그녀에게서 느껴지는 내면의 혼돈과 갈등은 매우 시적이며, 그 억제된 감정이 오히려 강렬하게 느껴지는 슬픔의 역설이다. 드러내기보다 감춘 모습이 호기심과 상상력을 불러일으키고, 얼어붙은 듯한 알 수 없는 슬픔이 도리어 깊은 공감을 준다.

문득 프랑스 문학의 거장 미셸 투르니에의 포토에세이 《뒷모습》에 있는 한 구절이 생각난다.

"어쩌면 뒷모습은 그 빈약함 때문에 오히려 효과적이고, 간결해서 오히

빌헬름 함메르쇠이, 〈침실〉, 1890
캔버스에 유채, 73×58cm, 개인 소장품

려 웅변적이다. 등이 말을 한다. 반만, 사 분의 일만, 들릴 듯 말 듯한, 목소리로…….”

　함메르쇠이가 본격적으로 공허하고 텅 빈 방을 표현하기 시작한 것은 덴마크 코펜하겐으로 이사를 간 뒤부터였다. 동료 화가의 누이였던 이다 일스테드와 결혼한 그는 파리로 신혼여행을 다녀온 후 주거지를 찾기 위해 고군분투했다. 낡고 고전적인 느낌의 집을 원했던 그는 일부러 덜 발전된 구시가지에서 주거지를 찾았고, 수세식 변기가 있다는 이유로 집을 거부하기도 했을 정도로 집 찾기에 만전을 기울였다. 그리고 얼마 후, 겨우 마음에 드는 아파트를 찾은 그는 벽과 바닥을 회백색과 진한 갈색으로 칠하고, 가구는 몇 개의 소파와 테이블, 그리고 한 대의 피아노로 최소화했다.

　자신의 집을 작업실로 여겼던 그는 그림 구성을 위해 가구 위치를 수시로 바꾸고, 심지어 자신의 아내까지 위치를 정해주었다. 〈침실〉 속 여성 역시 그의 아내로, 아내와 집은 작품의 주된 소재가 되었다.

　그가 그림에서 가장 중점을 두었던 부분은 ‘선’이다. 선에 대해 그는 이렇게 말했다.

　“나로 하여금 그림의 주제를 선택하도록 만드는 것은 선이며 나는 이것을 이미지의 건축적 내용물이라고 부르고 싶다. 물론 그 다음에는 빛이 있다. 색이 어떻게 보이는지에 대해 무관심한 것은 아니며 색이 조화롭게 보이도록 하려고 열심히 작업한다. 그러나 하나를 고르자면 역시 선이다.”

수평과 수직을 이루는 병치되고 병렬된 선은 〈침실〉뿐만 아니라 그의 작품 전반에서 살펴볼 수 있는데, 그의 대표작인 〈실내 풍경〉을 보면 흰색 테이블보가 덮여 있는 탁자와 그 뒤에 놓인 검은색 화장대가 서로 대칭을 이루고, 세로 방향으로 떨어지는 커튼이 전체적인 균형을 맞추고 있음을 확인할 수 있다. 또 1908년에 그린 〈실내〉에서는 18세기 네덜란드풍의 가옥에서 의자에 앉아 있는 아내의 뒷모습을 그렸는데, 가로와 세로로 이어지는 반복되는 선을 통해 깊은 원근감을 표현하고 있다.

전시회에서 여러 차례 거절당하고 그림이 모호하다는 이유로 평론가들의 입방아에 오르내리며 논란의 대상이 된 함메르쇠이. 그는 덴마크 미술계에서 인정받지 못하고 세상으로부터 조금씩 잊혀졌다. 그러나 1980년대부터 시작된 순회 전시회를 통해 그는 다시 많은 대중들에게 주목받는다. 특히 영국의 배우 마이클 폴린은 그의 그림을 두고 "에드워드 호퍼와 요하네스 베르메르의 기묘하지만 영리한 융합"이라고 칭했으며, 독일의 시인 라이너 마리아 릴케는 "그의 작품은 호흡이 길고 느리다. 사람들이 그의 그림을 마침내 이해하게 될 때마다 그의 그림은 예술에서 무엇이 중요하고 근본적인지에 대한 이야기를 불러일으킬 것이다"라고 말하기도 했다. 그림이 주는 모호함으로 인해 망각되어 사라질 뻔한 화가가 다시 사람들에게 주목받으며 화가로서의 명성을 되찾은 것이다.

함메르쇠이의 〈침실〉에서 침실이라는 공간은 일상적이고 개인적인 휴식의 공간보다 밀폐되고 차단된 외로운 공간에 가까워 보인다. 그림 전체를 휘감고 있는 회색빛의 잔잔한 담채는 내재적 슬픔을 표현한 것이며,

침묵으로 채워진 공간을 가만히 들여다보고 있으면 화폭 위로 떠오르는 공허의 빛이 느껴진다. 그런데 침실에서 여인이 결국 바라보고 있는 것은 세상과 유일하게 통하는 창문이다. 어쩌면 그녀에게 정말 필요한 것은 누군가와의 작디작은 소통이 아니었을까.

그림 한 점이 주는 위로의 힘을 다시금 상기하며 나는 오늘도 침실 속 그녀를 마음에 그린다. 내 안의 깊은 숨을 후, 불어 내쉰다.

아침이 다시, 아침이 되는 어려움

늦은 아침, 전화벨이 울렸다.

"나야…… 지금 좀 볼 수 있어?"

"근무시간 아니야?"

"방금 사표 냈어."

"뭐? 갑자기 왜?"

"집으로 좀 와줘."

그녀에게 무슨 일이 생겼음에 틀림없었다. 급히 외부 일을 마치고 그녀의 집에 도착했을 때, 불이 꺼진 캄캄한 방에 우두커니 앉아 있는 그녀가 보였다. 축 처진 어깨에는 어떤 낙망이 짙게 배어 있고, 상념에 빠진 눈이 방향성 없이 흔들리고 있었다.

그녀는 자신의 박약함을 자조하며 공허하게 웃어 보일 뿐이었다. 모든 것을 체념한 듯한, 건조하고 쓸쓸한 웃음이었다. 도대체 무슨 일이냐는 걱정스러운 질문에 괜찮다고 말하는 그녀의 눈빛이 하나도 안 괜찮아 보였다.

유명 인테리어 잡지에 인터뷰 기사가 실릴 정도로 소위 잘나가는 인테리어 디자이너인 그녀도 반복되는 삶의 무게는 견디기가 힘들었던 모양이다. 열심히 일하면 꿈꾸던 삶이 다가오리라 믿었지만 매일은 고통의 연속이었다. 누구보다 열심히 일했고 최선을 다해 살았지만 시간은 많은 것을 변하게 했다. 주름이 조금 늘었고 마음은 지치게 만들었다. 변하지 않은 듯 변해 있었고, 미처 변화를 감지할 수도 없을 만큼 힘든 시간이 지나고 있었다.

방 안을 둘러보니, 불면증에 시달려 습관적으로 복용하는 수면제와 역류성 식도염으로 고생하는 그녀의 수많은 약봉지가 여기저기에 널려 있었다. 클라이언트를 상대하느라 높은 하이힐을 신고 이곳저곳을 뛰어다니던 그녀의 상처투성이 발을 보자 안쓰러움에 인상이 구겨졌다. 슬픈 맨발의 외침 같았다.

평소 사는 게 힘들다던 그녀의 푸념 섞인 말들이 결코 낭만적인 걱정이나 한가로운 투정이 아님을 알려주었다. 그녀는 아무것도 할 수 없는 더없이 비참한 상태로 서늘한 한숨을 내뱉을 뿐이었다. 그 쓸쓸하고 적적한 마음이 내 가슴에까지 와 닿아 아프게 스며들었다.

누군가 어깨를 잡고 마구 흔들어대는 것 같은 정신없는 하루하루를 견디다 보면 앙앙불락하며 애쓰는 스스로의 모습에서 연민을 느낄 때가 있다. 질식하거나 압사당하기 딱 좋은 여건에서 매일을 버텨가며, 저항할 수 없는 것들에 저항하는 소리 없는 고군분투가 계속된다. 밥 한번 먹자는 의례적인 인사가 지켜워지고, 몇 년에 한 번 볼까 말까 한 이들의 안부 문자는 허울 좋은 허상일 뿐이다.

이유 없는 짜증이 명치에 걸려 역류하는 기분이 들고, 수선스러운 마음을 분간할 수 없어서 불만 가득한 얼굴로 살아간다. 왜 사는지 몰라 어떻게 살아야 하는지를 잊어버리는 순간도 있다. 하지만 가장 절망적인 것은 내일도 모레도 지금보다 나아지거나 달라지지 않을 것이라는 예감, 혹은 확신 때문이다.

어떤 아침은 밤 같다. 아침이 전혀 기다려지지 않는 날도 있고 아침이 오는 것이 두려운 때도 있다. 그날 그녀는 에드워드 호퍼의 그림 같은 어떤 아침을 맞고 있었다.

미국의 사실주의 화가 에드워드 호퍼Edward Hopper, 1882~1967는 유난히 아침 풍경을 많이 그렸다. 아무도 없는 골목에 햇살만 공허하게 비치는 〈일요일 이른 아침〉과 샤워를 하고 나온 나체의 여인이 무미건조한 표정으로 하루를 시작하는 〈도시의 아침〉이 제일 먼저 떠오른다. 그리고 침대에 앉아 아침을 맞는 고독한 여인을 그린 〈아침 해〉는 그의 그림 중 가장 유명한 작품이며, 호퍼의 그림을 바탕으로 제작된 영화 〈셜리에 관한 모든 것〉에 등장하는 장면이자 영화의 메인 포스터로 사용되기도 했다. 그 중에서도 1926년에 그린 〈오전 11시〉는 현대인의 쓸쓸한 아침을 담담하게 표현하고 있다.

푸른색 소파에 앉아 창밖을 바라보는 여인이 있다. 무엇을 응시하는지

에드워드 호퍼, 〈오전 11시〉, 1926
캔버스에 유채, 71.3×91.6cm, 허시혼 뮤지엄과 조각정원

정확히 드러나 있지 않지만 여인의 시선은 화폭 바깥의 어딘가를 향해 있다. 벽에 걸린 액자와 고풍스러운 서랍장, 무거운 느낌의 테이블 조명과 빈티지한 나무 의자, 붉은색 탁자 위에 아무렇게나 흐트러진 두 권의 책, 그리고 창밖으로 보이는 건물의 외관으로 보아 호텔보다는 가정집 아파트에 가까워 보인다.

베이지색 외투가 여인의 오른편 의자에 대충 걸려 있고, 살짝 웨이브 진 세팅된 머리와 신고 있는 검은색 구두를 보니 지금 막 출근하려다가 순간 포기하고 소파에 풀썩 주저앉은 것 같다. 출근하기에는 너무 늦은 〈오전 11시〉라는 그림의 제목이 이런 추측을 확신하게 한다. 무엇이 그녀를 소파에 주저앉게 만들었을까.

햇빛은 그림자를 드리우고 빛이 밀려들어올수록 마음 안에서 들리는 소란은 점점 커진다. 아침 햇살이 은은하게 비추지만 여인은 소통 불가한 절대고독에 휩싸여 있다. 진공에 가까운 고요 속에서 깊이 생각에 잠긴 그녀는 살짝만 건드려도 통째로 부서져 내릴 것처럼 위태롭다. 머리카락에 가려져 정확한 표정은 보이지 않지만 어렴풋하게 보이는 고단하고 외로운 눈빛이 도회의 삶에 지친 텅 빈 내면을 짐짓 짐작케 한다. 옆에 아무도 없는 것 같은 결락감을 느끼며 세상에 덩그러니 남겨진 듯한 여인의 모습이 지독하게 쓸쓸하다. 처절한 고독의 경지로 함입한 모습이다. 그 마음이 고요하고도 격렬해 그 자리에서 그 모습 그대로 멈춰 있다. 까마득한 밤보다 어두운 아침이다.

호퍼가 그린 아침 풍경에는 현대인이라면 누구나 한 번쯤 느껴봤을 법한 고독이 담겨 있다. 무표정한 얼굴과 초점 없는 눈빛으로 허무하고 공허한 삶에 익숙해진 그림 속 여인은 현실 속 우리의 모습과 매우 닮았다. 자신의 인생은 굴곡 없이 평온해 보이는 삶이었지만 소외되고 외로운 현대인의 내면을 예리하게 묘사한 호퍼의 그림을 보면, 적어도 그의 내면만큼은 평온하지 않았음을 짐작하게 된다.

그는 자신의 그림에 대해 이렇게 말했다.

"나는 사회의 단면을 그리려는 어떠한 의도를 가지고 그림을 그리지 않는다. 단지 내 자신을 그리려 했을 뿐이다."

관찰자의 시점이 아닌 주인공의 시점으로 그렸기에 그의 그림이 더 진솔하게 다가오며, 많은 사람들의 공감을 불러일으키는 것이 아닌가 싶다.

호퍼의 그림에는 이중성이 내재되어 있다. 그림 속 여인은 살아 숨 쉬고 있으나 시간이 멈춘 듯 정지되어 보인다. 햇볕이 따뜻하지만 그 느낌은 차갑고, 밝은 햇살이 비추지만 밝지만은 않다. 마치 세상은 항상 차갑지도 늘 따뜻하지도 않으며, 영영 어둡지도 늘 밝지도 않다고 말하는 것 같다.

한 공간에 있으면서도 여인과 배경이 나뉘어 떨어진 것 같은 모습은 세상과의 단절을 보여주며, 창문을 통해 실내 공간과 실외 공간을 분리시킴으로써 내적 자아와 사회적 자아의 간극을 드러낸다. 알랭 드 보통이 자신의 에세이집 《동물원에 가기》에서 "에드워드 호퍼의 그림은 슬프지만 우리를 슬프게 만들지는 않는다"고 했듯이, 호퍼의 그림은 현대인의 쓸쓸한 내면을 그리고 있지만 그런 현대인들에게 힘과 위안을 준다.

그 무엇도 내일의 아침을 보장해주지는 않는다. 아침이 다시, 아침이 되는 일은 늘 어려울 것이다. 우리는 내일은 내일의 태양이 떠오른다는 사실을 잊지 말고 스스로를 다독이며 하루하루 최선을 다해 살자고 다짐하는 수밖에 없다. 미국의 시인 헨리 롱펠로가 말한 것처럼 "소망이란 결국 어떤 종류의 아침을 기다리는 것"이니 말이다. 태양빛이 혁혁한 아침이건, 어슴푸레 밝아오는 아침이건, 침울하게 흐려 있는 아침이건, 아침이 찾아오지 않는 날은 없다. 어느 곳이든 아침은 있고 누구에게든 아침은 온다.

이런 사실이 가혹한 현실에서 그나마 우리를 견디게 한다.

마음속 위대한 비밀 장소

따스한 햇살이 비치는 오후, 나도 모르게 피아노 의자에 앉았다. 곳곳에 상처가 난 낡은 피아노지만 내게는 수많은 추억이 담긴 소중한 존재다.

먼지 묻은 악보를 툴툴 털어내고 나긋나긋하게 손가락을 움직였다. 어떤 건반은 아무리 세게 눌러도 소리가 나지 않고, 어떤 건반은 완전히 함몰되어 나올 생각을 하지 않는다. 겨우 악보를 보며 더듬더듬 칠 정도의 서툰 실력이지만 화음을 만들어내는 손가락들이 조금 기특하기도 하다.

악보가 시키는 대로 따라가다 보니 어느새 마음속 불협화음도 차분히 가라앉고, 허한 마음이 아름다운 멜로디로 가득 채워진다. "음악은 이름 지을 수 없는 것들을 이름 짓고 알 수 없는 것들을 전달한다"던 피아니스트 번스타인의 말처럼, 나조차 뭐라 정의내릴 수 없는 감정들을 음악은 미리 다 알기라도 한 듯 걱정하지 말라고 말해주는 것 같다.

피아노는 인상주의 화가들의 단골 소재였다. 귀스타브 카유보트는 〈피아노 레슨〉에서 두 여인이 의자에 앉아 함께 피아노 연주를 하는 장면을 묘사했고, 마네는 과거 자신의 피아노 선생님이었던 쉬잔 란호프와 결혼한 후 〈피아노 치는 마네 부인〉을 그렸다. 르누아르의 그림에는 〈피아노 치는 여인〉, 〈피아노를 연주하는 소녀들〉, 〈피아노 치는 이본과 크리스틴 르롤〉을 비롯해 피아노가 수없이 등장하며, 고흐는 자살하던 해에 〈피아노에 앉은 가셰의 딸〉을 남기기도 했다.

피아노를 주제로 한 수많은 작품이 있지만, 그중 가장 다감하게 다가오는 그림은 미국의 인상주의 화가 프레드릭 차일드 하삼Frederick Childe Hassam, 1859~1935의 〈소나타〉다. 이 작품은 파리 유학을 마치고 돌아온 하삼이 인상주의 작품에 몰두하던 시절에 그린 것으로, 빛에 의해 시시각각 변하는 모습을 순간적으로 표현한 작품이다.

햇살이 따사로이 비치는 창가에 검은색 그랜드 피아노가 서 있다. 하얀색 원피스를 입은 여인이 피아노 의자에 앉아 연주를 시작하자, 아름다운 멜로디가 방 안 가득 울려 퍼진다. 피아노 위에 놓여 있는 투명한 화병이 영롱하게 반짝이고 화병 안의 꽃들도 즐겁게 연주를 감상한다. 마침 창 사이로 선선한 바람이 불어와 커튼이 나울거리고 여인의 치맛자락도 바람을 타며 살랑댄다. 저 멀리서 들려오는 아렴풋한 새소리와 서걱거리는 나뭇잎 소리까지 더해지니 여인의 피아노 소리에 맞춰 다함께 오케스트라 연주를 하는 것 같다. 빛과 색이 운율을 만들며 다채롭게 변화하는 모습이 낭만적이고 생동감 넘친다.

프레드릭 차일드 하삼, 〈소나타〉, 1911
캔버스에 유채, 69.6×69.6cm, 휴스턴미술관

파리 유학 시절, 인상주의에 반한 하삼은 미국의 사실주의에 프랑스의 인상주의를 결합해 자신만의 인상주의 화풍을 만들어갔다. 이런 현상은 차츰 미국 고유의 인상주의로 발전되었고, 그 중심에는 '10인 화가'가 있었다. 하삼은 윌리엄 체이스, 에드먼드 타벨, 토마스 듀잉 등과 함께 뉴욕의 류엘갤러리에서 첫 회원전을 가졌으며, 이를 계기로 약 20여 년간 서로에게 도움을 주며 미국식 인상주의를 발전시켜나갔다.

　그는 자신이 '빛과 공기의 화가'로 불리기를 원했을 정도로 대기 중에 둘러싸인 빛을 중시했다. 그가 그려내는 빛과 색의 감미로운 움직임을 보고 있노라면 아름다운 피아노 선율이 귓가에 울려 퍼지는 듯하다.

　19세기 당시 리듬감 넘치는 붓 터치가 살아 있는 그의 작품은 인기가 대단했다. 일반 대중들도 그의 그림을 무척 좋아했으며 판매도 꽤 잘 되는 편이었다고 한다. 지금도 그의 그림은 세계 최대 미술품 경매사인 소더비와 크리스티에서 가장 잘 판매되는 그림 중 하나이며, 미국의 회화작품 가운데 세 번째로 비싸게 거래된 작품이라는 기록을 세우기도 했다.

　그의 그림은 많은 유명 인사들에게도 사랑받고 있는데, 제1차 세계대전 중 고립정책을 고수하는 미국 정부에 참전을 요구하는 시민들이 뉴욕 5번가에서 행렬하는 모습을 담은 〈빗속의 거리〉는 미국 오바마 대통령의 백악관 집무실에 걸려 있고, 화병 안의 노란 꽃이 화사하게 빛을 내는 〈꽃이 있는 방〉은 빌 게이츠가 2천만 달러에 구입했다고 해서 화제가 되기도 했다.

　과거부터 음악은 미술에, 미술은 음악에 서로 영향을 미치며 상관관계를 가져왔다. 음악을 그림에 반영한 화가도 있고, 그림에 감명 받아 음악을 작곡한 음악가도 많다. 프랑스의 화가 라울 뒤피에게 음악은 감성을 충만하게 하는 매개체였다. 그래서인지 그의 그림에는 유난히 바이올린, 피아노 등의 악기가 많이 등장하며, 오케스트라와 음악회, 그리고 연주자들의 모습을 쉽게 찾아볼 수 있다. 워낙 바흐, 모차르트, 드뷔시를 좋아했던 뒤피는 모차르트를 향한 감사의 그림 〈모차르트에의 헌정〉과 드뷔시의 악보집이 그려진 〈드뷔시를 기리며〉 등을 경쾌하고 리드미컬하게 표현했다.

또 추상미술의 창시자 칸딘스키는 '색채를 통한 음악의 하모니'라는 들리는 음악을 창조했다. 1912년에 출간한 본인의 저서 《예술에서의 정신적인 것》에서 그는 "차가운 빨강은 세계 두들기는 북, 밝은 청색은 플루트, 어두운 청색은 첼로, 더 짙은 청색은 콘트라베이스의 음향과 비슷하다"고 했는데, 칸딘스키의 이런 생각은 〈구성 NO. 8〉, 〈다채로운 앙상블〉 등 그의 그림 전반에서 확인할 수 있다.

반대로 그림을 음악에 반영한 음악가들도 많다. 오스트리아의 표현주의 화가 에곤 실레를 위해 만든 레이첼스의 앨범 〈에곤 실레를 위한 음악〉은 우울하면서도 서정적인 실레의 비탄과 우수가 느껴지는 음악이며, 러시아의 작곡가 무소륵스키는 자신의 친구이자 화가였던 하르트만이 세상을 떠난 후 그의 유작전 중 그림 10개를 골라 10개의 곡을 썼는데, 그 음악이 바로 장중하면서도 애잔한 〈전람회의 그림〉이다.

검은 그림의 화가 고야에게 영향을 받은 음악가도 무척 많은데, 고야의 판화집 《변덕》에서 영감을 받은 이탈리아의 낭만파 작곡가 카스텔누오보

테데스코는 〈고야에 의한 24개의 카프리치오〉를 만들었으며, 마이클 니만의 곡이자 영화 〈피아노〉의 영화음악으로 잘 알려진 오페라 음악 〈페이싱 고야〉도 있다. '작곡계의 고야'로 불리는 스페인의 작곡가 그라나도스의 피아노 모음곡 〈고예스카스〉는 '고야풍'이라는 뜻으로, 추후에 오페라로 편작되기도 했다.

이따금 나는 생각한다. 음악이 없었다면 우리는 어떻게 살아가고 있을까? 음악이 없으면 세상은 어떻게 되었을까? 아마 우리는 온전하게 존재하지 못했을지도 모른다. 때로 노래 한 소절의 힘은 그 어떤 철학보다 강하며, 백 마디의 말보다 노래 한 곡을 듣는 것이 나을 때가 있다.

"음악은 마음의 상처를 고쳐주는 약"이라던 알프레드 윌리엄 헌트의 말처럼, 어떤 음악은 약국에서 팔아도 될 것 같은 치유의 효과가 있다. 어두운 밤, 불안한 마음을 가시게 하는 촛불 같은 노래도 있고 삶의 무게를 견디기 힘들 때 반복해서 듣게 되는 음악도 있다. 나른하게 속삭이는 신비하고 애잔한 멜로디는 지친 마음을 다정히 다독이고, 달콤한 슬픔이 담겨있는 감미로운 선율은 엉클어진 마음을 회복시켜주는 힘이 있다.

돌이켜보면 수많은 순간에 음악이 함께했다. 아련한 첫사랑의 추억이 담긴 노래도 있고 생애 첫 드라이브를 함께한 노래도 생각난다. 샹송을 들으며 신나게 샹젤리제 거리를 활보하던 기억도 나고, 계획에 없던 유랑의 즐거움을 느끼며 친구들과 함께 들었던 노래는 여전히 그때를 추억하게 한다. 도무지 결론이 나지 않아 앞이 캄캄할 때 자연스럽게 찾는 것도 언제나 음악이었다. 천길만길 나락으로 떨어져 더 이상 떨어질 곳이 없다

싶었을 때 미친 듯이 음악에 파고들었고, 나 자신이 한없이 비참하고 쓸모없게 느껴질 때 노래를 들으며 그 시간을 견뎠다.

우리를 슬프게, 때로는 기쁘게 하는 삶과 같이 음악은 슬픔에 빠진 우리를 구하고 이윽고 눈부신 희망을 선물한다. 음악의 위대함이란, 각자 소중히 간직하고 있는 마음속 비밀 장소에 아름다운 선율이 멈추지 않고 계속 흐르게 하는 것인지도 모르겠다.

슬픔을 세탁하다

웃을 수 없는 날의 연속이다. 그렇다고 눈물도 나지 않으니 그저 아플 뿐이다. 사람의 슬픔이란 깊고도 혼곤하여 쉽게 사라지지 않는다. 슬픔의 흔적을 지우기 위해 부단히 노력해도 잘 지워지지 않는다. 그럴 때 내가 습관적으로 하는 것이 빨래다. 슬픔을 털어내는 행위로 빨래만한 게 없는 것 같다. 마구 뒤엉켜 있는 빨래더미에서 옷을 하나씩 솎아내 종류별로 분리하듯 내 안에 복잡한 감정들을 유심히 살피며 슬픔의 정체가 무엇인지 파악하려 애써본다. 어떤 빨래는 손으로 팍팍 문지르고 또 어떤 빨래는 발로 힘차게 밟으면 묵은 때와 함께 근심거리가 조금씩 사라지는 기분이다. 몇 차례 깨끗이 헹구고 물기를 꽉 짜내 탁탁 털어낸 후 빨래를 하나씩 널다 보면 삽상한 감정이 느껴진다. 따스한 햇볕에 빨래가 말라가듯 내 안의 슬픔도 이내 마르기를 바라본다.

빨래는 인류가 옷을 입기 시작하면서부터 줄곧 행해졌다. 원시시대에는 예의와 미덕, 종교적인 의미가 컸지만 문화가 발달하면서부터는 위생적인 기능과 사교적인 희구가 이유였다. 이미 고대 벽화에서부터 빨래의 흔적을 찾아볼 수 있듯이 고대 이집트에는 세탁을 전담하는 관리가 따로 있었고, 고대 그리스에는 옷뿐만 아니라 침구까지 발로 밟아서 빨래를 했다.

단순한 노동이 아닌 즐거운 놀이라는 개념을 겸하고 있던 빨래는 많은 화가들의 단골 소재였다. 담소를 나누며 빨래하는 여인들을 그린 테오필 뒤홀의 〈빨래하는 여인들〉은 활기차고 생기 있는 느낌을 보여주고, 엘린 감보기의 〈햇볕에〉는 시골 뒷마당에서 빨래 너는 장면을 사실적으로 묘사하고 있다. 그리고 찰스 커란의 〈그림자〉는 햇볕을 등지고 빨래 너는 여인의 모습을 그린 것으로, 하얀 빨래에 비치는 나무의 그림자가 평화로운 분위기를 연출한다.

빨래하는 모습을 많이 그린 화가로는 폴 고갱이 있다. 그가 빨래 풍경을 그린 계기이자 장소가 된 곳은 고흐와 함께 지내던 남프랑스 시골 마을 아를에서였다. 고갱은 이곳에서 빨래하는 풍경을 숱하게 그렸다. 화창한 가을 날씨를 자랑하던 10월의 하루, 강가에서 빨래하는 여인의 모습을 그린 〈빨래하는 아를의 여인〉은 강렬한 색감의 대비로 드라마틱한 느낌을 자아내고, 강가에 쭈그리고 앉아 빨래하는 여인들을 그린 〈아를의 빨래하는 여인들〉은 자연주의적이고 원시적인 느낌을 물씬 풍긴다. 또 〈퐁타방의 빨래하는 여인들〉은 인물에 포커스를 맞추기보다 빨래터의 전체적인 풍경을 보여줌으로써 시골의 목가적이고 평온한 장면을 담고 있다.

파리의 도시 문명에 익숙한 고갱에게 아를의 빨래하는 풍경은 원시성을 보여주는 대상이자 전통적인 행위로 받아들여졌다. 그래서 고갱이 그린 빨래 풍경에는 이방인의 눈으로 바라본 호기심어린 시선이 담겨 있다.

빨래 너는 풍경을 많이 그린 화가로는 베르트 모리조가 떠오른다. 공장과 시골의 풍경을 대조시켜 빨래 너는 장면을 보여주는 〈빨래 널기〉와 파리를 떠난 그녀가 시골생활 초반에 그린 〈빨래 너는 시골 아낙〉을 대표적으로 꼽을 수 있는데, 이 둘은 전혀 다른 느낌을 가진다. 전자가 시골에서 느낄 수 있는 여유와 즐거움을 표현했다면, 후자는 빨래 널기라는 구체적인 행동에 집중해서 보여준다. 같은 화가가 비슷한 시골마을에서 그린 빨래 널기 장면이라도 전혀 다른 구도와 시선으로 표현된 것이 흥미롭다. 그러나 이와는 별개로, 두 작품의 표현방식은 흡사하다. 모리조는 인상파 특유의 약동하는 빛과 그 효과를 사용해 화사한 색채로 빨래 풍경을 표현했다. 어쩌면 그녀는 빛에 천착한 빨래 풍경을 그림으로써 낯선 시골생활에 위안을 얻었던 것이 아니었을까.

고갱과 모리조만큼이나 빨래 풍경을 많이 그린 사람이 미국의 사실주의 화가 존 슬론John Sloan, 1871~1951이다. 슬론은 빨래라는 소재를 때로는 작품의 주제로, 때로는 배경으로 선택해 자신의 그림 곳곳에 담았다. 아파트 베란다에서 빨래 너는 여인을 그린 〈일하는 여자〉는 일의 고단함과 노동의 보람을 동시에 느끼게 하고, 하얀 눈이 듬뿍 쌓인 한겨울에 바람에 휘날리는 빨래 밑에서 눈사람을 만드는 아이들을 그린 〈그리니치빌리지의 뒷골목〉은 겨울이지만 따뜻함이 느껴지는 작품이다. 그리고 바람에 흔들리는 빨래를 배경으로 옥상에서 머리를 말리는 여인들의 모습을 생동감 있게 표현한 〈일요일, 머리를 말리는 여인들〉은 휴일 오후의 여유와 낭만을 선사한다.

그림이 일상과 연관되어 있어야 한다는 신념을 가지고 있던 그는 활기로 가득 찬 도시의 일상을 사실적이고 예리한 필치로 그려냈다. 록 헤이븐에서 태어나 하노버에서 눈을 감을 때까지 평생을 미국에서 살았던 그의 예술적 영감의 원천은 당연히 미국이었다.

1904년에 뉴욕으로 이주한 그는 당시 뉴욕의 다양한 도시 풍경을 가감하지 않고 진솔하게 표현했다. 그의 작품 중에는 유독 골목, 옥상, 정원을 배경으로 한 것이 많은데, 사람에 대한 애정 어린 시선으로 인간적인 냄새가 나는 그림을 많이 그렸음을 확인할 수 있다. 특히 그는 투박하고 거친 맨해튼의 환락가, 야외광장의 소란스러운 분위기, 극장에서 영화를 관람하는 사람들, 골목에서 뛰노는 아이들, 정원에 나무 심는 여인들 등 정감 있는 이웃들의 모습을 따뜻한 느낌으로 표현했다.

즉 소소한 일상의 장면에 서정성을 부여한 것으로, 쉽게 지나칠 수 있는 순간을 절묘하게 포착해 생동감 있게 묘사했으며, 주위에서 흔히 볼 수 있는 도시의 정경들을 풍부한 색채와 섬세한 터치로 표현했다. 따스한 휴머니즘이 담긴 그의 작품들은 그래서 우리의 마음에 서정시 같은 포근함을 전해준다.

부드럽고 감성적인 정서가 잘 담겨 있는 빨래 풍경으로는 〈지붕 위의 태양과 바람〉이 있다. 숨통이 펑 트이는 것 같은 옥상에서 빨래 너는 여인의 모습을 그린 것으로, 온몸으로 햇살의 기운을 받으며 맨발로 서 있는

존 슬론, 〈지붕 위의 태양과 바람〉, 1915
캔버스에 유채, 60.96×50.8cm, 마이어미술관

여인의 모습이 자유롭고 명쾌한 그림이다.

바람에 나부끼는 빨래 풍경을 순간적으로 포착한 모습이 마치 영화의 한 장면을 보는 것처럼 생생하다.

뜨거운 태양 아래, 옥상에서 한 여인이 빨래를 널고 있다. 여인의 등 뒤로 밝은 햇살이 비치고, 바람에 몸을 맡긴 채 자유롭게 춤을 추는 빨래처럼 여인의 마음도 바람에 따라 이리저리 휘날린다. 여인의 굳게 다문 입술에는 알 수 없는 슬픔이 맺혀 있고, 오직 빨래 널기에만 집중한 눈동자에는 슬픔을 해소하려는 희망의 의지가 담겨 있다.

그녀에게 빨래는 냉혹한 현실에 치여 지치고 닳아버린 마음을 환기시키고 정화하는 매개체다. 답답하고 옥죄는 현실에서 잠시 벗어나 따스한 햇살이 비치는 옥상에서 빨래를 널며 오랫동안 뒤집어쓰고 있던 일상의 매캐한 먼지들을 탈탈 털어버린다. 조금 세차게 불어오는 바람이 우울한 기분을 날려주고, 마음과 몸에 달라붙어 영원히 떨어지지 않을 것 같던 삶의 고단함과 마음속 슬픔들을 쉬이 날려버린다.

사람의 마음에는 수많은 슬픔이 있다. 구름 알갱이가 모여 비를 내리듯이 슬픔이 가슴에 차 더 이상 찰 곳이 없을 때 흐르는 것이 눈물이다. 배출되지 않은 눈물은 안에 남아 고이고, 고인 물은 썩기 마련이다. 이따금 우리는 울 필요가 있다. 울어서 문제가 되는 일은 거의 없다. 울지 못해서 생기는 문제가 대부분이다.

슬픔이 있다면 슬픔의 정체를 가만히 들여다보고 딱 슬퍼할 만큼만 슬퍼할 수 있었으면 좋겠다. 슬픔 앞에서 굳이 어른인 척 하지 말아야지, 하고 다잡아본다. 슬픔은 극복하는 것이 아니라 해소하는 것이며, 이겨내는 것이 아니라 털어내는 것이다. 가끔은 억지로라도 시원하게 눈물 흘리며 마음속 응어리를 풀어보는 일도 괜찮은 것 같다.

　눈물을 가지고 있다면, 이제는 흘려보낼 시간이다.

나에게 선물하는 사소한 사치

우리는 너무 행복해지고 싶어 행복하지 못한다. 더 큰 행복을 찾다가 행복이 온 줄 모르고 그냥 지나쳐버리는 경우도 있고 일부러 행복을 모르는 체 할 때도 있다. 이런 행복이 내게 찾아올 리 없어, 라며 스스로 행복을 파괴시켜 모든 것을 망쳐버리기가 일쑤다. 때로는 나만의 쇼윈도에 행복을 등장시키기도 하는데, 과한 자신감의 표현이 낮은 자존감의 반증이듯 지나친 행복의 전시는 깊은 불행만 드러낼 뿐이다. 행복은 추구하는 게 아니라 인지하는 것이며, 꿈꾸는 게 아니라 감응하는 것이다. 행복 그 자체가 아니라 행복을 느끼는 것이 중요하다.

기분이 울적할 때면 립스틱을 사는 친구가 있다. 나의 소중한 벗인 그녀는 사는 게 힘겹거나 기분전환이 필요할 때면 늘 립스틱을 산다. 립스틱은 한 번 쓱 바르는 것만으로 우울한 기분을 날려버릴 수 있고, 립스틱의 촉촉한 촉감과 향긋한 향기에 절로 행복한 기분에 잠겨든다. 예쁜 색감을 보는 것만으로도 금세 기분이 좋아져 색채를 통해 정서적인 안정을 얻는 컬러테라피의 효과도 볼 수 있다. 게다가 적은 돈으로 심리적인 만족을 얻기에 안성맞춤이니 평범한 회사원인 그녀에게 립스틱은 유일한 사치이자 스스로에게 주는 선물인 셈이다.

얼마 전, 그녀에게 오렌지색 립스틱을 선물했더니 아이같이 천진난만한 웃음을 지으며 좋아하던 모습이 생각난다. 작은 립스틱 하나만으로 충분히 즐거워하는 그녀의 미소를 보면서 나는 무엇인지 모를 포근포근한 행복감을 느꼈다. 늘 단순하게 기뻐하지 못하고 쓸데없는 걱정이 가득한 내게 그녀의 그런 모습은 행복이란 어떤 것인지를 잘 보여준다. 물론 립스틱이 주는 행복이 순간적인 만족이나 기분전환에 가까운 일시적인 감정이겠지만, 어차피 영원히 지속되는 행복은 존재하지 않으니 그 순간의 행복을 느끼며 사는 것이 행복을 느낄 수 있는 유일한 방법이지 않을까 싶다.

작은 것에 만족하며 지족할 줄 아는 그녀는 행복한 사람임에 틀림없다.

행복이라는 감정을 너무 작위적으로 만들어내는 것에 거부감이 들 수도 있겠지만, 행복을 느끼는 것은 어차피 머리가 아니라 마음일 수밖에 없다. 그리고 마음이라는 것이 원래 사람의 마음대로 되는 것이 아니기에 늘 관심과 노력이 필요하다.

때로는 사소한 사치를 부려보는 것이 스스로에게 행복을 선물하는 방법이 되기도 한다. 사치라는 것이 단순히 물질적인 것만을 의미하지는 않으며, 시간일 수도 있고 공간일 수도 있다. 기분일 수도 있고 기운일 수도 있다. 그 방식이나 모습은 저마다 다르겠지만, 행복을 느낄 수 있는 자기만의 방법이 있다는 것은 적어도 자신과의 소통이 원활히 이루어지고 있다는 증거가 아니겠는가. 립스틱으로 스스로에게 행복을 선물하는 그녀를 보며 프레드릭 칼 프리스크의 〈화장하는 여자〉를 떠올렸다.

화장대 앞에 한 여자가 앉아 있다. 왼손에는 작은 손거울을, 오른손에는 립스틱을 들고 정성스럽게 화장을 한다. 화장대 위에 널브러진 퍼프와 분, 그리고 브러시로 봐서 화장의 거의 마지막 단계인 듯싶다. 여인의 등 뒤로 햇살이 비치고 은은한 빛이 방 안 전체를 감싼다. 뒤에서 들어오는 햇빛이 앞 거울을 통해 다시 여인에게 반사되어 여인의 얼굴이 더 화사하게 빛난다. 화장대 위에 길게 늘어뜨려진 푸른색 목걸이가 햇빛을 받아 푸른빛을 내뿜고, 레이스 장식이 달린 드레스의 옷자락이 사르륵 흘러내린다. 섬세하게 표현된 질감이 부드럽고 매끈하며 빛에 잠긴 듯한 화사한 색감이 감성적이고 우아하다. 쏟아지는 빛이 금방이라도 녹아내릴 것만 같다.

미국의 인상주의 화가 프레드릭 칼 프리스크Frederick Carl Frieseke, 1874~1939는 미국에서 태어나 미술교육을 받으며 성장했으나 스물세 살이 되던 해, 파리로 건너가 대부분의 생을 프랑스에서 보냈다.

미국 2세대의 많은 인상주의 화가들이 주로 클로드 모네의 화풍을 따랐던 것에 비해 파리 근교의 지베르니에서 모네의 옆집에 살았음에도 불

프레드릭 칼 프리스크, 〈화장하는 여자〉, 1913
캔버스에 유채, 130.18×130.18cm, , 큐머 뮤지엄 오브 아트 앤 가든

구하고 오귀스트 르누아르를 존경했던 그는 르누아르의 화풍을 추구했다. 르누아르에게 많은 영향을 받아 풍경화나 정물화보다는 주로 인물화를 그렸고, 특히 여성들의 일상적인 모습을 즐겨 그렸다. 그의 그림을 살펴보면 여인들의 둥근 얼굴선과 감각적인 화면 구성, 그리고 찬연한 빛과 색의 조형에서 르누아르의 흔적을 찾아볼 수 있다.

폭신한 침대에 누워 잠에 빠져 있는 나체의 여인을 그린 〈잠〉에서는 순간의 고요를 담았고, 푸른색 목걸이를 하고 거울을 바라보는 여성의 뒷모습을 그린 〈반사〉에서는 '푸른빛의 마술사'라는 그의 별칭답게 신비로운 푸른빛의 아름다움을 보여준다. 그리고 그의 대표작인 〈문턱에서〉는 양산을 들고 집으로 들어서는 여인의 모습을 포착했는데, 문지방을 기준으로 안과 밖을 나누어 빛과 그림자의 경계를 표현한 훌륭한 작품이다. 그밖에도 차를 마시는 여인, 산책하는 여인, 독서하는 여인 등 여성들의 일상적인 모습을 주된 테마로 했다.

혹자는 여인들의 의상이 다소 인위적이고 빛과 색이 인공적인 느낌을 준다는 이유로 '장식적인 인상주의'라고 비판하기도 했지만 그의 그림은 여전히 아름다운 빛을 내며 화사함을 간직하고 있다.

'빛의 화가'로 불릴 정도로 빛에 관심이 많았던 프리스크는 집요하게 빛을 좇으며 탐구했다.

"바로 햇빛이었어, 햇빛 속의 꽃, 햇빛 속의 소녀, 햇빛 속의 누드 …… 나는 지난 8년간 햇빛 속에서 그것들을 봐왔지. 만약 내가 본 것들을 정확하게 그릴 수만 있다면, 나는 행복할 거야."

그의 이 말은 빛에 대한 그의 관심이 어느 정도였는지를 알 수 있는 부분이다.

또 그 빛을 통해 일상의 행복을 그린 그림이 〈화장하는 여자〉다. 한 여자의 평범한 일상을 밝고 화사하게 보여주는 표현방식이 안락하고 편안하며, 우리가 흔히 말하는 거대한 행복의 조건들이 얼마나 부질없는 것인지 새삼 깨닫게 한다. 더불어 행복의 참된 의미가 무엇인지 생각해보게 한다.

어렸을 적에 나의 인생 목표는 행복한 인생을 사는 것이었다. 그것이 가장 중요하다고 믿었다. 그러나 어느 순간, 내가 깨달은 것은 근본적으로 인생이란 행복한 종류의 것이 아니라는 사실이었다. 그렇다고 그것이 불행을 의미하지는 않는다. 또 때로는 불행이 행복을 가져다주기도 한다. 그것이 인생이다. 너무 어처구니없지만, 인생이란 본래 어처구니없는 일들로 이루어져 있다. 인간의 삶은 불행과 행복의 반복으로 이루어져 있고, 어쩌면 불행이 더 많은 비중을 차지하고 있는지도 모른다. 그러나 분명한 것은 불행을 꿈꾸지 않는 이상 불행은 필연적으로 해소될 수밖에 없다는 사실이다.

아무리 궁리해본들 행복은 소소한 것을 느끼는 것에 있다. 미래에 다가올 커다란 행복을 기대하며 살거나 어차피 떠나갈 불행에 묶여 있지 말고 오늘, 지금 이 순간의 행복을 느끼며 사는 것이 진정으로 행복한 삶이 아닐까 생각한다.

"어리석은 사람은 멀리서 행복을 찾고 현명한 사람은 자신의 발치에서 행복을 키워간다"는 미국의 시인 제임스 오펜하임의 말처럼, 가까운 곳에 있는 행복을 느끼며 살아가는 것이 가장 현명한 삶의 태도일 것이다. 아무런 노력 없이 행복을 기다리기만 하는 사람은 불행하다. 행복할 마음을 갖고 행복할 행동을 하는 사람에게만 행복이 피어오른다. 진정한 행복이란 잘 부각되지 않고 화려함과는 거리가 멀며 아주 작은 데에서부터 시작된다.

행복은 멀리 있지 않다는 사실을 되새기며, 스스로에게 행복을 선물하는 사소한 사치를 누려보는 것은 어떨까.

따뜻한 커피 한 잔의 여유

마음이 에스프레소 맛이다.

그런 날이 있다. 농축된 쓴맛이 입안에 계속 맴도는 날. 느닷없이 찾아오는 불안에는 항상 속수무책이다. 알 수 없는 마음이 괴롭힐 때마다 찾는 것은 언제나 커피다. 커피는 우리가 더 이상 고립되거나 외로움을 느끼지 않게 하기 위한 일종의 방어책이다. 대제국을 건설했던 알렉산더 대왕도 "사실 거의 모든 커다란 위기 때 우리의 심장이 근본적으로 필요로 하는 것은 따뜻한 한 잔의 커피다"라고 말했듯이, 커피가 사람에게 힘이 되고 위안이 되는 존재임은 분명한 것 같다.

나의 하루는 커피 한 잔과 함께 시작된다. 커피 물이 발롱거리기 시작하면 종이필터가 끼워진 드립퍼에 분쇄한 커피를 적당히 담는다. 커피가 충분히 적셔질 만큼 안쪽에서부터 원을 그리며 천천히 물을 부어 핸드드립 커피를 내린다. 오롯이 한 잔의 커피에 집중한 채 온 정성을 쏟으면 모든 고민을 내려놓으라는 듯 방 안 가득 진한 커피 향이 물든다.

잔을 들어 커피를 한 모금 마시면 불안한 마음들이 하나 둘 사라지고 그윽한 커피 향이 고요가 되어 혀끝에 닿는다. 기분 좋은 쓴맛이 나면서도 상큼한 신맛이 받쳐주고 여기에 단맛의 여운까지 감도니 마음이 평온해진다. 마음에서 들리는 평화로운 소리를 들으며 느긋함을 즐기는 이 순간은 무엇과도 바꿀 수 없는 소중한 시간이다.

향긋한 커피 향에 취해 있던 그때, 느닷없이 창밖에 비가 추적추적 내리기 시작했다. 커피는 어떤 날씨, 어떤 공기, 어떤 마음과도 잘 어울리지만 비 오는 날에는 거의 필수적으로 간절하게 커피 생각이 난다. 커피 한 잔의 따스한 기운이 절실하게 필요하다.

커피향이 그윽하게 다가오는 비 오는 날이면 떠오르는 그림이 있다. 빈센초 이로리Vincenzo Irolli, 1860~1949의 〈창가에서〉다. 이탈리아의 화가 빈센초 이로리가 비 오는 날에 커피 마시는 여인을 그린 것으로, 고요하면서도 생기 넘치는 분위기가 느껴지는 작품이다.

점점 빗방울이 굵어지더니, 어느새 땅이 촉촉하게 젖어들고 마당에는 물결이 일렁인다. 화단에 핀 꽃들이 고개를 들어 흠뻑 비를 맞고 잎사귀들도 비바람에 몸을 맡긴 채 살랑살랑 흔들린다. 그 모습이 하늘은 슬픔에 울고 나무와 꽃은 즐거움에 웃는 것 같다.

테이블에는 검은색 원피스를 입은 여인이 앉아 있다. 가만히 고개를 숙이고 잔을 응시하는 모습이 단아하면서도 우아하다.

빈센초 이로리, 〈창가에서〉
캔버스에 유채, 68.2×68.2cm, 개인 소장품

여인은 깊이 생각에 잠긴 채 한적하고 고요한 아침을 맞는다. 은은한 빗소리와 함께 커피 향이 촉촉하게 스며들고, 한 잔의 커피에 온 마음을 기울인다. 내리는 비가 커피 향을 눌러 여인 주변에 더 오래 머무르게 하고, 섬세해진 후각은 향긋한 커피 향을 깊게 음미한다. 커피 잔의 따스한 온기가 두 손 가득 전해지자 몸과 마음이 살살 녹아내리는 것 같다. 빗소리를 들으며 커피 한 잔의 여유를 즐기는 여인을 보니, 금세 커피 한 잔을 또 손에 들고 싶어진다.

예부터 수많은 화가들이 커피를 사랑했다. 그들은 커피에 의존하며 창작의 고통을 이겨냈고 커피는 그들에게 창조적인 영감을 선물했다. 커피에 열광한 커피애호가 중 한 명이 빈센트 반 고흐다. 고흐가 생전에 가장 좋아한 커피는 '커피의 여왕'이라고 불리는 모카 마타리다. 이는 예멘의 최대 커피 무역항이었던 모카항에서 유래된 이름으로, 예멘의 베니 마타르 지역에서 생산되는 최고의 커피이며, 과일향이 풍부하고 신맛이 강한 것이 특징이다.

고흐의 커피사랑은 그의 그림에서도 발견된다. 아를에 머물던 시절, 고흐는 밤새 영업하는 카페 드 라 가르를 즐겨 찾았는데, 그곳에서 사흘 밤에 걸쳐 완성한 그림이 〈아를의 밤의 카페〉이며, 카페의 여주인인 기누 부인을 그린 것이 〈아를 여인〉이다. 특히 '밤의 카페테라스'라는 축약된 제목으로 불리는 〈아를르의 포룸 광장의 카페테라스〉가 가장 널리 알려져 있다. 또한 1884년에 그린 〈커피밀을 그린 정물화, 파이프 케이스와 주전자〉와 1888년에 그린 〈파란색 에나멜 커피포트를 그린 정물화, 도기와 과일〉도 있다. 그밖에 티에폴로, 카날레토, 피카소, 고갱, 모딜리아니, 마네, 르누아르 등 수많은 화가들이 카페에서 커피를 마시며 자신의 예술 세계를 완성해갔다.

커피 마시는 장면을 화폭에 담은 화가들도 있다. 반려견과 함께 테이블에 앉아 커피를 마시는 여인을 그린 피에르 보나르의 〈커피〉는 한적한 여유로움을 선사하고, 자그마한 부엌에서 커피분쇄기로 원두를 가는 여인을 그린 마뉴엘 로브의 〈부엌에서 커피를 갈고 있는 여인〉은 목가적인 분위기를 보여주며, 방 안 가득 커피향이 울려 퍼지는 것 같은 로베르 들로네의 〈커피포트〉는 한 편의 시처럼 응축된 아름다움을 지니고 있다.

현시대의 화가들은 물감 대신 커피로 그림을 그리기도 한다. 말레이시아 화가 홍이는 머그잔 바닥에 커피를 묻혀 대형 초상화를 그리고, 미국의 커피예술가 카렌 이랜드는 에스프레소로 그림을 그리는 커피아트로 유명하다. 원두를 내려 그림을 그린 후 남은 커피가루를 활용해 다양한 질감을 나타내는 한국의 화가 최달수도 있다.

커피를 사랑한 음악가도 무척 많은데, 베토벤은 매일 아침 눈을 뜨자마자 60알의 원두를 갈아 유리 추출기로 커피를 내려 마셨다. 말년에 귀가 어두워져 고통을 받을 때도 커피는 그의 외로움을 달래주는 친구였다. 브람스는 새벽에 일어나 커피추출기로 커피를 내려 마시며 수많은 곡을 만들었고, 모차르트는 당구대에 앉아 커피 한 모금을 마신 뒤 당구공이 당구대의 네 면을 돌아올 때마다 곡의 한 마디씩 작곡했다. 바하는 커피를 너무나 사랑한 나머지 커피에 대한 열망을 표현한 아리아 〈커피 칸타타〉를 썼다. 〈피아노맨〉이라는 곡으로 유명한 미국의 싱어송라이터 빌리 조엘은 이런 말을 하기도 했다.

"내 커피 잔 속에 위안이 있습니다."

문인들 역시 빼 놓을 수 없다. '문학노동자'라고 불릴 정도로 온종일 글만 썼다고 전해지는 소설가 발자크는 하루에 커피 50잔을 마셨고, 그의 〈커피 송가〉에는 이런 내용이 적혀 있다.

"커피가 위 속으로 미끄러지듯 흘러 들어가면 모든 것이 움직이기 시작한다."

헤밍웨이의 〈노인과 바다〉에는 그가 평소 즐겨 마시는 쿠바 크리스탈 마운틴이 등장하는데, 이는 그의 커피사랑을 엿볼 수 있는 부분이며, 그의 또 다른 소설 〈킬리만자로의 눈〉에서는 탄자니아 커피가 언급되면서 작품과 함께 유명세를 타기도 했다. 커피 한 잔으로 불우한 현실을 이겨낸 소설가 조앤 롤링은 스코틀랜드 에든버러의 작은 카페에서 커피를 마시며 세계적인 베스트셀러 《해리포터》 시리즈를 탄생시켰다. 이처럼 예술가들에게 커피는 창작의 원동력이자 고통을 달래주는 벗이었으며 고독하지만 뜨거웠던 삶의 일부였다.

커피는 작지만 단단하고 쓰지만 향기롭다. 달콤 씁쌀한 것이 인생이듯 커피는 인간의 삶과 매우 닮았다. 커피에 시럽을 넣어 단맛과 쓴맛을 조절하듯 우리의 삶도 적절하게 조절이 가능하면 얼마나 좋을까.

커피는 누군가에게는 가장 집중할 시간을 제공하고 누군가에게는 강력한 에너지를 선물하며 누군가에게는 따뜻한 위로가 되어준다. 아침에 마시는 커피 한 잔은 삶에 활기를 불어넣고, 오후에 마시는 커피 한 잔은 나른한 오후의 피로감을 날려주며, 저녁에 마시는 커피 한 잔은 삶에 깊은 안도감을 준다.

　꽉 찬 하루를 보낸 나는 오늘도 여지없이 커피를 찾아 나선다. 커피를 마시며 불안한 마음을 달래고 복잡한 생각들을 정리한다. 따뜻한 온기를 느끼며 한 잔의 커피에 어두운 마음을 가득 실어 보낸다.

영혼을 감싸는 소울 푸드

사람은 누구나 잊을 수 없는 맛이 있다. 어떤 장소를 방문하거나 특정한 계절이 되면 떠올리는 음식, 우리는 그것을 소울 푸드라고 부른다. 내게 소울 푸드란 추억이 담긴 음식이다. 비 내리는 날, 친구와 함께 종로 어느 골목에서 먹던 막걸리와 파전은 청춘의 시린 마음을 다독여주었고 추운 겨울 날, 따끈한 쌀밥에 자박한 비지찌개를 쓱쓱 비벼먹던 기억은 아늑한 고향의 맛으로 간직된다. 밤샘 그림 작업으로 피로해진 몸과 마음을 달래주던 한 조각의 진한 초코 퍼지 케이크는 내게 최상의 피로회복제였으며, 갓 튀겨낸 치킨과 시원한 맥주 한 잔은 울적한 날 극약처방이 되어주었다. 어느 늦은 밤, 지친 몸을 이끌고 들어간 아테네의 낡은 숙소에서 뜨거운 물을 붓고 고추장을 더해 일명 '뽀글이'라고 불리는 봉지라면을 친구와 함께 마구 퍼먹었던 일은 내 인생의 잊을 수 없는 맛으로 기억된다.

요리는 원초적이고 본질적인 행위에 가깝지만 그림을 그리는 것만큼 창의적이고 가치 있는 일이다. 어릴 적부터 손으로 하는 것은 뭐든 좋아했던 내가 그림 그리기 다음으로 좋아했던 것이 요리다.

맞벌이하는 부모님으로 인해 직접 동생의 끼니를 챙겨야 했던 나는 요리를 참 많이 했다. 그러나 그것이 맏이로서의 책임감 때문만은 아니었다. 요리하는 것 자체를 좋아했고 그 과정을 즐겼다. 뚝딱뚝딱 만들어 먹을 수 있는 반찬부터 간단하게 허기를 채울 수 있는 간식까지 다양한 요리를 동생과 자주 해먹었다. 그중에서도 우리의 단골메뉴는 단연 떡볶이였다. 떡볶이는 간장, 고추장, 짜장, 카레 등의 베이스 양념은 물론 들어가는 재료에 따라 전혀 다른 맛이 나는 변화무쌍한 음식이다. 떡볶이 한 그릇이면 근사한 한 상을 차릴 수 있으니 가장 쉬운 일품요리가 아닌가 싶다.

나의 떡볶이 사랑은 유별나다. 어렸을 적에 학교 앞 분식점에서 친구들과 호호 불어가며 꼬챙이로 찍어먹던 컵 떡볶이는 저렴한 가격으로 가난한 배를 채워주었고, 대학 시절 동기들과 함께 끓여먹던 짜장 떡볶이는 청춘의 허기를 십분 달래주었다. 그리고 매서운 칼바람이 불던 날, 물어물어 힘들게 찾아간 스위스의 어느 한식당에서 땀 흘리며 먹던 매콤한 떡볶이는 여행의 여독을 말끔히 풀어주었다.

요즘도 마음이 지치고 힘들 때면 떡볶이 한 그릇으로 기운을 얻곤 하는데, 속이 허할 때는 얼큰하고 개운한 국물떡볶이를 먹으러 마포에 가고, 추억의 맛이 그리울 때면 문정동의 떡볶이 골목을 찾는다. 또 입맛이 없을 때는 매콤달콤한 즉석떡볶이를 먹으러 신당동을 방문한다. 떡볶이는 언제 먹어도 질리지 않는 맛이자 누구나 좋아하는 만인의 소울 푸드가 아닌가 싶다.

덴마크의 인상주의 화가 안나 앵커Anna Ancher, 1859~1935의 작품 중 〈부엌에 있는 소녀〉라는 그림이 있다. 요리하는 것을 좋아했던 나의 과거를 보는 것 같아 더 반갑게 와 닿는 작품이다.

한 소녀가 부엌에서 요리를 하고 있다. 단정하게 묶은 머리와 가지런하게 접어올린 소매, 그리고 긴 스커트까지, 그 모습이 단정하고 깔끔하다. 싱크대 옆 테이블 위에 그릇과 행주, 바구니가 보이고, 긴 테이블에는 싱싱한 생선 두 마리와 흙이 잔뜩 묻어 있는 야채들도 놓여 있다.

지금 막 텃밭에서 따온 신선한 식재료들을 하나씩 다듬고 있는 소녀의 손이 제법 야무지다. 채소를 적당한 크기로 썰어 갖은 양념에 버무린 새콤달콤한 야채무침을 만드는 것 같기도 하고, 냄비에 야채를 수북이 깔고 그 위에 생선을 통째로 올려 증기에 찐 담백한 생선찜이 탄생할 것 같기도 하다. 어떤 요리가 완성될지 무척 궁금하다.

서로 상호작용을 하는 오묘한 자연광이 그림 속으로 마음을 끌어들인다. 창을 통해 들어오는 햇빛과 커튼으로 가려져 은은하게 통과하는 빛, 햇발로 가득 찬 옆방의 모습과 열린 문을 통해 꺾여 들어오는 빛이 조화를 이루며 따뜻하고 안온한 분위기를 연출한다. 크고 작은 빛이 소녀의 얼굴에 비치면서 그윽한 효과를 만들고, 벽과 바닥에 반사되는 빛들은 홀로 있어 자칫 외롭거나 쓸쓸해 보일 수 있는 부엌에 활기를 불어넣는다. 커튼을 통해 얼비치는 햇빛도 소녀를 열렬히 응원하고 있는 것 같다.

안나 앵커, 〈부엌에 있는 소녀〉, 1883~1886
캔버스에 유채, 87.7×68.5cm, 히르슈스프룽 컬렉션

마음을 환하게 하는 햇살 속에서 요리하는 소녀의 모습이 곰살궂고 다정하다.

덴마크 유틀란트 반도 북쪽 끝에 있는 바다와 바다가 만나는 곳, 스카겐에서 다섯 명의 자녀 중 맏이로 태어난 앵커는 어릴 때부터 미술에 남다른 재능이 있었다. 당시 그녀의 아버지가 운영하던 호텔에는 수많은 화가들이 머물며 그림을 그리곤 했는데, 덕분에 그녀는 그들과 자연스럽게 교류하며 예술적인 영감을 키워나갈 수 있었다. 이후 그녀는 코펜하겐에 있는 미술학교에서 3년간 회화 공부를 하다가 프랑스 파리로 건너가 벽화가 피에르 퓌비 드 샤반의 화실에서 그림을 그리며 자신의 화풍을 확립해갔다. 몇 년 뒤 스카겐으로 다시 돌아온 그녀는 1880년, 동료 화가 마이클 앵커와 결혼하고 딸 헬가를 낳으며 스카겐의 예술인 공동체 마을에 정착해 살았다.

당시 유럽 사회에서 여성에게는 교육의 기회가 흔하지 않았고, 특히 기혼여성은 가사에 전념해야 한다는 사회적 압력이 강해 직업을 갖는 것도, 낯선 남성들 앞에 모습을 드러내는 것도 금기시되었다. 따라서 기혼여성이 전업화가로 활동한다는 것은 더욱이 꿈조차 꾸기 어려웠다. 그러나 앵커는 이에 굴하지 않고 자신이 할 수 있는 한에서 최대한 열심히 작품 활동을 했다.

그녀는 주로 스카겐의 일상에 주목했다. 예방접종하는 날, 마당에 있는 배나무, 추수철의 풍경, 독서하는 여인, 뜨개질하는 노모, 요리하는 소녀 등 평범하고 일상적인 풍경을 화폭에 담았다. 한 가지 특징은 한 집에 살면서 같은 스카겐의 풍경을 그렸음에도 남편은 바닷가의 정경이나 어부들의 활동적인 모습을 많이 그린 반면 그녀는 주로 남성보다는 여성을, 실외보다는 실내를 그렸다는 점이다. 이는 당시 여성에게 엄격하고 보수적이었던 시대 상황을 짐작하게 한다.

그럼에도 불구하고 앵커는 그림 그리기를 멈추지 않았다. 그 결과, 빛과 색에 충실한 세밀한 묘사의 그림으로 사람들에게 알려지기 시작하며 마침내 덴마크를 대표하는 화가로 명성을 얻었다. 이런 그녀의 의지와 노력과는 별개로, 그녀를 묵묵히 지켜봐주고 도와준 남편 마이클 앵커도 정말 대단한 것 같다.

이들 부부는 이후 덴마크 화폐인 1,000크로네 지폐 전면에 초상이 도안되었으며, 아직까지도 덴마크의 위대한 화가로 존경받고 있다. 그들이 함께 살았던 스카겐의 집은 그녀가 세상을 떠난 뒤 딸 헬가가 소유하다가 헬가가 사망한 뒤 헬가재단에 의해 박물관으로 바뀌었으며, 지금은 당시에 같이 활동했던 화가들의 작품과 함께 앵커 가족의 그림이 전시되고 있어서 많은 이들이 찾는 명소가 되었다.

소울 푸드는 원래 고된 노역에 지친 노예들이 고칼로리 음식으로 지친 몸과 마음을 보듬었던 데에서 유래되었다. 그러나 현대사회에서 소울 푸드란 먹으면 왠지 위안이 되는 음식, 답답한 마음을 풀어주는 음식, 추억이 있는 음식 등으로 지칭된다. 소박하지만 따뜻한 요리 한 그릇을 뚝딱 비우고 나면 힘이 절로 나고 마음이 든든해지며 자신감과 용기마저 생긴다. 마치 충일한 기운이 온몸으로 가득 퍼지는 느낌이다.

우리가 언젠가 먹은 그날의 요리는 몸속 한 구석에, 마음 어딘가에 깊이 잠들어 있다가 따뜻한 온기를 내뿜으며 삶의 원동력이 되어준다. 영혼을 따뜻하게 감싸는 소울 푸드 하나면 마음에 따스한 위로가 되고 행복이 가득해진다. 사람이 행복해지는 것은 이토록 간단하다. 맛있는 음식을 먹으면 된다.

앵커의 그림 속 소녀를 바라보니, 금세 또 떡볶이 한 그릇이 먹고 싶어진다.

어쩔 도리 없이 녹아버리다

나는 평범한 일상을 사랑한다. 아침에 마시는 커피 한 잔, 친구들과의 수다, 해질 무렵의 산책, 동네에 있는 작은 카페, 달콤한 디저트, 습관처럼 찾는 미술관, 빈티지 카메라, 손때 묻은 다이어리. 이 모든 것이 매일의 기쁨이 된다. 그러나 때로는 그 무엇도 역부족일 때가 있다. 마음의 활기를 불어놓고 기운을 되찾으려면 우선 몸을 따뜻하게 하고 온기를 불어넣는 일이 먼저다. 몸이 쉬어야 마음도 쉴 수 있다. 의외로 복잡한 마음은 단순한 몸으로부터 해소되는 경우가 많다.

뜨거운 물을 미리 틀어 욕실의 공기를 따뜻하게 한 후 욕조에 아로마 오일 몇 방울을 떨어뜨리니 향긋한 향이 욕실 전체를 감싼다. 좋은 향기는 마음의 불안을 떨쳐내고 긴장을 해소시키며 피로를 완화하는 데 효과적이다. 갑갑한 일상에서 벗어나 몸을 옥죄고 있던 옷을 모두 벗어던지자 왠지 모를 자유로움이 느껴진다. 여기에 입 안 전체를 향기롭게 메우는 허브티 한 잔과 은은하게 빛나는 향초까지 있으니 그야말로 금상첨화다.

조심스럽게 한 발 한 발 욕조에 들어가 따뜻한 물에 나를 온전히 맡기는 순간, 몸과 마음이 무장해제되면서 내가 존재한 적이 없던 것처럼 완전히 녹아내리는 기분이다. 나 자신이 아무렇게나 허물어져도 무방한 시간이다.

평소 다양한 방식의 목욕을 즐긴다. 기분이 축 처지는 날에는 입욕제를 풀어 몽글몽글 올라오는 풍성한 거품 안에 들어간다. 그러면 몸을 감싸는 부드러운 촉감과 은은한 향에 금세 기분이 좋아진다. 기운이 없고 힘이 빠질 때면 반신욕을 하는데, 욕조에 몸을 담그고 있으면 땀이 절로 나면서 몸 안에 있던 나쁜 독소가 모두 배출되는 느낌이다. 욕조 덮개 위에 손을 올려놓고 편안하게 책을 읽어 내려가다 보면 그동안 쌓였던 스트레스가 눈 녹듯 사라진다. 많이 걸어 다닌 날에는 짧게나마 족욕을 한다. 혈액순환을 도와 하체의 부기를 빼주고 근육을 이완해주는 족욕은 저녁에 하면 좋다. 따뜻한 물에 발을 담그고 있으면 고된 하루의 피로가 스르르 풀리는 느낌이다.

목욕의 역사는 아주 오래전으로 거슬러 올라간다. 최초로 목욕탕이 등장한 시기는 고대 로마시대다. 로마의 대중목욕탕은 단순히 몸을 씻고 쉴 수 있는 공간일 뿐만 아니라 병을 치료하는 시설이자 로마인들의 건강비결이기도 했다.

목욕이 활성화된 그 시대의 흔적은 곳곳에 유물로 남아 있으며, 당시의 목욕 풍경은 화가들의 그림에서도 쉽게 찾아볼 수 있다. 대중목욕탕에서 수다를 떠는 여인들의 뒷모습을 그린 장 레옹 제롬의 〈목욕 풍경〉과 젖힌 커튼 속에서 장신구를 떼는 여인을 그린 존 윌리엄 고드워드의 〈폼페이 여인의 목욕〉이 제일 먼저 떠오른다. 특히 로렌스 앨머 태디마는 목욕 풍경을 많이 그렸는데, 화려한 대리석으로 장식된 웅장한 목욕탕에서 두 여인이 물장난을 치는 〈인기 있는 관습〉과 혼욕을 즐기는 남녀의 관능과 쾌락의 장면을 묘사한 〈카라칼라의 목욕탕〉이 잘 알려져 있다.

19세기 화가들도 목욕하는 장면을 캔버스에 많이 담았다. 오귀스트 르누아르가 부드러운 붓 터치로 표현한 〈긴 머리의 목욕하는 여인〉은 따뜻함과 평화로움을 느끼게 하고, 〈게를 들고 장난치는 세 명의 목욕하는 소녀〉는 보기만 해도 미소가 지어지는 행복한 풍경이다. 1880년대부터 목욕하는 여자 연작에 몰두한 에드가 드가는 전통적인 누드 자세를 거부하고 목욕하는 여인을 몰래 바라보는 것 같은 비밀스러운 시선으로 목욕 장면을 포착했다. 의자에 앉아 수건으로 발을 닦는 여인을 그린 〈목욕 후 발을 닦는 여인〉, 욕조에서 나와 몸을 닦는 여인에게 차 한 잔을 건네는 〈목욕 후에〉, 노란색 소파에 앉아 물기를 닦아내는 〈목욕 후에 몸을 말리는 여인〉 등이 대표적이다.

스웨덴의 낭만주의 화가 안데르스 소른Anders Leonard Zorn, 1860~1920은 물과 빛의 효과를 이용한 감성적이고 서정적인 목욕 풍경을 보여준다. 은은하게 반사되는 빛이 아름답게 표현된 〈목욕하는 달라나 지방의 소녀들〉과 바위에 앉아 목욕의 여유를 즐기는 여인들을 그린 〈여름〉에서 이를 살펴볼 수 있다. 목욕을 소재로 한 소른의 그림들 중 내가 가장 좋아하는 작품은 목욕하는 여인의 일상을 화사하게 표현한 1888년 작 〈목욕〉이다.

햇빛이 비치는 밝은 욕실에 나체의 여인이 서 있다. 둥근 욕조에 담긴 물이 찰랑이고, 여인의 얼굴과 몸이 발갛게 상기되어 있다. 욕실을 가득 채운 따뜻한 온기가 그대로 전해지는 듯하다. 돌돌 말아 대충 올린 헤어 스타일에서 몇 가닥의 잔머리가 흘러내려와 살짝 젖어 있고 여인은 몸을 닦는 데에 집중하고 있다. 엉덩이가 빨갛게 익은 채 손가락 마디마디까지 깨끗하게 닦는 여인의 모습이 귀엽고 사랑스럽다. 수채화로 그린 것이라고 믿기지 않을 정도로 밀도 있고 탄력 있으며 과감한 붓질에서 생동감이 느껴진다. 덕지덕지 붙은 마음의 때까지 깨끗이 씻어주는 것 같은 청량한 그림이다.

소른은 스웨덴 모라의 가난한 집안에서 태어났지만, 천부적인 재능과 꾸준한 노력으로 스웨덴 최고의 화가로 인정받았다. 그는 학교에서 조각을 공부하고 프랑스, 영국, 스페인, 이탈리아 등 유럽 각지와 아프리카를 여행하며 동판화 기술을 익혔다. 이후 파리에 살면서 드가와 마네 등 인상파 화가들의 영향을 받았으며, 인상파 회화와 에스파냐 회화를 결합해 자신만의 독특한 화풍을 탄생시켰다.

그는 생애 동안 조각, 동판화, 누드화, 초상화, 수채화, 유화 등 다양한 분야의 예술을 섭렵했을 정도로 실력이 뛰어났다. 일례로 1893년에 그가 처음 미국을 방문했을 때, 미국의 역대 대통령 두 명의 초상화를 의뢰받았을 정도로 인기가 대단했으며, 미국의 22대, 24대 대통령인 그로버 클리블랜드를 그린 〈그로버 클리블랜드의 초상〉을 남기기도 했다.

평생 세계 곳곳을 다니며 그림을 그렸던 그는 만년에 다시 자신의 고향

안데르스 소른, 〈목욕〉, 1888
수채화와 꽙 위에 구아슈, 198.12×121.92cm, 개인 소장품

인 모라로 돌아갔다. 그는 자신의 집에 작업실을 마련해 두고 처음 미술을 시작했던 조각으로 돌아가 작품 활동을 하다가 1920년의 어느 여름, 조용히 생의 마지막 순간을 맞이했다. 현재 모라에는 그의 생가와 작업실이 그대로 남아 있으며, 여전히 그는 스웨덴을 대표하는 화가로 사랑받고 있다.

일상의 평범한 모습을 특별함으로 치환한 안데르스 소른. 그가 그린 평범함의 미학은 평생에 걸쳐 얻은 삶의 가장 소중한 가치가 아니었을까.

영국의 미술비평가 매튜 키이란은 자신의 저서 《예술과 그 가치》에서 이런 말을 했다.

"세상은, 정확하게는 언론이나 역사는 언제나 모두 얻거나 전부 잃는 게임을 한다. 좋았던 추억이나 나빴던 기억만이 남는다. 결국 평범하고 소소하게 지나가는 날들은 아무도 기억하지 못한다."

반면에 평범하고 소소한 일상을 기록하는 것이 그림이 아닌가 싶다. 화가는 우리가 너무 흔해서 소중함을 모르고 쉽게 지나치는 일상의 장면을 캔버스 안에 펼쳐 놓는다. 우리는 그림을 통해 평범함에 깃들어 있는 가치를 느끼고 그 순간 평범함은 특별함으로 변해 화폭에서 영원히 살아 숨 쉰다.

'평범한 것이 진리'라는 말이 있듯이, 우리의 삶이 특별한 것은 바로 이 평범함에 있다. 소른이 캔버스 안에 그려 놓은 평범한 일상의 순간은 먼 곳에 대한 이상과 욕심 때문에 가까이에 있는 소중한 것들을 외면한 것은 아니었는지 돌이켜보게 한다. 무언가를 간절히 바라더라도 때로는 한 걸음 뒤로 물러나 기다릴 줄 아는 것, 삶의 여유와 기다림의 지혜를 배우는 것, 사소한 것에서 행복을 발견하는 것, 이것이 지금 우리에게 필요한 일이 아닌가 싶다.

주위를 둘러보니 그곳에는 보이지 않던 행복이 있었다.

미술관 느리게 걷기

그냥 걷고 싶은 날이 있다. 불현듯 불안감이 엄습해오는 날. 목구멍이 뭔가로 막힌 것 같은 날. 슬픔이 왈칵 쏟아지는 날. 그런 날에는 걷는 것이 최고다. 그저 걷는 게 전부지만 달관한 듯 득도한 듯 걷고 또 걷다 보면 어느새 알 수 없는 감정들이 조금씩 사라진다. 마음이 이끄는 대로 한 발 한 발 내딛으며 반복하고 또 반복하다 보면 복잡한 생각들이 절로 사그라진다. "진정 위대한 모든 생각은 걷기로부터 나온다"는 니체의 말처럼, 걷는 일은 사유와 명상, 자유와 기쁨, 위로와 용기의 원천이 된다. 걷기는 생각을 정리할 수 있는 기회이자 마음을 점검할 수 있는 시간이며 가장 빠르고 단순하게 삶의 의미를 깨닫게 해주는 소중한 자산이다.

나는 걷는 것을 참 좋아한다. 일단 걷기 시작하면 평소에는 보이지 않던 것들이 보인다. 너무 빨리 지나쳐 미처 볼 수 없던 사람들의 표정이 보이고, 채 발견하지 못했던 내 마음이 보인다. 텅 빈 광활함 속에서 홀로 걷다 보면 거대한 상념들이 사라지고 나쁜 기억들은 유실된다. 마음의 미묘한 움직임을 감지하며 부유하는 마음 따라 하릴없이 걷다 보면 어느덧 온전한 내면에 이른다. 그래서 걷기란 자신의 심연을 들여다보겠다는 의지이며 내 영혼과 대화하겠다는 집념이다. 생을 피하지 않고 마주하겠다는 의기이며 세상의 모든 것과 호흡하겠다는 용기다.

휴일 아침, 무작정 집에서 나와 걷기 시작했다. 발길 닿는 대로 걷고 또 걷다 보니 갈 곳을 잃은 채 방황하던 발걸음이 지남철 끌리듯 나를 어딘가로 이끌었다. 그렇게 다시 한참을 걸어 어언간 삼청동에 도착했다.

마음이 소란스러울 때마다 이곳을 찾는 것은 몸에 익은 오랜 습관이다. 이곳에 오면 마음이 편안해진다. 골목 곳곳에 놓인 화분들에서 투박한 멋이 느껴지고, 골목 저편에서 가끔씩 들리는 개 짖는 소리마저 정겹다. 골목 어귀마다 살아가려 애쓴 흔적이 묻어 있고, 세월도 숨죽인 낡고 소박한 삶이 정답게 이야기꽃을 피운다. 좁은 골목마다 마주치는 아기자기한 벽화와 감각적인 그래피티에 눈이 즐겁고 크고 작은 갤러리까지 있으니, 걷고 보고 느끼며 접하는 모든 것들에 기쁨을 얻는다.

호젓한 산책로를 따라 걷다가 전망 좋은 카페테라스에 자리를 잡고 앉았다. 지나가는 사람들을 구경하며 시간을 보내다가 친구에게 전화를 했다. 그리고 잠시 후, 그녀가 도착했다.

그녀는 나와 직업, 나이, 전공, 외모, 사는 곳 등이 모두 다르지만 소위 쿵짝이 잘 맞는 친구다. 대학 시절 같은 학교, 다른 전공이었던 우리는 우연히 같은 수업을 몇 번 수강하면서 가까워졌다. 대학 4학년이 되던 해에는 다들 취업준비를 하고 있을 때, 둘이서 훌쩍 유럽 배낭여행을 떠나기도 했을 정도로 각별한 추억을 가지고 있다. 요즘도 일이 끝난 늦은 저녁, 맥주 한 잔으로 하루의 피로를 풀거나 마음이 답답할 때면 한강에서 돗자리를 펴고 앉아 강바람을 쐬기도 한다. 그곳이 어디든 커피 한 잔이면 반나절은 신나게 수다를 떨 수 있는 친밀한 사이다.

카페에서 간단하게 식사를 하고 나와 무심결에 하늘을 올려다보니, 새파란 하늘이 씻은 듯이 시렸다. 숨을 크게 들이마시니 상쾌한 공기가 느껴진다. 어느새 완연한 가을이다. 배도 부르고 친구도 있고 선선한 바람도 불어오니 기분이 절로 쇄연하다. 특별한 말은 하지 않아도 함께 웃으면서 천천히 걷다 보면 마음속 깊은 곳에서부터 푸근함이 전해져 온다.

골목 사이사이를 거닐다가 작은 갤러리 안으로 들어섰다. 전시장 곳곳을 누비며 꼼꼼하게 도록도 읽고 마음에 드는 작품은 사진도 몇 장 찍었다. 그러다가 한 작품에 시선을 뺏겨 한참을 들여다보고 있는데, 어딘가에서 말소리와 웃음소리가 섞여 들렸다. 뒤를 돌아보니 작가와 대화를 나누고 있는 그녀가 보였다. 그림을 보며 이것저것 묻고 답하는 모습이 프랑스의 인상주의 화가 에드가 드가Edgar De Gas, 1834~1917의 〈미술관 방문〉을 보는 듯했다.

드가는 인상주의 화가이면서도 빛의 효과나 대기의 변화에는 별로 관심이 없었다. 따라서 그는 주로 오페라, 카페, 경마장, 발레장, 미술관 등 그림의 공간을 실내로 한정시켰다. 드가는 미술관이라는 공간을 중심으로 연작을 남겼는데, 1879년부터 다음해까지 그린 〈미술관 방문〉은 미국

에드가 드가, 〈미술관 방문〉, 1879~1880
캔버스에 유채, 91.7×67.9cm, 보스턴미술관

의 인상주의 화가 메리 카샛과 그녀의 언니 리디아가 루브르미술관에서 전시를 감상하는 모습을 담은 것으로, 그의 미술관 연작 중 빛이 가장 아름답게 표현된 작품이다. 그는 이 그림을 완성한 뒤 바로 이어 〈루브르에서 메리 카샛 2〉를 그렸고 1885년에는 〈루브르에서 카샛과 그녀의 언니〉를 그렸다. 또 같은 해에 그린 〈미술관에 방문〉에서는 홀로 전시를 감상하는 카샛의 뒷모습을 캔버스에 담기도 했다.

카샛이 한 손을 허리에 얹고 고개를 빳빳이 든 채 그림을 감상하고 있다. 리디아는 푹신한 의자에 앉아 카탈로그와 그림을 번갈아 바라본다. 비슷한 옷차림과 비슷한 헤어스타일을 하고 있는 두 자매지만 그림을 감상하는 스타일은 전혀 다르다. 카샛이 현장에서 느낄 수 있는 실재하는 그림의 기운에 주목하고 있다면, 리디아는 그림의 정보에 집중하고 있는 모습이다. 이런 차이는 카샛은 직접 그림을 그리는 화가이고 리디아는 그림을 감상하는 입장이기 때문인 것 같다.

또 한 가지 눈에 띄는 특징은 모든 것이 뿌옇고 초점이 흐릿한데 유독 카샛의 얼굴만 또렷하게 보인다는 점이다. 리디아가 분명 앞에 앉아 있음에도 불구하고 그녀의 얼굴은 어둡게 그늘지고 뭉개져 있는데, 카샛의 얼굴은 환하게 빛이 난다. 낮게 깔린 눈꺼풀과 붉은 입술까지 명징하게 보인다. 아마 그 순간 드가의 눈에는 카샛만이 낭랑하게 보인 것이 아니었나 싶다.

어린 시절, 어머니의 불륜 장면을 목격한 드가는 어머니에 대한 엄청난 증오심을 갖고 있었다. 그리고 그 증오심은 여성 전체를 혐오하는 것으로 발전했다. 그는 공식석상에서도 여성비하 발언을 서슴지 않았고, 노골적으로 여가수를 개라고 표현하기도 했을 정도로 여성 혐오자였다. 그러나 그에게도 예외가 있었으니, 그것은 메리 카샛이었다.

그의 작품에 그녀가 종종 모델로 등장하곤 하는데, 카샛을 그린 그림을 보고 있으면 그녀에 대한 깊은 존중과 애정이 느껴진다. 그는 그녀를 위해 소네트를 쓰고 그녀를 그리기도 했지만 끝내 청혼은 하지 않았다. 둘은 밀접한 친분관계를 유지하며 지냈으나 평생 각각 독신으로 살았다. 그들의 숨겨진 로맨스는 아직도 정확히 밝혀지지는 않았지만 서로를 존중하고 서로에게 의지했던 특별한 관계였음은 분명한 것 같다.

미술관은 그들에게 특별한 의미를 지닌다. 드가는 열아홉 살 때부터 루브르미술관에서 작품을 모사할 수 있는 허가를 얻어 그림을 그렸고, 카샛은 그곳에 전시된 작품들을 모작하며 예술적 감각을 키워나갔다.

그들이 미술관에서 옛 거장들의 작품을 연구하며 자신의 작품세계를 완성해나갔듯이, 산책하는 기분으로 미술관을 느리게 걷다 보면 분명하지는 않지만 분명 존재하고 있는 모호한 감정들이 보이기 시작한다. 사색의 여정에서 마주하는 그림은 우리에게 진심어린 소통과 공감을 전한다.

그림이 이끄는 대로 따라가다 보면 온전한 내면을 응시하게 되고 답답했던 마음이 한결 가벼워진다. 때로 그림은 삶에 갈피를 잡을 수 없을 때 나침반이 되고 길을 안내하는 길잡이가 되어준다. 우리는 그림이 이끄는 대로 걸으며 마음의 문을 열기만 하면 된다.

책이 주는 달콤한 평온

저녁 무렵 망원동으로 향했다. 오늘도 우리의 대화 주제는 책이다.

출판에이전시 대표인 그는 책을 정말 사랑하는 사람이다. 매일 새벽 6시에 일어나 두 시간씩 책을 읽고 매주 정기적인 독서모임을 하는 그의 책에 대한 열정은 정말 혀를 내두를 정도다. 출판 관련 일을 그리 오래 했으면서도 책이 전혀 지겹지 않나 보다. 그는 요즘 고전 책을 많이 읽고 있다고 했다. 크세노폰의 《소크라테스 회상》과 플라톤의 《플라톤의 대화편》 같은 인문 고전 책이었다.

필사 노트에 단정하게 눌러 쓴 깨알 같은 글씨와 형광펜으로 반듯하게 밑줄 그은 모습이 눈길을 끌었다. 외우고 싶은 문장은 반드시 써야만 외워진다고 말하는 그의 눈빛이 선명하게 반짝였다. 삶이 헷갈릴 때면 고전을 읽는 것도 한 방법인 것 같다.

요즘 무슨 책을 읽고 있느냐는 그의 물음에 가방에 있던 책을 꺼내 보였다. 로맹 가리의 장편소설 《자기 앞의 생》이었다. 작가의 이름에 따라 작품의 평가가 달라지는 세상의 편견과 위선에 맞서다가 권총 자살로 생을 마감한 프랑스의 작가 로맹 가리. 그의 또 다른 이름은 에밀 아자르다. 로맹 가리와 에밀 아자르가 동일 인물이라는 것은 그가 남긴 유서를 통해 세상에 알려졌으며, 에밀 아자르라는 이름으로 출간된 다른 소설도 모두 그가 쓴 것임이 밝혀지면서 엄청난 반향이 일기도 했다.

이 책은 1975년에 에밀 아자르의 이름으로 출간된 소설로, 소년 모모가 로자 아주머니와의 관계를 통해 성장하는 아름답고도 슬픈 이야기다. 이 소설에서 좋아하는 구절은 셀 수 없이 많지만 "시간은 세상의 어느 것보다도 늙었으므로 걸음걸이가 너무 느렸다"라는 문장은 감각적이면서도 마음이 저린 대목이다.

사실 나는 책을 별로 좋아하지 않는 아이였다. 어렸을 때 엄마가 읽어주던 책 소리는 그저 듣기 좋은 자장가였고 부모님이 큰마음 먹고 사준 세계문학 전집이나 전래동화 시리즈도 성화에 못 이겨 겨우 몇 권 읽었을 정도로 책읽기를 기피했으며, 그조차 글씨 대신 그림만 골라 보며 페이지를 넘기곤 했다. 어린 시절, 내게 독서란 지루하고 답답한 행위로만 느껴졌다.

그나마 책에 대한 추억이 남아 있는 건, 학창 시절에 내 방 침대에 누워 엉엉 울면서 김하인의 소설 《아침인사》를 봤던 기억이다. 밤새 1권을 다 보고 2권이 빨리 읽고 싶어서, 새벽에 동네 서점으로 달려가 문 앞에 서서 주인아저씨가 오기만을 기다렸던 기억이 난다. 그것을 제외하고는 책에 대한 특별한 추억은 떠오르지 않는다. 많은 책을 탐독한 다독가는 결코 아니었으며, 그저 생각하고 공상하기를 좋아하는 몽상가였다.

그런 내가 책을 펼치기가 무서울 정도로 책에 빠져 살기 시작한 것은 스무 살 무렵부터였다. 대학 시절, 시간이 생기면 무조건 도서관으로 달려가 전공 서적부터 시, 소설, 에세이 등을 닥치는 대로 읽고 또 읽었다. 하루에 몇 권씩 책을 빌려 읽고 반납하는 것은 학부 시절 내내 반복된 일과였다. 항상 옆구리에 책을 끼고 다니며 뻣뻣하던 책이 너덜너덜해질 때까지 읽곤 했다. 또 마음이 심란할 때면 습관적으로 서점을 찾았다. 예전에 대형 서점 바로 옆에 살았던 적이 있는데, 거의 매일 그곳에서 살다시피 했다. 조금 여유가 있는 날에는 아침부터 한쪽 구석에 아예 자리를 잡고 앉아 종일 책만 읽었다. 그렇게 책 속에 푹 빠져 있다가 밖에 나와 보면 시간이 훌쩍 지나 하루가 끝나 있는 건 예삿일이었다.

그렇게 미친 듯이 책에 빠져 지냈던 이유는 아마 세상에 대한 답을 책 속에서 구하려 했던 것 같다. 너무나도 복잡한 시간이었기에 조용히 보내는 시간이 필요했다. 책을 읽는다는 것은 생각의 양은 줄이고 생각의 질은 높이는 과정이었다.

그런데 책이 내게 선물한 것은 세상에 대한 답이 아니라 세상에 대한 이해였다. 영국의 소설가 클라이브 루이스가 "우리는 혼자가 아니라는 사실을 알기 위해 책을 읽는다"고 했듯이, 독서란 나와 다른 생각을 가진 사람을 이해하는 일이었고 타인의 역사를 존중하게 되는 훈련이었다. 세상에는 옳고 그름만으로 따질 수 없는 수많은 것들이 존재한다는 사실을 깨달았고, 온전한 이해란 진심어린 마음을 통해서만 가능하다는 것을 알게 되었다.

이해한다는 것은 비극 속에서 기쁨을 발견하는 일이었다.

책 읽는 장소로 서점만큼 좋아하는 곳이 집이다. 서점에서 책을 읽는 것이 내가 원하는 모든 책들과 함께할 수 있어서 좋다면, 집에서 하는 독서는 내가 원하는 책과 온전히 마주할 수 있어서 좋다. 한낮에 창문을 열고 햇볕의 아늑함을 느끼며 독서하는 것을 즐기고 주말 아침, 따뜻한 커피 한 잔과 함께 평소 읽고 싶었던 책을 마음껏 읽으며 시간을 보내는 것은 삶의 소중한 낙이다. 특히 아무 소음도 없는 깊고 조용한 밤에 독서하는 것을 무척 좋아한다. 책과 나의 완벽한 일치감이 느껴지는 짜릿함이랄까. 우주 안에서 홀로 부유하는 듯한 자유롭고 평온한 느낌이며 마치 내가 한 권의 책이 된 기분이다.

이런 기분을 잘 표현해주는 그림이 있다. 조지 클라우센의 〈등불 옆에서의 독서〉다. 홀로 책을 읽는 여인의 모습을 그린 것으로, 고요한 정경이 잔잔하게 마음을 두드리는 장면이다.

소파에 앉아 밤새 책을 읽다 보니 어느새 새벽이 되었다. 하얀 커튼 사이로 스며든 코발트블루 색이 그윽하게 빛나고, 세상이 온통 푸른 빛깔로 물들어 있다. 턱을 괴고 오롯이 책에 집중한 여인이 독서의 심연으로 빠져들고, 은은한 등불이 방 안의 온기를 가득 메운다. 살짝 고개를 숙이고 책을 찬찬히 읽어 내려가는 여인의 눈빛이 진중하고 진지하다. 어떤 페이지는 가볍게 넘어가고 또 어떤 페이지는 아주 오랫동안 시선이 머문다.

이따금 사각대는 책장 넘어가는 소리를 제외하고는 아무 소리도 들리지 않을 정도로 고요하다. 그 고요가 깊고도 깊어 등불의 빛조차 움직이지 않은 채 숨을 죽이고 있는 것 같다. 공기가 천천히 흐르고, 시간은 느리

조지 클라우센, 〈등불 옆에서의 독서〉, 1909
캔버스에 유채, 73.2×58.4cm, 리즈 갤러리

게 숨 쉰다. 소리가 없어 마음이 더 선명한 시간이다.

영국의 자연주의 화가 조지 클라우센George Clausen, 1852~1944은 인테리어 디자이너인 아버지의 영향으로 어릴 적부터 디자인과 회화를 가까이 접하며 좋은 환경에서 그림을 그릴 수 있었다. 그는 로열아카데미에서 교수로 재직하고 나라에서 작위를 받는 등 평생에 걸쳐 그림, 강의, 부, 명예, 권위를 모두 거머쥔 성공한 화가였다. 그는 92세까지 장수하다가 1944년의 어느 가을, 조용히 생을 마감했다. 가끔씩 힘든 시련을 겪은 화가들의 고통스러운 삶과 마주할 때면 가련하고 안쓰러운 마음이 드는데, 비교적 큰 굴곡 없이 평온한 인생을 산 그는 참 복이 많은 사람이었던 것 같다. 아마 그의 이런 마음이 담겨 있기에 이토록 평화로운 그림을 그릴 수 있었던 것이 아니었을까.

생각해보면 수많은 책이 나와 함께했다. 청춘의 시기에 나를 붙잡아주고 때로는 때려주었던 책. 내 유폐된 날들의 벗이 되어준 책. 간결한 문장의 조응이 묵직한 울림으로 전해지는 책. 냉철하고 다감한 시선이 함께 있어 따뜻하면서도 속 시원하게 해결해주던 책. 슬프고 깊고 아름다우면서도 적확하려는 자세마저 느껴지는 책. 이 모든 책들이 그 시절 나의 버팀목이 되어주었다. 어쩌면 인간의 삶이란 한 권의 책을 써내려가는 과정인지도 모른다. 그 지난하고 고통스러운 과정을 견뎌야만 책 한 권이 완성되듯이, 언젠가 찍힐 삶의 마침표를 향해 우리는 오늘도 묵묵히 나아간다.

지금 나는 인생의 어느 대목을 써내려가고 있는 것일까. 다음 문장의 첫 단어가 그리 슬프지만은 않았으면 좋겠다.

관 계

너와 나,
그리고 우리

떨어져 있을 때의 추위와 붙으면 가시에 찔리는 아픔 사이를 반복하다가
결국 우리는 적당히 거리를 유지하는 법을 배우게 된다.

군중 속의 고독

사람들과의 만남이 위업 세우기처럼 느껴질 때가 있다. 피상적인 수준에 머무는 의사소통은 좀처럼 거리감을 좁히지 못하고, 강요된 역할극은 비루한 일상을 가득 메운다. 같은 공간에 있으면서도 최대한 멀리 떨어져 외따로 사는 우리는 함께 있지만 언제나 외롭다. 서로에게 속하지 못하고, 차마 닿지도 못 한 채 늘 그 자리에 서 있는 우리. 각자의 진심은 어딘가에 숨긴 채 드러낼 수도, 드러내지 않을 수도 없는 고독만이 지금 여기, 이 공간에 남아 있다.

함께 대화하면서도 좀처럼 마주치지 않는 얼굴, 같은 곳에 있으면서도 서로 다른 곳을 보는 시선, 거대 장벽에 둘러싸여 오가지 않는 마음. 이것이 지금 우리들의 풍경이다. 사람은 누구도 다른 사람을 온전히 이해할 수 없고 영원히 하나가 될 수 없는 존재인가 보다.

우리는 또 얼마나 긴긴 날을 외롭게 살아야 하는 걸까.

남부럽지 않은 직장, 따뜻한 가족, 사랑하는 연인, 좋은 친구들이 곁에 있어도 허한 마음은 순간순간 밀려온다.

고독은 근본적으로 사람이 택하거나 버릴 수 있는 성격의 것이 아니다. 세상 어디라도 외로운 사람은 외롭고 슬픈 사람은 슬프다. 때로는 사람들 속에 있을 때 고독이라는 감정이 더 도드라지기도 한다. 사람은 떠나도 사람과 사람 사이에 있는 것들은 사라지지 않는 것처럼, 친밀함 이후에 찾아오는 고독은 피할 수 없는 거대한 나락같이 느껴진다.

과연 일정한 고독 없이 유지할 수 있는 관계가 있을까. 사람은 태어나는 순간부터 필연적으로 누군가와 관계를 맺고, 여러 종류의 관계를 경험하며 살아가지만, 이토록 수많은 관계 속에서도 우리는 끊임없이 외로움을 느끼고 쓸쓸함에 젖어든다. 화려함 속의 빈곤이 더 비참하듯 군중 속의 고독은 사람을 더 외롭게 만든다. 어느 때는 군중 속에서 고독한 것이 아니라 군중이 고독한 것 같기도 하다.

현대 산업사회가 첨단 고도화되면서 인간은 더욱 고독한 존재가 되었다. 가족과 밥을 먹을 때도, 카페에서 친구와 대화할 때도, 심지어 휴가를 가서도 우리의 손에는 항상 스마트폰이 들려 있다. 우리에게는 휴대폰도 있고 컴퓨터도 있지만 함께 대화할 사람이 없다. 우리에게는 자동차도 있고 집도 있지만 함께 밥 먹을 사람이 없다. 모든 것이 빠르고 편리해졌음에도 마음은 한없이 공허하고 허기 같은 허전함이 스며든다.

누군가와 끊임없이 교감하기를 원하는 만큼 공허함도 함께 커진다. 미국의 사회학자 데이비드 리스먼은 이런 현상을 '군중 속의 고독'이라고 규정했다. 그는 자신의 저서 《고독한 군중》에서 현대인은 타인으로부터 격리되지 않으려고 애쓰면서도 내면적으로는 고립감에 시달리고 있다고 진단했다. 사람들 속에서 우리가 발견하는 것이 화합이 아니라 고독이라는 것, 오늘날의 서글픈 현실이다.

군중 속의 고독은 많은 화가들이 주목한 주제이기도 하다. 독일의 표현주의 화가 에른스트 키르히너는 〈도시의 거리〉에서 산업화된 도시를 배경으로 익명의 군중을 등장시켰다. 어둡고 쓸쓸한 분위기와 무표정한 사람들을 통해 현대인이라면 한 번쯤 느꼈음직한 고독감을 충일하게 표현했다.

미국의 화가 릴리 푸레디는 지하철을 탄 사람들이 고개를 푹 숙인 채 신문을 읽거나 립스틱을 바르며 서로에게 무신경한 모습을 화폭에 담아 〈지하철〉을 완성했다. 80여 년 전 작품이라고는 믿기지 않을 만큼 지금과 너무 흡사한 풍경이다.

프랑스의 인상주의 화가 에두아르 마네는 〈폴리제르베르 바〉에서 호화로운 파리 사교계를 배경으로 서 있는 여성 바텐더를 그렸다. 그런데 활기 넘치는 바의 분위기와는 달리 여인의 표정은 침울해 보이기까지 한다. 이는 당시 근대성을 대표하는 도시 파리의 화려한 모습과 어두운 표정의 여인을 대비시켜 군중 속의 고독을 극대화한 것이다.

따뜻한 시선으로 군중 속의 고독을 그려내어 감성적인 도시 풍경을 완성한 작품도 있다. 덴마크의 화가 폴 구스타프 피셔Paul Gustave Fischer, 1860~1934의 〈걷다〉가 그것이다. 이 그림은 폴 피셔가 생전 즐겨 그린 덴마크 코펜하겐의 거리 풍경을 담은 것으로, 도시인의 삶을 생생하게 묘사하

파울 피셰르, 〈걷다〉, 1907
패널에 유채, 40.3×31cm, 개인 소장품

고 있다.

모두 한 곳에 모여 있으나 각자 떨어져 있는 것 같은 독특한 구도는 서로에게 무뎌진 마음을 나타내면서도 끊임없이 만나고자 갈망하는 현대인의 이중적인 모습을 보여준다. 함께 줄지어 서 있으나 시선을 마주치지 않는 모습은 서로를 필요로 하면서도 선뜻 다가서지 못하는 현대인의 인간관계를 나타낸다.

그는 사람들 간의 관계를 가을의 정취 속에 담아 도시적 서정을 선보였다. 따뜻한 정서로 번안된 군중 속의 고독은 앞서 소개한 다른 화가들의 그림과는 또 다른 느낌을 준다. 그가 구현해내는 군중 속의 고독은 소외를 표상하고 있지만 쓸쓸하지만은 않다.

도시의 한복판에 가을이 찾아왔다. 바람이 불 때마다 나뭇가지가 흔들리고 노랗게 물든 낙엽이 땅 위로 떨어진다. 아침이 되자 사람들이 하나둘 거리로 나와 저마다의 장소로 발걸음을 옮긴다. 비 소식이 있는지 사람들의 손에는 제각각 우산이 들려 있다. 도로 저편에 노란색 트램이 지나가고 주위를 살피며 한 남성이 길을 건넌다. 정류장에는 사람들이 열을 맞춰 서 있다. 연둣빛의 화려한 모자로 한껏 멋을 낸 여인과 하얀색 퍼를 목에 두른 여성의 두툼한 옷차림이 코펜하겐의 쌀쌀한 가을 날씨를 짐작하게 한다. 파란색 원피스를 입은 소녀의 약간 상기된 볼과 다소곳한 자세에서 하루를 시작하는 설렘이 묻어난다. 그 뒤로는 빵모자를 쓴 노신사와 이웃 주민이 서로 대화를 나누는 모습도 보인다. 주머니에 손을 넣고 약간은 비스듬한 자세로 서로를 마주보고 있는 모습이 여유롭고 편안하다. 고요함 속에 활기가 넘치는 풍경이다.

1891년에 프랑스 파리로 건너가 그림 공부를 한 폴 피셔는 그곳에서 인상파의 영향을 강하게 받았다. 그의 초기작을 보면 북구의 변덕스러운 날씨로 인해 우중충하고 흐린 풍경이 주를 이루고 있는 반면 파리 유학생활을 하면서 그린 그림에는 햇빛이 쏟아지는 풍경들이 등장하며 밝고 화사해진 느낌을 확인할 수 있다.

〈걷다〉는 유학을 마치고 돌아와 한참 뒤에 그린 작품임에도 인상파의 흔적이 곳곳에서 묻어난다. 안개에 휩싸인 건물을 화사한 푸른빛으로 표현한 부분은 모네의 그림을 연상시키고, 붓을 꾹꾹 눌러 낙엽을 두껍게 묘사한 것은 고흐가 주로 사용했던 임파스토 기법을 떠올리게 한다. 또 과하지 않은 붓 터치로 빛이 반사되는 것처럼 바닥을 표현한 것은 흡사 카유보트의 그림을 보는 듯하다. 빛과 그림자, 그리고 색이 멋스럽게 조화를 이뤄 따뜻한 고독을 선사하는 그의 그림은 우리에게 현대사회의 달콤함을 음미하면서도 씁쓸한 단면을 성찰하게 한다.

이탈리아의 속담 중 "완벽한 형제를 원하는 사람은 영원히 외동아들로 남아 있어야 한다"는 말이 있다. 우리는 모두 조금씩 부족하고 외롭고 아프기에 서로가 필요한 것이다. 우리가 살아 있는 한 그 달갑지 않은 고독이 계속되겠지만, 때로 고독은 서로를 이해하고 결속시키는 도구가 되기도 한다.

생이라는 고독한 여정에서 외로움을 상쇄시켜주는 것은 결국 서로의 온기다. 버겁고 두렵고 힘든 세상살이를 견디게 하는 것은 인간과 인간

사이의 따뜻한 관심과 사랑이다. 따뜻한 말 한마디, 진심어린 응원의 눈빛, 진솔한 격려 하나가 서로에게 전해질 때 우리는 외롭지만 춥지 않은, 힘들지만 견딜 수 있는 고독을 맞이한다.

나약한 끈으로 연결된 것이 인간일지라도 그 희미한 연대감마저 외면하지 않는 것, 따뜻한 사람이 되지 못할지언정 쉽게 무심해지지 않는 것, 그것이 지금 우리에게 필요하지 않을까 싶다. '기쁨을 나누면 배가 되고 슬픔을 나누면 반이 된다'는 말이 있듯이, 고독을 나눌 수 있을 때 고독은 또 다른 모습으로 다가올 것이다.

푸른 베일로 마음을 덮다

"너무 착하게 살지 마. 착하게 사는 게 꼭 좋은 것만은 아닌 것 같아."

상처로 뒤엉킨 슬픈 얼굴로 그녀가 말했다. 채 벌리지 못한 입술로 나지막하게 읊조리던 목소리, 그것은 서글픈 확신이었다.

내 오랜 친구인 그녀는 착한 사람으로 정평이 나 있는 인물이다. 착한 네가 인생을 제대로 살고 있는 것이라고 위로했지만 소용없는 일이었다. 그 어떤 말도 그녀의 시든 심장을 뛰게 하지는 못했다. 살다 보면 우리 가슴의 무딘 방패는 수많은 칼날에 찔리곤 한다. 예고 없이 찾아온 충격에 휘청거리고 제때 치료받지 못하고 방치된 상처는 점점 곪아간다. 은밀한 내상을 입은 기억은 이따금 고개를 들어 가슴을 더 아프게 후벼 판다. 우리는 또 얼마만큼의 상처를 더 감당하며 살아야 하는 걸까.

우리는 타인의 상처에 무심해 쉽게 무례해진다. 누구 하나 마음속에 상처 한 점이 없을 리 없음에도 내 상처만 거대하게 생각한다. 사람마다 상처받는 지점이 다양하기에 상대에게 상처주지 않는 일은 꽤 주의가 필요한 일임에도 너무 안일하게 대처하고 쉽게 판단한다. 섬세하게 반응하는 법을 몰라 날카로운 말로 여린 가슴을 꼬집고, 한기 섞인 말투로 민감하게 대응한다. 낭비하며 던진 말은 비릿한 충고가 되고, 곤두선 애착은 너와 나의 거리를 멀게 한다. 품은 말 다 삼키고 겨우 뱉은 황량한 한마디로 끝끝내 믿음을 붕괴시킨다.

너무 서투른 나머지 서로에게 상처만 주는 이기적이고 성마른 관계가 된다. 서로의 마음을 다 알면서도 기어이 가시 같은 말을 내뱉고, 어떻게든 빈틈을 찾아내어 생채기를 후벼 파고는, 미안해한다. 상처를 헤집으면서도 서로의 부재에 상처받는 우리는 서로에게 영원히 닿을 수도, 뒤돌 수도 없는 허공에 뜬 섬 같다.

쇼펜하우어도 말하지 않았던가. 떨어져 있을 때의 추위와 붙으면 가시에 찔리는 아픔 사이를 반복하다가 결국 우리는 적당히 거리를 유지하는 법을 배우게 된다고. 인간은 상처로 연결되어 있고 세상은 상처로 얼룩져 있다.

때로 상처는 창의성에 기여하기도 한다. 때로는 고독으로, 때로는 광기로, 때로는 슬픔으로 남아 위대한 작품으로 발현된다. 상처가 예술이 되는 순간이다.

노르웨이의 표현주의 화가 에드바르 뭉크는 다섯 살 때 어머니가 결핵으로 사망하고, 10여 년 뒤 그의 누나가 같은 병으로 사망하자 어린 나이에 커다란 상처를 받았다. 이는 죽음에 대한 끔찍한 공포가 되어 〈절규〉, 〈죽은 어머니〉, 〈불안〉 등 그의 그림에서 신경질적이고 광적인 모습으로 표현되었다. 멕시코의 화가 프리다 칼로는 평생에 걸쳐 극심한 육체적 고통과 정신적 고통을 겪어야 했다. 그녀는 자신의 깊은 상처를 〈상처 입은 사슴〉, 〈몇 개의 작은 상처들〉, 〈나의 탄생〉 등으로 실감나게 기록해 위대한 예술로 승화시켰다.

미국의 인상주의 화가 에드먼드 타벨Edmund Charles Tarbell, 1862~1938은 어린 시절, 부모로부터 버림받은 상처가 있었다. 그가 두 살 때 아버지가 장티푸스로 세상을 떠나자 그의 어머니는 새로운 남자와 재혼하며 타벨과 그의 누나를 남겨 놓고 집을 떠났다. 그로 인해 할아버지의 손에서 자란 그는 부모의 부재와 버림받은 상처를 평생 껴안고 살아야 했다.

그렇게 시간이 흘러 스물여섯 살이 되던 해, 그는 미국 보스턴 도체스터 지역의 유력한 자산가의 딸인 에믈린과 결혼한다. 타벨은 결혼 후 네 명의 아이를 두었는데, 그의 작품을 모아 놓으면 가족연대기가 그려질 정도로 그림에 가족의 모습을 자주 등장시켰다. 아마 자신의 의지로 꾸린 가족을 통해 과거 가족으로부터 버림받았던 상처를 조금씩 치유한 것이 아니었나 싶다.

상처로 마음을 어루만진 그가 캔버스 위에 그려 놓은 흔적을 진지하고 애정 어린 눈길로 따라가 본다.

아무도 없다. 여인을 휘감고 있는 베일만 있을 뿐이다. 끝내 벗어날 수 없던 기억을 숨기기 위해 몸에 익은 습관이 겨우 상처를 덮는 일이다. 눈을 감자, 언제 들어왔는지도 모를 상처들이 그녀 주변으로 모여든다. 유폐된 상처들이 그녀 주위를 휘휘 선회한다. 그곳에는 미처 해결되지 못한 상처가 남아 있다. 너무 아픈 나머지 입때껏 서늘하게 새겨져 있다. 여인은 낫지 않는 상처로 고통 받으며 그 흔적들과 홀로 투쟁한다. 드러내놓고 아파할 수 없는 슬픔들이 낮게 절규하고, 눈물은 강박처럼 달라붙는다. 그런데 눈물을 흘려보내는 여인의 모습이 의외로 담담하다. 극도로 차분해서 위태롭고 요란스럽지 않아 더 절박하다.

베일 쓴 여인을 통해 얼굴 이면에 감춰진 내면의 상처를 담담하게 표현한 타벨의 이 그림은 상처받은 이들에게 바치는 우아한 헌사 같다.

이 그림을 보고 '상처'라는 단어밖에 떠오르지 않았다. 여인의 눈빛은 분명 상처였다. 그녀의 표정은 상흔으로 가득했고, 그녀의 몸은 흉터투성이처럼 보였다. 누군가 내게 어찌하여 그렇게 확신할 수 있느냐고 묻는다면, 그녀가 나이기 때문이라고 답할 수밖에 없다. 명석한 감정보다 분명한 의미는 없으니 말이다.

그림을 본다는 것은 내면을 발견하는 것과 같다. 그림은 그것이 표현할 수 있는 것보다 훨씬 많은 것들을 함축하고 있다. 우리가 그 안에서 발견하는 것은 무한하며, 동시에 유한하다. 어떤 사람에게는 상처받은 여인으로 보일 수 있고, 어떤 사람에게는 신비로운 여인처럼 보일 수 있다. 어떤 사람에게는 슬픔에 잠긴 여인으로 보일 수 있고, 어떤 사람에게는 꿈을 꾸는 여인처럼 보일 수 있다. 해석은 각자의 몫이다. 그러나 그림에 공통적으로 존재하는 것은 결국 나 자신이다. 화가는 그렸고 나는 거기에

에드먼드 타벨, 〈푸른 베일〉, 1899
캔버스에 유채, 73.7×61cm, 미국 캘리포니아 주 샌프란시스코 파인 아트 뮤지엄

있다.

세상의 상처란 상처는 혼자 다 가진 듯한 얼굴로 살아갔던 적이 있다. 철저하게 스스로를 방어했고, 상처받지 않을까 노심초사했다. 준비된 상처는 낭비되었고, 영혼은 황폐하게 메말라갔다. 상처에 길들여진다는 것은 실로 무서운 일이었다. 상처는 몸과 마음, 그리고 영혼까지 완전히 잠식해 들어갔다. 상처가 긍정적으로 작용하면 보다 성숙하고 지혜로운 인간으로 거듭나기도 하지만 대부분의 상처는 극심한 자기방어와 피해의식을 흉터로 남겨 세상을 비관적으로 바라보고 삶에 퇴영적인 자세를 취하도록 만든다.

시간이 지나면 다 괜찮아진다고 장담은 못 하겠다. 어떤 상처는 전혀 나아질 생각을 하지 않고 오히려 더 선명해지니까. 세상의 모든 상처는 아주 서서히 아물고 영원히 아물지 않는 상처도 있다. 상처의 흔적은 흐려지지만 결코 사라지지는 않는다.

제 몸에 여러 생채기를 낸 후에야 자신의 상처가 어느 정도인지를 깨닫는 우리는 여전히 어리석다. 온전한 관심을 받지 못하고 가슴에 새기며 홀로 대응했기에 여전히 너무도 쓰린 것이다.

상처를 극복하기 위해 그와는 반대의 감정을 느낄 수 있는 것들로 이겨내는 것도 좋겠지만, 근본적인 치유를 위해서는 최대한 눈을 크게 뜨고 자신의 상처를 똑바로 바라보며 집요하게 파고드는 것이 중요하다. 상처를 덮어두면 흉터가 더 크게 남듯이 마음의 상흔도 최대한 열어 끊임없이 약을 발라주고 딱지 앉는 과정을 바라보는 일이 필요하다.

어쩌면 인간의 삶은 상처에 상처를 더하고 난 뒤 딱지라는 훈장을 얻는 과정인지도 모른다. 우리는 그저 따뜻한 눈빛으로 서로의 상처를 배려하고 보듬어주는 수밖에 없다.

지금 이 순간에도 어딘가에서 존재하고 있을 '베일 쓴 여인'에게 당신의 상처가 치유되기를 바라겠노라고 전하고 싶다.

나의 오랜 친구에게

신록의 싱그러운 기운이 느껴지는 초여름 무렵, 그녀의 출산일이 다가오고 있었다.

늦은 오후, 그녀의 집 근처 카페에 앉아 책을 읽고 있자 몇 분 후, 한손으로 만삭의 배를 잡고 또 한손으로는 허리를 받친 채 뚜벅뚜벅 걸어오는 그녀가 보였다. 갑자기 만나 대화를 나누는 몇 시간 동안 우리의 테이블에 이야깃거리는 넘쳐흘렀다. 결혼과 출산에서부터 가고 싶은 여행지에 대해, 그리고 앞으로의 인생 계획에 이르기까지 서로 맞장구치며 깔깔대고 웃다 보니 마음에 다사로운 위안이 된다.

층층이 쌓여 온 서로의 역사를 알고 있는 우리는 어떤 사람인 척 애쓰지 않아도 되는, 아무 수정도 가할 필요가 없는, 20년지기 친구 사이다. 서로에게 녹아들고 침투하며 같은 슬픔과 같은 기쁨을 느끼며 자란 우리는 함께 세월을 공유하고 변화하며 성장했다. 이제는 커피 한 잔을 마시며 고개를 끄덕이거나 그때는 그랬지, 를 되뇌며 과거를 추억하는 것이 대부분이지만 지금도 함께 새로운 미래를 기약하고 꿈꾸며 살아가고 있다.

청춘의 도입부에 있던 사람이 그때와 같은 모습으로 여전히 내 옆에 존재하고 있다는 것은 큰 축복이고 기적 같은 일이 아닐 수 없다.

결혼 후 몇 년간 아이가 생기지 않아 힘들어했던 그녀는 오랜 노력으로 몇 달 전 소중한 아이를 얻었다. 그러나 큰 기쁨과는 별개로, 심신이 많이 지쳐 있었다. 극심한 입덧으로 인해 임신 후 오히려 살이 빠지고, 여러 가지 신체적 변화를 겪으며 스트레스를 받는 등 기력이 많이 쇠한 상태였다. 정신적으로도 극도로 예민해져 힘들어 하는 그녀의 모습이 가긍하고 안타까웠다.

"허리는 좀 어때? 태동은 많이 느껴져? 아픈 데는 없고? 먹고 싶은 건?"

내 폭풍 같은 질문에 미소 짓던 그녀가 조용히 말했다.

"여행 가고 싶다."

어떤 순간은 찰나의 아름다움으로 영원히 기억된다. 어릴 적부터 여행을 좋아했던 우리는 매번 어디론가 훌쩍 떠나곤 했다. 부족한 돈에 비해 호기심이 왕성했고 함께 했기에 여행의 여러 위험 요소는 그리 큰 문제가 아니었다.

한번은 강원도 산골마을에 간 적이 있다. 시원한 계곡에서 수영도 하고 풀숲에서 꽃도 구경하며 즐거운 시간을 보내다가, 뜨끈한 방갈로에 누워 감자와 옥수수를 베어 먹고 어둑어둑해지면 신나게 불꽃놀이를 하던 기억이 난다. 오래 전의 일이지만, 오랜 시간이 지난 후의 기억은 때로 더 선명해 눈앞에 펼쳐지는 것 같은 생생한 감동으로 다가온다.

그때의 추억을 떠올리게 하는 그림으로 미국의 인상주의 화가 존 싱어 사전트John Singer Sargent, 1856~1925의 〈카네이션, 백합, 백합, 장미〉가 있다. 꽃 이름으로 이루어진 이 그림은 당대 유명 팝 가수인 조셉 마징기의 히트곡 〈화관〉의 후렴구 가사에서 따온 것으로, 시적인 정취가 넘치는 작품이다.

그림은 압축적이고 상징적인 시와 같다. 어떤 순간에 대한 느낌을 함축적이고 예리하면서도 아름답게 나타낸다는 점에서 그림과 시는 무척 닮았다. 시적인 감수성으로 그려진 사전트의 그림을 보고 있으면, 붓으로 찰나의 아름다움을 표현하는 시인을 화가라고 부르는 것이 아닌가 싶다.

여린 박명이 드리워지는 저녁 무렵, 꽃이 만발한 정원에 등불을 들고 서 있는 두 소녀가 있다. 초록 풀들이 빚어내는 싱싱함과 흐드러지게 피어 있는 꽃들이 공간을 가득 메우고, 대기 속에 녹아든 숲의 신비로운 풍광이 애잔하고도 환상적인 분위기를 연출한다. 흡사 꿈속을 거니는 것 같은 느낌이다. 푸른빛의 따스한 색조가 공기의 온기를 더하고 등불의 은은한 빛이 소녀들에게 반사되어 아름다운 한순간을 빚어내고 있다. 순백의 옷을 입고 불을 밝히는 모습이 순수한 감성을 자아내고, 아련한 정경이 우리를 과거의 세계로 인도한다.

이 그림에는 특별한 사연이 있다. 당시 프랑스 파리에서 젊고 유망한 화가로 주목받고 있던 사전트는 고트로 부인의 초상화를 그린 〈마담 X〉

존 싱어 서전트, 〈카네이션, 백합, 백합, 장미〉, 1885~1886
캔버스에 유채, 153.67×173.99cm, 테이트 브리튼 갤러리

를 살롱전에 출품했다가 흘러내린 어깨끈이 선정적이라는 이유로 엄청난 비난을 받는다. 이에 회의를 느낀 그는 충격에서 벗어나기 위해 영국 런던으로 떠났고, 친구와 함께 템스강으로 물놀이를 가서 다이빙을 하던 도중 머리를 심하게 다쳐 인근 코츠월드에서 치료를 받는다. 마침 그곳은 젊은 화가들의 휴양지이자 예술인 마을이었고, 평화롭고 아름다운 경치에 마음을 빼앗긴 그는 그곳에 머무르며 여름을 보낸다.

그러던 어느 날 저녁이었다. 친구이자 일러스트 화가인 프레드릭 버나드의 두 딸이 정원에서 등불을 켜는 모습을 목격한 그는 황홀한 광경에 한순간 매료되었고, 그 모습을 담기 위해 곧바로 캔버스를 펼쳐 그림을 그리기 시작했다. 그러나 얼마 가지 않아 커다란 위기에 봉착한다. 그가 담고 싶었던 저녁 풍경은 낮과 밤 사이의 아주 짧은 시간이었기에 그 순간을 붙잡아 그림을 그리기에는 여러 가지 어려움이 있었던 것이다. 당시 그가 여동생에게 쓴 편지를 보면 그 내용을 알 수 있다.

"두려울 정도로 어려운 주제다. 이 아름다운 색채를 재현해내기가 너무도 어렵다. …… 게다가 그 빛은 불과 10분도 채 지속되지 않는다."

그는 그해 여름 내내, 같은 시간, 같은 장소에서 그림을 그리며 모든 열정을 쏟아 부었지만 끝내 그림을 완성하지 못하고 이듬해 다시 이곳으로 돌아와 2년에 걸쳐 작품을 완성한다. 그리고 다음해, 로열아카데미에서 열린 자신의 첫 전시회에서 이 그림을 선보인 그는 공개와 동시에 엄청난 찬사와 호평을 받으며 재기의 발판을 마련했다. 그리고 이 그림은 여전히 그의 대표작으로 꼽히며 많은 이들에게 사랑받고 있다. 화가의 열정과 집요함이 꽃피운 찰나로, 순간의 미학을 보여주는 걸작이라고 할 수 있다.

사전트의 그림 속 소녀들은 순수함을 환기시키는 매개다. 깨끗하고 투명한 소녀들의 모습은 우리를 어린 시절로 빠져들게 하는 강력한 장치가 된다. 지금의 나와는 다른 순수한 나를 발견하는 시간이자 그때와 별반 다르지 않은 내 모습을 지각하는 순간이기도 하다. 우리는 그림을 통해 어린 자신과 마주하고 아련함으로 남은 그 시절을 떠올린다. 각별한 이야기를 불러일으키는 소녀들의 모습은 세월이 흘러도 변하지 않는 오랜 친구 같아 정겹고, 아득한 유년 시절의 추억을 회상하게 해서 한없이 애틋하다.

내가 이 그림을 혹애하는 이유는 마음 깊이 간직했던 과거의 모습과 온전히 마주할 수 있기 때문이다. 그것만으로도 그림 속으로 걸어 들어갈 이유는 충분하다. 그림은 순간의 기억을 놓치지 않는다. 아주 사적인 순간들은 그림 속에서 빛을 발하며, 내면의 깊은 곳까지 파고들어 도달하기 힘든 지점까지 우리를 이끈다. 세월이 많이 흘러 지나간 과거처럼만 보이는 순간에도 그 시간 너머에는 그림이 말하고자 하는 그 이상의 무엇이 있는 것처럼 말이다. 설령 그것이 환상에 속하는 것이라 할지라도 가슴 저미는 추억이 소생한다는 것은 너무나 귀중하고 보배로운 순간이 아닐 수 없다.

해가 지고 달이 뜨듯이 아이들은 어른이 되었다. 모든 것은 순간이다. 순식간에 지나간 세월 앞에 때로 허전함과 허무함을 느끼기도 하지만 그 과정에 누군가 함께하고 있다는 것만으로도 우리는 충분히 든든하고 행복하다.

정말 다행스럽고, 또 감사하게도 내 곁에는 오랜 친구인 그녀가 있다. 친구는 존재 자체로 나를 지탱해주는 버팀목이 되고, 친구 덕분에 기쁨이 가득해진 날들은 내 삶의 커다란 원동력이 된다. 언제나 충언을 아끼지 않고 진심으로 공감해주며 묵묵히 곁에서 도와주는 그녀가 있기에 나는 참으로 복이 많은 사람인 것 같다. 사전트의 그림 속 소녀들을 바라보며, 다시 한 번 그녀가 참 좋은 친구라는 것을 확인한다.

영화 같은 사랑을 꿈꾸다

어떤 것이 존재하는 것은 그것을 간절히 바라는 사람이 있기 때문인지도 모른다. 요컨대 사랑은 사랑을 원하는 이들을 위해 있는 것이다. 사랑이 로맨틱한 것이 아니라 로맨틱한 사랑을 꿈꾸는 이들이 있기에 사랑은 로맨틱하다. 그리고 그것이 우리가 로맨스영화를 보는 이유이기도 하다.

어릴 때부터 나는 로맨스영화를 참 좋아했다. 앤 공주의 사랑스러운 매력이 느껴지는 〈로마의 휴일〉과 감성적이면서도 지극히 현실적인 내용을 담고 있는 〈쉘부르의 우산〉은 세월이 흘러도 낡지 않는 세련된 감성이 녹아 있다. "She"라는 한 구절이면 내 안에 잠재되어 있던 모든 로맨틱한 감정들이 한꺼번에 쏟아져 나오는 것 같은 영화 〈노팅힐〉은 보고 또 보고 계속 봐도 질리지 않는 신기한 작품이다. 운명적인 만남과 운명적인 재회를 그린 영화 〈첨밀밀〉은 첫사랑의 아련한 추억을 떠올리게 하고, "hello, stranger?"라는 대사로 기억되는 영화 〈클로저〉는 연극으로도 몇 번 봤을 정도로 좋아한다. 해질녘 바닷가에서 쇼스타코비치의 왈츠 2번에 맞춰 춤을 추던 영화 〈번지점프를 하다〉에서의 태희와 인우와 모습은 아직도 내 가슴에 한 컷의 사진처럼 남아 있다.

9년마다 속편이 나오는, 세상에서 가장 독특한 형태의 멜로영화 '비포 시리즈'도 빼놓을 수 없다. 〈비포 선라이즈〉, 〈비포 선셋〉, 〈비포 미드나잇〉으로 이어지는 제시와 셀린의 사랑은 특별한 것이 없어서 더욱 특별하다. 특히 오스트리아 비엔나가 배경이 된 〈비포 선라이즈〉는 그들의 발자취를 따라 빈 시내를 걸었을 정도로 좋아하는 영화다. 기차에서 처음 만난 남녀가 뚜렷한 목적지 없이 거리 곳곳을 거닐며 대화하던 모습이 아직도 생생하다. 음반가게 알트 운트 노이, 손금 점을 보던 크라이네스 카페, 전화놀이로 마음을 고백하던 카페 슈페를 등이 모두 생각나지만, 그 중에서도 가장 기억에 남는 것은 클럽에서 핀볼을 하며 나눈 대화다.

"사랑은 혼자 되기 두려운 두 사람의 도피 같아."

그렇게 하룻밤 꿈같은 만남을 뒤로 하고 그들은 다음을 기약하며 이별한다. '비포 선라이즈'라는 제목처럼 우리의 인생에 해 뜨는 시간이 있다면 그것은 사랑이 시작되기 전이 아닐까. 그들의 사랑은 짧았지만 사랑하기에는 충분한 시간이었다.

세상에는 수많은 멜로영화가 있다. 그러나 마음에 담고 있는 영화는 각자 다르다. 우리 모두 사랑을 하지만 사랑의 기억은 각기 다르듯이 말이다. 사랑의 크기, 방식, 속도가 모두 다른 영화 속 주인공들을 통해 우리는 타인을 이해하고, 내 상황과 비슷한 인물을 보면서 객관적인 시선으로 자신을 돌아본다.

사랑에 대한 답을 찾지 못해 방황하던 시절, 타인의 사랑을 통해 해결의 실마리를 얻게 되는 경우가 있었다. 도무지 이해되지 않던 인간의 어떤 심리를 이해할 수 있었고, 근본적으로 여자와 남자는 다르다는 것, 인간은 본래 다를 수밖에 없다는 것을 깨달았다. 당최 알 수 없던 이별의 이유를 영화 속 인물들에게서 찾을 수 있었고, 결혼이 사랑의 완성이 아니듯 이별이 사랑의 실패는 아니라는 것도 깨달았다. 그리고 여러 우여곡절 끝에 누군가를 진심으로 사랑할 수 있게 되었다.

멜로영화의 긍정성은 사랑의 심취가 아니라 보다 성숙한 사랑을 꾸려나가는 데에 있다. 우리는 누군가의 사랑을 지켜보며 상처받기 두려워 사랑 앞에서 머뭇거리고, 때로는 계산하고 따지며 뒷걸음질 치던 과거의 자신에게서 벗어난다. 한없이 아름답고 뜨거웠던 사랑이 조금씩 부서지고 매몰되며 사라져가는 상황을 통해 사랑은 조심히, 그리고 부단히 가꾸어야 한다는 사실을 배운다. 아무리 소중하더라도 항상 뜨거울 수만은 없음을, 설렘의 시기를 거쳐 친밀함, 익숙함, 그리고 이별에 이르기까지 그 모든 과정이 사랑이었음을 깨닫는다. 또 지금까지의 사랑이 있었기에 지금의 내가 존재한다는 사실을 받아들인다.

영화 같은 사랑을 했던 화가로는 러시아 출신의 프랑스 화가 마르크 샤갈Marc Chagall, 1887~1985이 있다. 샤갈에게 그림의 주제는 늘 사랑이었다.

제1차 세계대전 중 귀국한 그는 러시아 비테프스크에서 벨라라는 여인과 결혼한다. 뛰어난 미모와 교양으로 샤갈의 마음을 단번에 사로잡은 그녀는 평생 샤갈의 그림 속 주인공이 되었다. 사랑에 도취된 연인을 표현한 〈산책〉과 마을을 날아다니는 연인을 그린 〈도시 위에서〉, 그리고 꽃다발을 든 채 키스하는 연인을 묘사한 〈생일〉 등 그의 수많은 작품에서 벨라의 흔적을 찾아볼 수 있다. 특히 신혼의 로맨스가 느껴지는 〈에펠탑의 신랑 신부〉는 샤갈이 말년에 거주한 저택 벽난로 위에 걸려 있었을 정도로 그에게 무척 애정 어린 작품이었다.

에펠탑을 배경으로 방금 결혼식을 마친 신랑 신부가 하늘에 두둥실 떠 있다. 염소가 축복의 마음을 담아 아름다운 선율로 연주하고, 부케를 받은 친구는 천사가 되어 하늘로 날아간다. 다산을 상징하는 붉은 볏의 수탉을 웨딩카처럼 타고 신랑 신부가 에덴동산으로 향한다. 신부의 손에는 희망찬 미래를 상징하는 푸른색 부채가 들려 있고, 한 손으로 신부의 허리를 감싼 채 사랑을 속삭이는 신랑의 모습에서 세상을 다 가진 듯한 충만함이 느껴진다. 함께 하늘을 부유하는 신랑 신부의 모습에서 결혼을 통해 하나가 된 행복의 감정이 여과 없이 드러난다. 꿈을 꾸는 듯한 몽환적인 장면이다.

파리 퐁피두센터에서 이 그림과 처음 마주했을 때, 화사하고 황홀한 색감에 매료되어 한참동안 바라봤던 기억이 난다.
샤갈은 눈에 보이는 색채를 캔버스에 옮기는 것이 아닌, 꿈과 환상의 세계에서 본 듯한 색채를 사용해 그림을 그렸다. 특히 파란색, 노란색, 보라색, 빨간색 등의 보색 대비를 통해 색채를 풍부하고 화사하게 표현했다. "우리네 인생에서 삶과 예술에 진정한 의미를 주는 단 하나의 색은 바

마르크 샤갈, 〈에펠탑의 신랑 신부〉, 1938
캔버스에 유채, 150×136.5cm, 조르주 퐁피두 센터

로 사랑의 색이다"라는 그의 말처럼, 다양한 색이 조화를 이룬 그의 그림을 보고 있으면 눈과 마음이 한층 밝아지는 기분이다. 사랑을 실어 나르는 다채로운 색과 경쾌한 붓질에 마음이 모락거린다.

샤갈은 자서전《나의 인생》에 이렇게 썼다.

"나는 느꼈다. 내가 살아갈 길은 벨라와 함께 하는 것을. 그녀만이 내 아내라는 것을."

서로에게 첫눈에 반해 30여 년 동안 열렬히 사랑했던 샤갈과 벨라. 그렇게 세월이 흘러 1944년 가을, 벨라가 알 수 없는 바이러스에 감염되어 갑자기 사망하자 샤갈은 큰 충격을 받는다. 9개월간 아예 붓을 들지 못했을 정도로 깊은 절망에 빠졌고, 이후 몇 해를 어둡고 침통한 상태로 보내야 했다.

그는 그녀의 무덤 비문에 직접 그림을 그리고 이렇게 글을 새겼다.

"평생토록 그녀는 나의 그림이었습니다."

그녀에게 바친 마지막 글귀처럼, 샤갈에게 벨라는 예술의 원천이자 영원한 뮤즈였다.

가난한 유년의 기억, 조국에게 버림받은 상처, 전쟁의 참혹함, 유대인으로서 겪어야만 했던 고통, 나치의 위협, 오랜 망명생활, 고향에 대한 그리움 속에서도 샤갈의 그림에 행복이 사라지지 않은 것은 그의 곁에 사랑하는 아내 벨라가 함께했기 때문이다.

우리의 삶을 버겁게 짓누르는 현실 속에서도 언제나 사랑은 있다. 이토록 무겁고 힘겨운 삶이 있기에 더욱더 사랑이 필요하다. 삶의 고통 속에서 우리를 구원해주는 것은 결국 사랑이기 때문이다. "인생과 마찬가지로 예술에서도 사랑이 바탕이 되면 모든 것이 가능하다"라는 샤갈의 말처럼, 사랑에는 불행한 현실도 행복한 삶으로 바꿔놓는 힘이 있다. 그것이 사랑의 위대함이라고 믿는다.

샤갈과 벨라의 사랑이 우리에게 말해주듯이, 누구에게나 사랑은 있다. 그러나 누구에게나 사랑할 시간은 많지 않다. 우리는 마땅히 향해야 할 그 사랑에 조금 더 가까이 다가가면 된다.

사랑 앞에 부질없는 것

세상에는 수많은 종류의 사랑이 있다. 풋풋한 첫사랑, 깊고 애달픈 사랑, 이루어질 수 없는 사랑, 뜨거운 형제애, 따뜻한 부정, 헌신적인 모성애, 진한 동지애, 아름다운 인류애 등 우리가 살면서 경험하는 사랑은 무수히 많다. 그중에서도 진정한 사랑이 무엇인지를 웅변적으로 보여주는 이들이 있다. 프랑스의 인상주의 화가 클로드 모네Claude Monet, 1840~1926와 그의 영원한 연인 카미유다.

당시 프랑스 파리에 살고 있던 스물다섯 살의 청년 모네는 자신의 그림에 모델이 되어줄 여인을 찾고 있었다. 그때 한 여인이 모네를 찾아왔는데, 그녀가 열여덟 살의 카미유 동시유였다. 모네는 아름다운 그녀에게 첫눈에 반했고, 서로 사랑에 빠진 그들은 꿈같은 시간을 보내며 사랑을 키워갔다.

그러나 얼마 되지 않아 둘의 사랑은 큰 위기를 맞는다. 당시 모델로 일한 여성들 중 대다수가 거리의 매춘부나 무희들이었고, 가난한 집안 출신인 카미유는 모네 가족의 극심한 반대에 부딪히며 가족으로 받아들여지지 않았다. 더구나 부모의 허락 없이 결혼한다는 것은 부모의 권위에 대한 도전이나 다름없었고, 카미유가 임신했다는 소식에 화가 난 모네의 아버지는 경제적인 지원을 모두 끊어버렸다.

게다가 19세기에 화가로 살아가려면 반드시 살롱전에서 입상해야만 했는데, 기존의 것과 아주 달랐던 인상주의는 서양미술의 근본을 뒤흔든 혁명적인 운동과도 같았고, 그런 새로운 변화가 쉽게 받아들여지기는 어려운 일이었다. 따라서 모네는 번번이 낙선의 고배를 마셔야 했다. 그럼에도 불구하고 둘의 사랑은 변치 않았다. 오히려 공고해졌다.

야외 땡볕에서 몇 시간씩 꼼짝도 하지 못할 만큼의 고된 작업이 이어졌지만 남편의 입상을 위해 카미유는 기꺼이 모델이 되어주었다. 너무 가난한 나머지 등잔불도 켤 수 없었고, 물감을 살 돈조차 없어 작업을 중단할 때도 많았으며, 빚쟁이들이 집에 찾아와 돈 대신 그림을 빼앗아가는 일도 있었다. 심지어 젖이 나오지 않아 카미유는 구걸을 하러 다니기도 했다. 결국 집세를 내지 못해 파리를 떠나야 했지만 그들은 서로를 사랑했고 충분히 행복했다.

당시 모네가 친구이자 후원자인 프레데리크 바지유에게 보낸 편지를 보면 그 마음이 잘 드러난다.

"지금 나는 내가 사랑하는 모든 것들에 둘러싸여 있다네. 저녁이면 사랑하는 가족이 따뜻한 불을 지펴 놓고 나를 기다리는 작은 집으로 돌아간다네."

그 어떤 위기 앞에서도 서로를 끔찍이 아끼며 행복하게 살아가는 그들의 모습은 우리가 살면서 마주하는 고난과 시련이 사랑 앞에서 얼마나 부질없는지 깨닫게 한다. 너무 헛된 것들에 욕심을 내며 살아온 것은 아닌지, 진짜 소중한 것을 흘려보내고 있는 것은 아닌지 생각하게 한다. 사람이 사람을 사랑한다는 것, 참으로 지극한 마음이다.

모네는 카미유를 주제로 56점의 그림을 남겼다. 〈정원의 여인들〉, 〈트루빌 해변의 카미유〉, 〈아르장퇴유 부근의 개양귀비 꽃〉 등 그의 대표작에는 카미유가 단골 모델로 등장한다. 특히 1875년에 그린 〈산책〉은 가족과의 행복한 한때를 그린 것으로, 가족에 대한 모네의 깊은 애정이 담겨 있는 작품이다.

모네 가족이 함께 나들이에 나섰다.

눈부신 햇살이 쏟아지고 초록의 싱그러운 에너지가 대기에 가득하다. 햇살의 따스한 기운이 온몸을 감싸고 코끝에 닿은 꽃향기가 기분을 한껏 부풀린다. 바람에 따라 이리저리 흔들리는 풀 숲 사이로 장과 카미유가 보인다. 초록색 양산을 쓰고 걸어가는 카미유의 얼굴이 얇은 천으로 가려져 있고, 빛에 반사되며 바람에 나부끼는 모습이 아렴풋하다. 하얀 스커트 자락을 나풀거리며 길을 가던 카미유가 잠시 멈춰 뒤를 돌아본다. 모네를 바라보는 카미유의 얼굴이 약간 상기된 듯 붉게 물들어 있고, 그 뒤로는 귀여운 모자를 쓰고 신나게 뛰어노는 아들 장도 보인다.

모네는 바로 이 순간이 자신의 인생에서 가장 행복한 시간이 될 것이라

클로드 모네, 〈산책〉, 1875
캔버스에 유채, 100×81cm, 워싱턴국립미술관

는 것을 알고 있었을까. 흘러가는 구름 아래, 모네 가족의 행복한 순간이 지나가고 있다.

가족들과 함께 산책을 하던 중 우연히 마주한 평화로운 광경에 가슴이 벅차오른 모네는 재빠르게 그 순간을 화폭에 담았다. 당시 모네의 머릿속을 가득 채우고 있던 개념은 '빛'이었다. 그는 죽음보다 어둠이 더 두렵다고 했을 정도로 빛을 중시했다. 이 그림에는 빛을 따라잡으려는 그의 집념에 가까운 노력이 묻어 있다. 그는 흘러가는 구름과 살랑대는 바람, 그리고 따사로운 햇빛 등 움직이고 사라지며 빛나는 모든 것을 화폭에 담았다. 온통 빛으로 가득한 이 그림은 모네의 인상주의 기법이 경지에 도달했음을 알려주는 작품이다.

이 그림을 완성할 당시, 경제적인 사정도 점점 나아지고 모네의 부모도 카미유를 가족으로 인정하며, 이들에게는 행복할 일만 남은 듯했다. 그러나 행복도 잠시, 큰 시련이 찾아왔다. 카미유의 건강이 나날이 쇠약해졌고, 자궁의 종양이 온몸으로 퍼져 더 이상 손을 댈 수 없는 지경에 이른 것이다. 모네는 그토록 사랑하는 카미유가 죽어가는 과정을 고통스럽게 바라볼 수밖에 없었다. 그리고 얼마 후, 그녀는 세상을 떠났다.

사랑하는 아내의 마지막 모습까지 간직하고 싶었던 모네는 임종의 순간을 화폭에 담았는데, 그 그림이 그의 대표작이 된 〈임종을 맞는 카미유 모네〉다. 그는 이 작품에 대해 이런 말을 남기기도 했다.

"너무나 사랑했고 너무나 소중했던 사람이 죽어가고 있습니다. ······ 이제 영원히 내 곁을 떠나려 하는 사랑하는 이의 마지막 모습을 그리고 싶었습니다."

그렇게 카미유가 죽고 7년이 지난 어느 날, 모네는 두 번째 부인 알리스의 딸 수잔과 함께 강변을 산책하고 있었다. 눈부신 태양 아래, 초록색 양산을 쓰고 걷는 수잔에게서 그는 카미유의 모습을 발견한다. 그리고 두 점의 작품을 그렸는데, 그것이 '양산을 쓴 여인'이라는 간략한 제목으로 불리고 있는 〈양산을 쓰고 왼쪽으로 몸을 돌린 여인〉과 〈양산을 쓰고 오른쪽으로 몸을 돌린 여인〉이다. 이는 카미유가 죽은 뒤 줄곧 풍경화와 정물화만 그리던 모네의 7년만의 첫 인물화였다.

하지만 모네는 끝내 여인의 얼굴을 그리지 못했다. 양산의 그림자로 얼굴을 가려 모호하게 처리했다. 이 그림들은 딸 수잔을 대상으로 하고 있지만 실질적으로는 카미유를 그리고 있는 것이다. 카미유에 대한 뭉클한 순애보를 드러낸 모네의 그림은 찬란한 빛과 함께 그녀에 대한 깊은 그리움으로 가득 차 있다. 어쩌면 모네가 그토록 그리고 싶었던 것은 빛이 아니라 햇살 같은 카미유였는지도 모른다.

"카미유가 죽은 뒤 인상파는 몰락했다"는 말이 있었을 정도로 그에게 빛은 카미유였다. 모네에게 그녀는 영감의 원천이었고 영원한 사랑이었으며 빛, 그 자체였다. 그가 세상의 비판과 극심한 가난 속에서도 화가로서 자신의 신념을 지킬 수 있었던 것은 그의 곁에 카미유가 있었기 때문이다.

그녀는 모네의 지친 마음을 사랑으로 보듬어주었고 죽는 순간까지도 따뜻한 미소로 그를 위로했다. 세상 모두가 모네를 비웃을 때 옆에서 힘이 되어준 단 한 사람, 지독한 가난 속에서도 웃음을 잃지 않게 해준 그녀를 모네가 어찌 잊을 수 있었을까.

빛나는 남편을 위해 그림자처럼 조용히 살다간 여인 카미유, 그녀는 사랑하는 사람의 붓끝에서 영원한 빛으로 살아 숨 쉬고 있다.

엄마의 다른 이름

햇살 좋은 주말 아침, 창가에서 들어오는 따뜻한 기운에 절로 눈이 떠졌다. 거실에 나와 보니, 콧노래를 흥얼거리며 화분에 물을 주는 엄마의 모습이 보인다. 시든 잎을 하나씩 솎아내고 화분을 깨끗이 닦으며 정성을 쏟는 모습에서 꽃에 대한 지극한 애정이 느껴진다. 잠시 후, 핑크색 꽃이 망울망울한 화분 하나를 들고 오더니, 한껏 상기된 표정으로 자랑을 늘어놓는다. 그 모습이 너무 소녀 같아서 나 역시 흐뭇한 미소를 짓게 된다.

그런데 마음 한편이 애잔하게 저려오는 것은 왜일까. 자꾸 망각하게 된다. 엄마도 여자라는 것을. 엄마에게도 엄마가 필요하다는 것을. 엄마가 영원히 내 곁에 있지는 않을 것이라는 것을.

엄마와 딸의 관계는 매우 특수하다. 너무 사랑하기에 제일 많이 다투고, 가장 친밀하기에 더 잔인하며, 서로가 닮았음에도 서로를 이해하지 못하는, 모든 것을 공유하면서도 진짜 소통해야 하는 것에는 마음을 내비치지 않는 것이 모녀 사이다.

　독립하는 딸이 대견스러우면서도 한편으로는 서운하고, 자유를 꿈꾸는 딸을 응원하면서도 전통적으로 살아가기를 바라는 것이 엄마의 마음이라면, 가족을 향한 헌신적인 사랑이 존경스러우면서도 그 모습에 괜히 화가 나고 그래서 미운, 또 그러면서도 한없이 애틋하고 미안한 것이 딸의 마음이 아닌가 싶다. 때로는 친구 같고, 때로는 자매 같고, 때로는 연인 같은 엄마와 딸은 그래서 영원한 애증관계다.

　엄마와 딸의 모습을 많이 그린 화가로는 미국의 인상주의 화가 메리 카샛Mary Cassatt, 1844~1926이 있다. 엄마와 아이의 친밀하고 다정한 모습은 그녀가 일생 동안 관심을 가졌던 소재였다. 엄마와 아이가 함께 보트를 타는 평화로운 장면을 그린 〈보트 타기〉, 갓난아기를 품에 안고 사랑스러운 눈길로 바라보는 〈녹색 배경 앞의 엄마와 아기〉, 가족들과의 행복한 한때를 표현한 〈목욕 뒤에〉 등이 있다. 그중 평범한 일상에서 느껴지는 따뜻한 모성애를 그린 그림으로는 〈아이의 목욕〉을 꼽을 수 있다. '모성애 화가'라는 별칭답게 그녀는 엄마와 아이 사이의 섬세한 감정을 안온한 색감과 부드러운 터치로 표현했다.

　엄마가 아이를 자신의 무릎에 앉히고 왼손으로 아이를 감싼 채 다른 한 손으로 발을 씻기고 있다. 아이는 엄마가 씻겨주는 자신의 발을 내려다보며 한 손으로 엄마의 무릎을 짚어 자신의 몸을 지탱한다. 엄마는 아이에게 조근조근 이야기하며 말을 걸고, 아이는 엄마의 목소리에 집중한 채

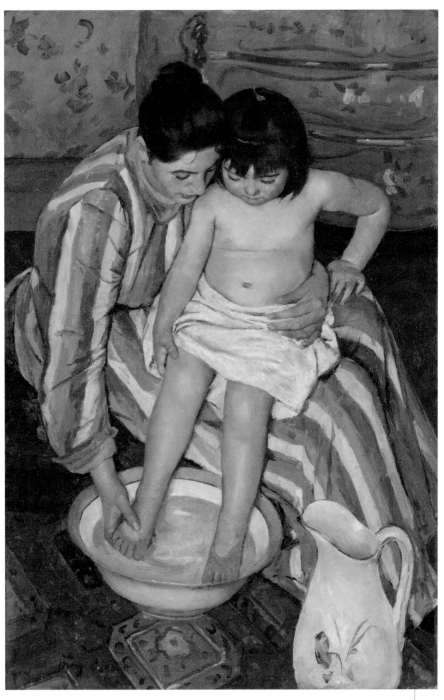

메리 카셋, 〈아이의 목욕〉, 1891~1892
캔버스에 유채, 100.3×66cm, 시카고 아트 인스티튜트

얌전히 앉아 있다.

작고 포동포동한 아이의 발을 씻기는 엄마의 조심스러운 손길에서 정성이 묻어나고, 혹여 물이 차갑지는 않은지, 아이가 감기에 들지는 않을지, 아이의 자세가 불편하지는 않은지 등의 염려가 느껴진다. 아이의 눈빛에는 엄마의 따뜻한 보살핌에 대한 감사와 사랑이 읽힌다. 너무나 소소한 장면이기에 더 깊은 공감을 불러일으키고, 평범한 일상을 담담하게 표현해서 오히려 극진한 모성애가 느껴진다.

미국 펜실베이니아의 부유한 집안에서 태어난 카샛은 여행을 교육의 필수 요소로 여기는 환경 아래 파리, 런던, 베를린 등 유럽 전역을 방문했을 정도로 유복한 유년 시절을 보냈다. 부동산업자인 아버지와 금융업을 하는 부유한 가문의 어머니를 둔 그녀는 매우 윤택한 가정에서 자랐지만 보헤미안의 삶을 지향했고 페미니스트로서의 의식을 중시했다.

당시 여성들은 가정에서 가사와 육아에만 전념해야 했고 남성들만이 사회의 일원으로 여겨졌으나 이에 반대한 그녀는 여성의 자주권을 주장하며 여성의 참정권 획득에도 적극적으로 나섰다. 미술 역시 여성의 접근이 지극히 제안된 영역이었기에 대부분의 여성이 미술을 집에서 취미로 했지만 그녀는 취미가 아닌 직업으로 택했고, 가족들의 극심한 반대를 무릅쓰고 회화공부를 하며 화가의 꿈을 키워나갔다.

필라델피아에서 미술학교를 다니던 어느 날, 그녀는 여학생에게만 누드화가 허용되지 않는 남녀차별 제도와 열악한 교육환경에 실망해 학교를 그만두고, 본격적으로 그림공부를 하기 위해 파리로 떠난다. 그러나 파리조차 여성에게는 관대하지 않았다. 당시 파리는 '화가들의 본고장'으로 불릴 정도로 많은 화가들이 머물며 작품 활동을 하고 있었지만 여성에게는 철저히 금지된 공간이었다. 여전히 아버지의 반대가 계속되었고, 단지 여성이라는 이유만으로 파리의 에콜 데 보자르 같은 미술학교에도 입학할 수 없었다.

그래서 그녀가 찾은 방법이 루브르미술관에서 옛 거장들의 그림을 모사하는 것이었다. 그녀는 그곳에서 그림을 그리며 회화기술을 탄탄하게 다져나갔고, 고전미술을 공부하면서도 전통적인 방식을 고수하지 않고 혁신적인 기법을 추구하며 동시대의 실상적인 삶에 주목했다.

지금도 어려운 일이지만, 당시에 일과 가정을 양립하는 것은 불가능에 가까웠다. 따라서 그녀는 결혼 대신 화가로서의 성공을 택했고, 여성의 삶을 포기한 채 평생을 독신으로 살았다. 프랑스의 사회학자 알렉시 드 토크빌이 한 말을 보면 여성이 살아가기 힘든 시대에 여성으로 태어나 얼마나 많은 억압을 받으며 살았는지를 알 수 있다. 그는 1840년대의 미국을 이렇게 묘사했다.

"미국 여성들은 결혼만 하면 결혼 전에 가졌던 자유를 더 이상 누리지 못한다. 미국인들은 결혼한 여성에게 여성이라는 것을 포기하고 자신의 기쁨을 자신의 의무에 완전히 헌납하라고 요구한다. 이 같은 가혹한 지론 때문에 결혼한 여성은 가정 내의 관심과 의무라는 좁은 범위 내로 못 박히고, 여기서 한 발도 밖으로 나가지 못한다."

카샛은 비록 결혼을 하지 않았지만 결혼해서 아이를 가진 지인들과 함께 어울리며 평생을 살았고, 자신의 그림에도 엄마와 아이의 모습을 많이 등장시켰다. 여성 특유의 부드럽고 따뜻한 감성으로 남성들이 다루지 못한 여성들의 사적인 세계를 그렸고, 타고난 색채감각과 섬세한 묘사로 엄마와 아이의 모습을 캔버스에 담았다. 또한 엄마와 아이의 모습을 감상에 빠져 이상적으로 그리기보다 사실적이고 진솔하게 묘사했다.

어쩌면 그녀의 캔버스 속 엄마와 아이의 모습은 그녀가 원했지만 포기해야만 했던 가정에 대한 결핍과 발산되지 못한 모성애를 표현한 것이 아니었을까. 그래서 그녀의 그림은 아름답지만 슬프고, 밝지만 밝지만은 않다.

카샛의 그림을 보며 우리는 각자의 엄마를 떠올리지 않을 수 없다. 따뜻한 모성애가 느껴지는 엄마와 아이의 모습을 보며 가슴 한구석에 간직하고 있는 유년 시절의 추억을 떠올리고, 엄마에 대한 애틋한 기억을 음미하는 시간을 갖는다. 고달픈 세상살이에 넘어지고 좌절해도 따스한 엄마 품에 안기면 금세 위안이 되고 힘이 생기듯이, 마음이 지치고 힘들 때 그녀의 그림을 보면서 새로운 기운을 얻는다.

인고의 세월을 자식에 대한 사랑 하나로 꿋꿋이 버텨온 여인, 자신의 다른 이름을 모두 버리고 기꺼이 엄마라는 이름을 택한 여성, 모든 것을 주면서도 아무것도 바라지 않는 사람, 본능적이고 절대적이며 영원한 사랑을 주는 유일한 존재, 엄마가 있기에 우리는 오늘도 힘을 내어 살아간다.

아버지의 길

얼마 전 가족들과 노래방에 간 적이 있다. 그날 프랭크 시나트라의 〈My Way〉를 열창하던 아버지의 모습이 생각난다. "And now the end is near"로 시작해 "Yes, It was my way"로 끝나는 노래. 가사를 정리하면 이렇다.

"생의 마지막 순간이 다가와 인생의 마지막 장을 맞이하게 되었습니다. 나는 내 인생을 충실하게 살았고 살아오면서 수많은 일을 겪었습니다. 그러나 그 무엇보다 중요한 건 내 삶을 내 방식대로 살아왔다는 겁니다. 그래요. 그것이 내가 걸어온 인생이었습니다."

중후한 목소리로 노래하는 아버지의 모습은 참으로 강직하고 굳세며 앞으로 자신의 남은 길에는 조금의 흔들림조차 없을 사람처럼 보였다. 그러나 한편으로는 한없이 쓸쓸하고 힘겨우며 더 이상 발 하나 내딛기가 무거워 보였다. 세월이 흘러도 여전히 아버지의 길을 묵묵히 걸어가는 모습이 한없이 존경스러우면서도 마음 언저리가 뻐근하게 아려왔다. 아버지는 그 존재만으로도 어딘지 모르게 숙연한 아픔이 느껴지는 대상인 것 같다.

아버지의 길은 감히 짐작하기도 어렵지만, 아버지와 함께 걸어온 길은 모두 기억이 난다. 부모가 자식에게 주는 최고의 유산은 함께한 기억이다. 자식은 그 기억을 토대로 자신의 인생을 설계하고 자양분삼아 발전시켜나간다.

아버지에 대한 기억을 떠올리면, 큰 키, 따뜻한 손, 환한 미소가 제일 먼저 생각난다. 목마를 태우고 놀이동산에 놀러간 어렴풋한 기억, 유난히 추위를 많이 타는 내게 두툼한 외투를 입혀주던 모습, 함께 손을 잡고 하얀 눈 위를 걷던 일, 아침이면 조용히 내 발을 주무르며 일어나라고 속삭이던 목소리, 미술 사생대회에 나가면 회사 스케줄을 미뤄서라도 현장에서 끝까지 기다려주던 든든함, 교통사고가 나던 날 도로 한복판에 달려와 내 등을 쓰다듬던 따뜻한 손길. 그 모든 기억들은 한 컷의 사진처럼 남아 내 안에 깊이 저장되어 있다.

순간의 느낌이나 장면을 한 컷의 이미지로 간직하는 사진은 인간의 기억과 닮은 매체다. 과거의 한정된 시간을 담아 그 순간을 영원히 포획하는 사진은 우리의 기억을 그 시간에 머무르도록 한다.

프랑스의 인상주의 화가 귀스타브 카유보트^{Gustave Caillebotte, 1848~1894}는 사진 같은 그림을 그렸던 화가로 유명하다. 그는 카메라로 줌인한 것처럼 한 장면을 포착해 캔버스에 담았다. 인물과 배경 사이의 거리가 실

귀스타브 카유보트, 〈작업복 입은 사내〉, 1884
캔버스에 유채, 65×54cm, 개인 소장품

제보다 더 멀게 느껴지는 공간 압축을 통해 입체감을 더했고, 대담한 원근법 실험과 독특한 구도의 화면 구성을 많이 보여주었다. 그가 원근법을 강조해 한 장의 사진처럼 표현한 〈작업복 입은 사내〉라는 그림이 있다. 그 모습이 아버지와 닮아 더 정감이 가는 작품이다.

한 남성이 길을 걷고 있다. 남성의 왼쪽 울타리 너머에 바다가 보이고 오른쪽에는 자연 그대로의 풀뿌리들이 얼키설키 엉켜 있다. 유난히 하얀 길 때문인지 커다란 공허감이 느껴진다. 남자는 뒷짐을 지고 천천히 발걸음을 내딛는다. 아무도 없는 한적한 길을 느릿느릿하게 걷는다. 펑퍼짐한 작업복이 이리저리 구겨져 있는 모습이 세상사에 지친 아버지의 쓸쓸한 마음을 보여주는 것 같다.

남자의 시선을 쭉 따라가다 보니, 저 멀리 양산을 쓰고 걸어가는 여인이 보인다. 둘의 모습이 아버지와 딸 사이를 보는 듯하다. 너무 가깝지도, 너무 멀지도 않은 일정한 간격을 유지한 채 남자는 걷고 또 걷는다. 한 걸음 뒤에 서서 조용히 딸을 바라보며, 딸이 스스로 걸어갈 수 있도록 응원하고 있는 것 같다. 끝없는 삶의 길목에서 굳건한 버팀목이자 지지대가 되어주는 아버지의 모습이 무척 든든하다.

이 그림에서 카유보트는 과감하고 파격적인 구도를 택했다. 급격하게 축소되는 원근법으로 깊은 공간감을 나타냈고, 근경에서 원경까지 점차적으로 좁아지는 길을 이용해 관객의 시선을 한곳으로 모아주었다. 원근감이 시작되는 곳에 남성을 크게 그리고 소실점 부분에 여성을 작게 그린 것은 가히 의도적이라고 봐도 무방하며, 깊은 공간감과 거리감을 강조하고자 하는 장치로 볼 수 있다.

남녀 모두 뒷모습밖에 보이지 않지만 이런 구도를 통해 우리는 남성이 여성을 바라보고 있음을 느낄 수 있고, 남성과 여성을 일직선상에 그려놓음으로써 관객들로 하여금 두 사람의 뒤를 따르며 걷고 있는 듯한 기분이 들도록 유도한다. 또 길의 끝을 보여주지 않음으로써 화면 밖으로 이어지는 길에 대한 상상력을 불러일으킨다.

카유보트는 재능과 재력, 그리고 따뜻한 성품까지 갖춘 사람이었다.

파리의 부유한 상류층 가정에서 태어난 그는 변호사 시험에 합격했지만 법관이 되기를 포기하고 미술공부를 시작했다. 그는 엄청난 부자였지만 주로 서민층의 풍속도와 풍경화를 그렸고, 아카데믹한 미술교육을 받으며 자랐지만 고전적인 규범에서 벗어나 동시대의 모습을 작품의 주된 테마로 삼았다.

아버지가 돌아가신 뒤, 엄청난 유산을 상속받은 그는 경제적인 어려움 없이 평생 그림 그리기에만 몰두할 수 있었다. 그러나 그는 아버지가 물려준 부를 자신을 위해서만 사용하지 않았다. 나누고 베푸는 삶을 살았다. 가난한 동료 화가들의 작품을 구입해 경제적인 도움을 주었고, 모네의 집세를 대신 내주기도 했으며, 인상파전을 기획하고 지원하면서 자신도 화가로서 몇 차례 참가하기도 했다. 그렇게 세월이 흘러 1894년의 겨울, 그는 자신이 수집한 모든 작품을 국가에 기증한다는 유언을 남기고 숨을 거두었다.

그는 비록 생전에 많은 주목을 받지는 못했지만 진정한 인상파 화가였고 누구보다 동료들을 사랑했으며 예술을 위해 가치 있는 일을 많이 했다. 부자로 태어나 평생 여유롭게 살 수 있는 행운을 누렸지만 땀 흘리는 자의 숭고함을 알았고 누구보다 마음이 따뜻하고 인간미 넘치는 사람이었다.

그런 그가 가능했던 데에는 아버지의 사랑과 믿음이 있었다. 그가 아버지에게 물려받은 것은 막대한 유산뿐만이 아니었다. 군수물자 사업을 하던 집안의 상속자이자 저명한 법조인이었던 그의 아버지 마셜 카유보트는 살아생전 아들의 든든한 버팀목이자 지원군이 되어주었다. 비록 그의 아버지는 일찍 돌아가셨지만, 아버지의 믿음을 바탕으로 카유보트는 자신의 인생을 아름답게 가꾸어 간 것이다.

그런 아버지가 그리워서였을까. 그는 평생 결혼을 하지 않고 독신으로 살았음에도 자신의 캔버스에 아버지의 모습을 자주 등장시켰다. 특히 부녀의 모습을 많이 그렸는데, 그의 아버지가 돌아가신 후 이듬해에 그린 〈카유보트 소유의 공원〉에서는 꽃이 화사하게 핀 공원에서 산책하는 부녀의 모습을 아늑한 느낌으로 표현했고, 〈낚시〉에서는 커다란 밀짚모자를 쓰고 낚시하는 아버지와 그 모습을 바라보는 딸을 정답게 묘사했으며, 〈오렌지 나무들〉에서는 나무 그늘 아래 서 있는 딸과 의자에 앉아 신문을 보는 아버지의 모습을 담아 평화로운 부녀의 한때를 보여주었다. 아마 그는 아버지에 대한 깊은 사랑과 그리움을 자신의 그림을 통해 표현하고 표출시켰던 것이 아니었나 싶다.

아이는 자라며 좌절을 겪는다. 좌절하고 또 좌절하며 성장한다. 이때 아이에게 필요한 것은 오직 하나, 아버지의 믿음이다. 따뜻한 눈으로 마음 깊이 믿어주는 아버지만 있으면 아이는 씩씩하게 좌절을 이겨내고 어른이 된다. 나를 성장시킨 것은 아버지의 믿음이었다. 한 사람의 성장은 믿어주고 바라봐주는 아버지의 사랑에서 비롯된다. 그것이 아버지가 평생에 걸쳐 내게 알려준 가르침이었다.

무조건적으로 신뢰해주는 존재가 있다는 것은 참으로 두렵고도 행복한 일이다. 변함없는 마음으로 믿고 지켜봐줌으로써 지금의 내가 있다. 넘어지면 뒤에서 일으켜주고 마음껏 뛰어놀 수 있도록 든든히 지켜준 굳센 믿음이 지금도 나를 바르게 지탱해준다.

그 믿음을 인생의 양분으로 삼아 세상의 모든 자식들은 아버지가 걸어온 길을 차분히 따라 걷는다.

보이는 게 다가 아니야

"재산깨나 있는 독신 남자에게 아내가 꼭 필요하다는 것은 누구나 인정하는 진리다. 이런 남자가 이웃이 되면 그 사람의 감정이나 생각을 거의 모른다고 해도, 이 진리가 동네 사람들의 마음속에 너무나 확고하게 자리 잡고 있어서, 그를 자기네 딸들 가운데 하나가 차지해야 할 재산으로 여기게 마련이다."

영국의 소설가 제인 오스틴의 《오만과 편견》은 이런 문장으로 시작된다. 결혼이라는 사건을 중심으로 재산, 지위, 성격, 가치관, 신분, 계급 등이 부여하는 오만이 또 다른 편견으로 이어지면서 일어나는 일련의 사건들을 담담하면서도 섬세한 필치로 그려낸 이 소설은 19세기 초 잉글랜드 전원 지방을 배경으로 당시 사회상을 묘사하고 있지만, 200여 년이 지난 지금까지도 많은 이들의 공감을 불러일으키며 꾸준히 사랑받고 있다.

작가의 세밀하고 재치 넘치는 표현력도 놀랍지만, 그보다 더 놀라운 것은 우리에게 끊임없이 의미 있는 질문을 던진다는 점이다. 당신이 보고 있는 게 진짜 보고 있는 것이 맞나요, 라고.

예부터 편견은 예술가들의 중요한 화두였다. 그들은 예리한 통찰력으로 편견에 사로잡힌 세상을 날카롭고 위트 있게 꼬집었다. 마르셀 뒤샹은 남성용 소변기에 'R. Mutt'라는 사인을 하고 〈샘〉이라는 이름을 붙여 20세기 초반의 미술사를 통째로 흔들었고, 수프깡통과 코카콜라병, 그리고 유명인의 초상화를 실크스크린 판화기법으로 제작한 앤디 워홀의 작품은 편견에 도취된 세상의 위선을 비추는 거울이었다. 워홀의 열렬한 지지를 받은 '검은 피카소' 바스키아는 낙서는 그림이 아니라는 사람들의 선입견을 깨고 낙서도 그림이라는 것을 증명하며 낙서화가가 아닌 그냥 화가로 불리고 싶어 했다. 반 고흐 역시 이런 말을 한 적이 있다.

"사람의 눈에 보이는 현실은 항상 변하는 것, 단 한 번 나타났다 사라지는 번개 같은 것으로 보이니까 말이야. 단순히 한 번 흘긋 쳐다보는 것만으로는 속기가 쉽지."

벨기에의 초현실주의 화가 르네 마그리트René Magritte, 1898~1967도 빼놓을 수 없다. '초현실주의의 거장'으로 불리는 그가 초현실주의 세계에 입문한 계기는 1926년부터 약 4년간 파리에 체류하면서 초현실주의 시인 브르통과 엘뤼아르, 초현실주의 화가 달리와 후앙 미로 등과 교류하면서부터였다. 초현실주의는 인간의 화석화된 사고에 충격을 주고, 편견으로부터 오염되지 않은 날것의 사고를 자극해 우리 안에 깊이 자리 잡은 고정관념을 깨뜨린다.

마그리트는 〈이미지의 반역〉에서 파이프를 그린 뒤 그 아래에 "이것은 파이프가 아니다"라고 썼다. 파이프를 그린 그림과 파이프가 아니라는 글씨를 동시에 보는 순간 우리는 어리둥절해지며 여러 가지 의문을 갖는다. 또 그는 알을 보며 그림 그리는 남성을 그린 뒤, 남자가 그리고 있는 캔버스에는 알이 아닌 새를 그려놓았다. 그리고 그림의 제목을 〈통찰력〉이라고 이름 붙였다. 그가 어떤 사람인지를 제대로 요약해서 보여주는 그림이다.

그런 그의 그림들 중에 숲을 배경으로 말을 타는 여인을 그린 〈백지위임장〉이라는 작품이 있다. 편견이라는 주제를 세심하게 파고들어간 수작으로, 그의 모든 그림이 다 특별하지만 특히 애정이 가는 작품이다.

한 여인이 말을 타고 숲속을 거닐고 있다. 초록이 우거진 숲에서 기분 좋은 청량함이 느껴진다. 그런데 자세히 보니, 여인과 말, 나무와 숲 모두 어딘가 이상하다. 말에 가려져 보이지 않아야 할 배경이 투명하게 보이고 나무에 가려져 보이지 않아야 할 여인이 뚜렷하게 보인다.

사물과 배경 모두 주변에서 쉽게 볼 수 있는 것들이면서도 현실적으로는 존재하지 않는 광경이다. 사물과 배경 모두 어떤 형태의 변형 없이 있는 그대로 그려지고 사실적으로 표현되었지만 현실적으로는 불가능한 모습이다. 분할된 부분들이 명확하지만 사물과 배경의 경계가 불분명하고 화면의 깊이가 시각의 혼란을 일으킨다. 착시현상처럼 보면 볼수록 헷갈리고, 또 보면 볼수록 빠져든다.

마그리트의 그림은 우리가 본 적도 없고 알 수도 없는 세계를 재현한다.

르네 마그리트, 〈백지위임장〉, 1965
캔버스에 유채, 81×65cm, 워싱턴 내셔널 갤러리

모든 사물이 하나의 세계에 있는 것처럼 보이지만 사실은 그렇지 않을 수 있다. 이따금 어떤 현실은 어떤 환상보다도 비현실적이니까. 마그리트는 이성적인 의식을 배제하는 작업 방식을 취함으로써 무의식을 드러내고자 했다. 현실과 환상의 대립이라는 불가능한 결합을 통해 우리를 불가사의한 미지의 세계로 초대한다. 마침내 모순적인 시공간으로 끌어들여 내면 깊이 잠재되어 있던 어떤 질문을 끄집어낸다.

'세상에서 일어난 모든 일이 시간에 흐름에 따른 원인과 결과로만 이루어져 있다면, 원인과 결과 사이에 있던 수많은 과정들은 모두 어디로 사라진 것일까?'

인간의 편견과 선입견을 비틂으로써 순수한 사고를 이끌어내는 마그리트의 그림은 세상에 대한 시각을 폭넓게 확장한다. "우리가 보는 모든 것들은 무언가를 숨기고 있다. 우리는 항상 우리가 보는 것이 무엇을 숨기고 있는지를 보고 싶어 한다"는 그의 말에서도 알 수 있듯이, 마그리트는 깊은 통찰과 날카로운 지력으로 세상을 바라볼 수 있기를 바랐다.

통찰력 있는 시선으로 본다는 것은 주체자의 눈으로 세상을 바라본다는 의미다. 관찰자의 눈으로 세상을 바라보면 오직 결과만 보게 된다. 즉 나무 사이에 갇힌 여인만 보게 되는 것이다. 그러나 주체자의 눈으로 세상을 바라보면 더 많은 것을 보게 된다. 여인이 어떤 경로를 통해 이곳에 왔는지, 어디를 바라보고 있고 또 어디로 가고 싶은지 말이다. 깊은 사고력과 예리한 재치가 느껴지는 그의 그림은 그래서 더 깊이 있는 생각을 촉발시킨다.

마그리트는 끊임없이 이미지의 반란을 일으킨다. 친숙하고 일상적인 대상을 예기치 않은 공간에 둠으로써 친숙한 것들에 새로운 의미를 부여하고, 일반적인 논리를 뒤집어 본질적인 가치를 환기시킨다. 다른 초현실주의 화가들이 주로 현실에 존재하지 않는 추상적이고 공상적인 이미지를 그린 것에 반해 그는 일상성을 철저히 지켰다. 그는 주위에서 쉽게 접하는 친근하고 평범한 대상을 캔버스 안에 그려놓았다. 그러나 이런 대상이 살짝 비틀리거나 예기치 않은 배경에 놓였을 때 우리는 색다른 경험을 한다. 익숙한 일상에서 느껴지는 낯섦을 통해 관습적인 사고와 고정관념에서 깨어나는 것이다.

 사람들은 눈에 보이는 것을 보지 않는다. 보고 싶은 것을 본다. 사람들은 눈에 보이는 사실을 믿지 않는다. 믿고 싶은 사실을 믿는다. 그것이 불행인지 다행인지는 잘 모르겠다. 그러나 추호의 의심 없이 본대로만 보는 것은 제대로 보는 것이 아닐 수 있다. 어떤 대상을 하나의 잣대로만 바라보는 것은 창밖으로 보이는 풍경이 세상의 전부인 것처럼 착각하는 것과 같고, 모든 대상을 내 기준에 맞춰 판단하는 것은 내 옷이 모두에게 맞아야 한다고 고집부리는 것과 같다.

 많이 보되 현혹되지 않고, 오래 보되 보고 싶은 것만 보지 않으며, 자신이 본 것만 진실이라고 생각하지 않을 때 우리는 비로소 진짜 볼 수 있게 된다. 습관 같은 선입견에 설득당하지 않고 익숙한 편견에 타협하지 않는 것, 편집한 시선으로 감상적인 왜곡에 빠지지 않고 나의 옳음에 중독되지 않은 것, 그것이 편견에 대처하는 바람직한 자세가 아닌가 싶다.

 눈에 보이는 것이 전부는 아니다.

핑크색 여자로 길러지는 세상

오후에 조카의 선물을 사러 백화점에 갔다가 여아 코너로 들어서는 순간, 경악을 금치 못했다. 핑크색 보석함, 핑크색 왕관, 핑크색 공주침대, 핑크색 화장대, 핑크색 브러시, 핑크색 헤어드라이, 핑크색 전화기, 핑크색 야구배트, 핑크색 헬멧 등 온통 핑크색으로 가득한 모습이 충격을 넘어 폭력적으로까지 느껴졌다.

그러고 보니, 얼마 전 지인으로부터 받은 장문의 메일이 생각난다. 유아때 성별에 따른 컬러선택권이 한 사람의 성격과 인생에 어떤 영향을 미치는지에 대한 글이었다. 색에 대한 사회적인 편견과 구조에 의해 개인의 삶이 결정될 수 있다는 것이 글의 핵심이었다. 그는 요즘 첫째 딸이 유독 핑크색에 집착한다며, 어떻게 대처해야 하는지 조심스럽다는 말도 덧붙였다.

그 모든 염려는 이와 같은 물음으로 환원된다. 아이들이 빠져 있는 핑크색은 우리에게 무엇을 말해주고 있는가.

길을 가다가 머리부터 발끝까지 온통 핑크색으로 무장한 여자아이를 보면 예쁘다기보다는 불편하게 느껴진다. 시몬느 드 보봐르도 말한 바 있듯이, 여자로 살아가는 것이 아니라 여자로 길러지고 있는 것 같아서. 더불어 지금의 저 모습은 아이의 자의적인 선택일까, 라는 의문도 생긴다.

그런 아이들을 볼 때면 떠오르는 그림이 있다. 하를라모프의 〈핑크 보닛〉이 그것이다. 러시아의 화가 알렉세이 알렉세이비치 하를라모프Alexei Alexeievich Harlamoff, 1840~1925의 초상화에는 유독 소녀들의 모습이 많이 등장한다. 이 그림은 핑크색 보닛을 쓴 아이의 복잡 미묘한 표정이 잘 표현된 작품이다.

커다란 보닛을 쓴 여자 아이가 있다. 그런데 아이의 표정이 한껏 경직되어 있다. 정면을 응시하는 눈동자가 슬퍼 보이고, 굳게 다문 입술은 무언가 불만스럽지만 꾹 참고 있는 듯하다. 연 핑크부터 핫 핑크까지 한 겹한 겹 층을 이룬 풍성한 레이스와 곳곳에 달린 크고 작은 리본이 화려함을 더한다. 엄청난 크기의 리본이 장식된 보닛이 커다랗다 못해 거대해 보이기까지 한다.

아이에게 보닛은 고개를 가눌 수 없을 정도로 무겁게 느껴진다. 그러나 스스로의 힘으로 리본을 풀기에는 아이는 아직 너무 어리다. 정리가 안 된 머리카락과 한쪽으로 흘러내린 어깨끈이 누군가의 손길이 절실하게 필요한 어린 나이임을 짐작하게 한다. 배경으로 보이는 브라운 컬러의 산란한 붓 터치가 복잡하고 심란한 아이의 심경을 표현하고 있는 것 같다.

알렉세이 알렉세이비치 하를라모프, 〈핑크 보닛〉
캔버스에 유채, 55.5×44.4cm, 개인 소장품

예술가들은 아름다움의 상징으로 핑크색을 사용하기도 했지만 억압의 상징으로 표현하기도 했다. 이런 작품은 오늘날 우리에게 성별에 따른 색 차별을 어떻게 받아들여야 하는지 생각하게 한다.

미국의 조각가 제임스 리 바이어스는 투명한 유리박스 안에 마구 구겨져 있는 핑크색 천을 넣었다. 이는 〈핑크 실크 오브젝트〉라는 이름의 작품으로, 색 선택의 자유를 억압하는 굴레로 인식된다. 한국의 서양화가 윤석남은 〈핑크 소파〉라는 설치미술을 선보였다. 뾰족한 쇠못 다리로 지탱된 핑크색 소파가 아슬아슬해 보이고 소파에 돋아난 뿔들이 마음을 불편하게 하는 모습으로, 아름다움 속에 섬뜩함이 묻어 있는 작품이다. 한국의 사진작가 윤정미는 핑크색을 좋아하는 여덟 살 딸 때문에 〈핑크 앤 블루 프로젝트〉를 시작했다. 그녀는 통상용도에 따라 분류해서 쓰는 여아와 남아의 용품을 색깔별로 보여줌으로써 이 시대의 관습이자 묵언의 질서가 되어버린 색에 대한 고정관념을 꼬집는다.

여성에게 핑크색은 선택의 문제가 아니라 강요가 된 지 오래다. 우리는 핑크색을 통해 끊임없이 여성답기를 강요받으며 여성스러운 여자로 길러진다. 핑크색이 왜 여성의 색인지도 모른 채 말이다. 이런 강요는 부모가 신생아 용품을 준비할 때부터 시작된다. 세상에 태어난 아이는 단지 성별이 여성이라는 이유만으로 태어나자마자 핑크색으로 뒤덮인 옷을 입고 핑크색 벽지가 발린 방에서 자란다. 모든 장난감이 핑크색이고 필기도구는 핑크색으로 세트를 이루고 있다. 유아 때 입는 배냇저고리부터 여성들이 쓰는 화장품 용기, 그리고 할머니들의 스카프까지 모든 여성용품에서 핑크색은 기본이다.

한낱 색일 뿐이라고 생각할 수도 있겠지만 우리가 유년 시절에 접하는 성별에 따른 색 구분은 유아기, 아동기, 청소년기는 물론 청년기, 장년기, 노인기가 될 때까지 한 사람의 성격과 인생에 크고 작은 영향을 미친다. 세 살 버릇 여든까지 가는 것처럼 세 살 때의 색 편향은 나이가 들어도 성별에 따른 컬러코드의 잔재로 남아 색에 대한 일방적인 정체성을 주입하고 고정관념을 양산시키는 것이다. 이런 편견은 자신에서 그치는 것이 아니라 대물림되기도 한다. 파란색 옷을 고른 여자아이에게 "그건 남자 옷이야"라거나 "여자답지 못하다"고 꾸지람하는 부모를 종종 목격하는 것도 같은 이치다.

그러나 정말 좋은 부모라면 딸에게 핑크색을 권하며 여자답기를 강요하기보다 어떤 색을 선택하던 좋은 여자가 될 수 있다고 가르칠 것이다. 정말 건강한 사회라면 마케팅 수단으로 핑크색을 이용하기보다 모든 아이들에게 주체적이고 자율적인, 다양한 컬러선택권을 부여할 것이다.

제1차 세계대전 전에는 성별에 따른 색채 구별이 전혀 없었고 오히려 핑크색이 남자다움의 상징이었다. 1914년 미국 《더 선데이 센티널》에 의하면, 부모들에게 "당신이 이 시대의 관습을 따르려면 남자아이에게는 핑크색을, 여자아이에게는 파란색을 사용하도록 하라"고 권하고 있고, 메릴랜드대 미국학 부교수인 조 파올레티의 연구에 따르면, "유아원이 처음 생겼을 때 강함을 상징하는 빨간색과 비슷한 톤인 핑크색이 남성성을 의미했고, 정절과 성모마리아를 암시하는 파란색은 여성의 색으로 여겨졌으며, 20세기 초까지만 해도 옷을 깨끗이 세탁하기 위해 성별의 구분 없이 모든 아이들이 원피스 형태의 흰 옷을 입었다"고 한다. 핑크색은 소녀용, 파란색은 소년용으로 굳어지는 색의 변화가 일어난 것은 제2차 세계대전 이후였는데, 이는 상업적인 목적 때문이었다.

이 같은 내용은 미국의 저널리스트 페기 오렌스타인의 《신데렐라가 내 딸을 잡아먹었다》에도 나오는데, 그녀는 특히 대중문화와 상업화 전략 때문에 여자 아이들의 성 정체성이 왜곡되는 현실을 날카롭게 진단한다. "핑크가 본질적으로 나쁘다고 이야기하는 것은 아니다. 핑크색은 여러 색깔의 하나일 뿐이며 소녀 시절을 축하하는 의미도 있지만 동시에 반복적으로, 그리고 확고하게 여자아이들의 정체성을 외모에 고착시킨다"라며 아이러니하게도 여성의 인권과 자주권이 높아지면서 '여성스러운 여자아이 문화'도 함께 성장했다고 말한다.

그리고 딸 가진 엄마이기도 한 그녀는 우리에게 이렇게 고한다.

"내가 딸아이에게 바라는 것은 스스로의 가능성과 그것을 채울 수 있는 기회를 분명히 자각하면서 건강하고 행복하게, 자신감 넘치는 사람으로 자랐으면 하는 것뿐이다."

색 차별은 어떤 성별이 더 손해인가를 겨루는 문제가 아니다. 색이라는 기준이 우리 사회를 구성하고 있는 개개인에게 어떤 제약과 차별을 초래하는가의 문제다. 즉 남녀의 문제가 아니라 인간의 문제인 것이다. 따라서 색에 대한 오랜 편견과 구조를 바꾸는 일은 성별, 연령, 국적, 인종 등과 상관없이 모든 인류가 함께 해내야 할 과제이며, 색에 대한 일방적인 구획이 없어질 때 비로소 더 많은 사람들이 자신의 잠재력을 발휘하고, 독창적인 개성을 갖게 되며, 자유롭고 건강한 삶의 기쁨을 누릴 수 있을 것이다.

원래 그런 것은 없다. 다만 길들여져 있을 뿐이다.

좋은 어른이 되기 위한 성장통

"어쩌면 인간이 세상에서 느낄 수 있는 감정을 이미 다 느꼈는지도 몰라. 그러니 이토록 삶이 지루하지."

무료한 삶을 살아가던 어느 날, 텅 빈 음성으로 그녀가 말했다. 너무 바빠 소중한 사람들과 함께 하지 못하고, 크리스마스나 새해가 와도 전혀 설레지 않고, 모든 새로운 사건에 무감해지는 것이 어른이라면, 어른이 되지 않는 게 나을 거라고 생각한 적이 있다.

그런데 우리의 모습은 그 결심과는 정반대로 흘러가고 있었다. 늘 실망을 준비하고 있었고, 비관을 상비하고 있었다. 무슨 일이 생겨도 별일 아니라는 듯 표정관리를 했고, 모든 것을 다 알고 있는 사람처럼 담담하게 행동했다. 감정을 억누르며 사는 것이 올바른 어른의 모습이라고 착각했다. 이렇듯 감정의 판단을 너무 오래 보류하면 마음이 딱딱한 어른이 되고 감정의 판단을 너무 빨리 하면 마음이 들끓는 어른이 된다. 그래서 어른이 된다는 것은 낯선 감정을 연습하는 과정인지도 모른다.

어릴 때 나는 뉴스 보는 소녀였다. 등교 전, 아침뉴스를 조금이라도 더 보기 위해 일부러 밥을 천천히 먹거나, 텔레비전이 있는 거실에서 학용품을 챙기며 최대한 시간을 끌곤 했다. 시계 초침소리와 함께 시작되는 저녁뉴스는 어린 마음을 설레게 하는 데 충분했다. 엄마는 사건사고만 나오는 뉴스를 왜 그렇게 보느냐며 걱정 어린 말투로 나무라셨지만 그런 말이 귀에 들어올 리는 없었다. 세상이 늘 궁금했다. 사람에 대한 질문이었던 것 같기도 하다. 뉴스는 내게 세상을 향한 호기심이었고 어른세계에 대한 동경이었다.

그런데 호기심이 근심으로 바뀌고 동경이 실망으로 바뀌는 데에는 그리 오랜 시간이 걸리지 않았다. 그냥 못 본 척하기에는 너무 많은 것을 봤고 아무것도 모른다고 하기에는 너무나 많은 일이 있었다.

오직 이념만이 세상 유일의 가치인 양 서로 대립하던 그들은 마침내 속내를 드러냈다. 겉으로는 모두 최고의 세상을 꿈꾸는 척했지만 끝내 불편과 불안을 견디지 못하고 정조준 된 눈빛으로 서로를 매섭게 공박했다. 싸움 자체가 목표인 듯 알면서도 재앙을 부추겼고, 음모를 꾸미고 중상을 일삼는 배신과 모략은 결코 끝나지 않았다. 이념을 정의라 착각하는 이도 있고 이념을 애국이라 주장하는 이도 있었다. 마치 서로를 극도로 증오하는 쌍둥이 같았다.

세상을 흑과 백으로만 재단하는 그들을 보며, 흑백텔레비전으로 샤갈의 그림을 보면 그렇게 보일 수도 있겠지, 라고 생각했다. 하긴, 우리는 어쩌면 흑백텔레비전 속 세상이 현실과 더 가깝게 느껴지는 세상에 살고 있는지도 모른다.

세상에서 일어나는 대부분의 문제는 오른쪽과 왼쪽보다 위와 아래인 경우가 많다. 공평한 세상을 원한 적은 없었다. 공정한 세상을 원했지. 공정함을 원하지 않는 이들은 공평이란 이름 뒤에 숨어 불공정한 세상을 지속한다. 착취와 정복을 자랑으로 여기며 부당하게 충성을 요구하다가 조금이라도 방해가 되면 단칼에 쳐내거나 짓밟아버리는 악행을 아무렇지 않게 저지른다. 면피를 꿈꾸는 듯 남에게 요구하는 기준을 스스로 어긴 것에 대해 구차하게 변명하며 타인에게 엄격하고 자신에게 너그러운 태도를 유지한다. 타인의 실패를 내 성공이라 믿는, 먹고 먹히는 전쟁은 끝나지 않는다.

부당하게 박해받고 교묘하게 사기당한 이들은 자신의 불행을 누군가에게 되풀이해야만 직성이 풀리는 듯싶다. 때로는 애정결핍에 걸린 딱한 사람이 되어 가만히 있는 차나 지나가는 개에게 화풀이하는 악순환이 반복된다.

왜 저럴까, 라는 수만 번의 의문 끝에 내가 정말 주목하게 된 것은 그들은 어찌하여 상황과 맞지 않는 표정을 짓게 되었는지였다. 웃는 것이 한없이 막막해 보였다. 자기 자신이 없는 사람 같았다. 광택 잃은 표정으로 누군가의 비위를 맞추기 위해 아첨을 서슴지 않고 타인의 심적 동요를 위해 열연을 펼치며 자신을 그럴듯하게 포장하기도 한다. 스스로를 서열화하고 순위를 매기며 스펙과 타이틀로 자존감을 유지한다. 먹고 살기라는 핑계로 이익을 얻는 데에만 열을 올리고, 때로는 아파트 평수 늘리기에 자신의 모든 것을 걸기도 한다. 밥벌이를 위해 모멸감을 참아내며 생존을 위한 얄팍한 기술로 매일을 견뎌낼 뿐이다.

그런데 슬프게도, 어느 날 내가 발견한 것은 그들과 닮아가는 내 안의 어떤 모습이었다. 섬뜩했다. 아찔함에 모골이 송연해졌다. 나는 속으로 곱씹고 또 곱씹었다. 이렇게 나이 들지는 말자고.

어릴 적에 내가 꿈꾸던 모습은 미국의 인상주의 화가 헬렌 터너$^{Helen Turner, 1858~1958}$의 〈아침 뉴스〉 같은 풍경이었다.

여인이 의자에 앉아 신문을 펼친다. 간단하게 요리가 차려진 식탁에서 여유롭게 아침식사를 하며 조간신문을 읽는 재미가 꽤 쏠쏠하다. 부드럽게 퍼지는 빛이 실내를 감싸고 소품들은 각자의 자리에서 제 역할을 한다. 홍차의 향긋한 향이 집안 가득 은은하게 퍼지자 세상을 이야기하는 검은 활자들이 세상 밖으로 나가버렸는지 그 모습을 감추고 어디론가 사라졌다. 주변은 빛과 함께 찰랑이는데 여인의 얼굴은 일체의 흐트러짐도 없다. 한 곳에 시선이 멈춘 채 무언가에 집중하고 있는 모습이다.

흥미로운 뉴스거리라도 있는 듯 호기심 어린 눈빛과 미소 띤 얼굴로 평화로운 아침을 맞는 그녀가 이내 부러워진다.

터너는 실내에 있는 여인들의 모습을 즐겨 그렸다. 그림의 소재나 배경은 지극히 평범하지만 그 분위기는 매우 특별하다. 가볍고 부드러운 느낌

헬렌 터너, 〈아침뉴스〉, 1915
캔버스에 유채, 45.08×37.47cm, 저지 시티 박물관

의 커튼과 거칠고 딱딱한 느낌의 바닥이 생생하게 대조되며, 자유롭고 섬세한 붓질이 독특하고 매력적이다. 일상의 풍경을 특별하게 표현하는 능력이 놀랍다.

우리는 때로 평범한 순간을 그린 그림을 가치 없는 것으로 생각하기도 하지만 평범한 것보다 고차원적인 특별함은 없다. 터너가 평범함을 통해 특별함을 표현했듯이 인생의 진리는 오히려 평범하고 사소한 것에서 드러난다. 평범함이란 그것을 얻기 위해 정직하고 진지하게 노력한 사람만이 얻을 수 있는 소중한 가치다.

문득 한 친구가 떠오른다. 그녀 역시 터너처럼 평범함을 비범함으로 만드는 놀라운 사람이었다. 그녀는 생선의 부레를 엮어 만든 옛 시절의 우비를 보며 인간의 지혜에 탄복하기보다 환경을 헤아렸고, 레오나르도 다 빈치의 〈최후의 만찬〉을 보며 그림에 감탄하기보다 저 많은 음식들은 누가 다 차렸을까, 라며 노동의 권익을 생각했다. 함께 유명 미술관을 방문한 적이 있었는데, 미술관 입구에서 구걸하던 노인에게 입장료 전액을 기부하고는 재미있게 보고 오라며 웃어 보이던 기억도 난다. 그때 그녀의 나이, 열여덟 살이었다. 나는 확신했다. 어른의 자격이 나이의 많고 적음은 아니라는 것을.

학습된 비관이 습관적 낙심으로 이어지고, 세상의 진실에 마음을 베여 모든 것이 다 부질없게 느껴질 때면 그냥 편리하게 타협하고 싶은 순간이 있다. 그럼에도 불구하고 좋은 어른이 되기를 포기하지 말자고 다짐하는 이유는 세상을 향한 호기심으로 가득했던 그 시절 때문일 것이다. 자꾸 도망치려는 그때를 되새기며, 체념과 냉소로 가까워지려는 마음을 기대와 희망 쪽으로 돌려본다. 어린 시절의 나를 배신하지 말아야지, 하고 다 잡아본다.

어쩌면 우리가 말하는 어른이란 흉내 내는 것에 불과한 것인지도 모른다. 실제로 존재하는 어른이든, 자신의 상상 속 어른이든, 우리는 자신이 좋은 어른이라고 생각하는 어떤 어른의 모습을 따라하며 성장한다. 어른을 흉내 내는 영원한 아이인 것이다. 그런데 신기하게도, 책 읽는 자세를 따라하면 진짜 책을 읽게 되고, 소리 내어 웃다 보면 정말 행복해지듯이 좋은 어른을 자꾸 흉내 내면 언젠가 좋은 어른이 될 수 있지 않을까.

'어른들을 위한 동화'로 불리는 생텍쥐페리의 《어린왕자》의 한 구절을 살짝 빌리자면, 이렇게 말할 수 있겠다.

우리는 누구나 처음에는 좋은 어른이 되고 싶었다. 그러나 그것을 기억하는 어른은 별로 없다.

여행

나를 찾으려
길 위에 서다

두려웠지만 용감했고 서툴렀지만 뜨거웠던 그 시절은 꿈처럼 달아오르다 사그라졌다. 다시 돌아갈 수 없기에 더 아련하겠지만,
어쩌면 그날의 아쉬움은 반드시 돌아오라는 바다의 인사였으리라.

참 기특한 청춘

가진 것이라고는 눈빛밖에 없던 시절, 나는 떠나기로 결심했다. 떠나는 날과 돌아오는 날, 정해진 것은 그것뿐이었다. 어느 날 갑자기 멀리서 들려오는 북소리를 듣고 일본의 소설가 무라카미 하루키가 그리스로 떠난 것처럼, 아무 목적도 계획도 없이 떠난 한 달간의 지중해 여행은 그렇게 시작되었다.

하늘도 깨지 않은 이른 새벽, 저절로 눈이 떠졌다. 간단하게 조식을 먹고 이스탄불 최대 지하 저수지인 예레바탄 지하궁전과 푸른색 타일로 장식된 블루 모스크를 천천히 감상했다. 유럽 대륙과 아시아 대륙을 동시에 걸치고 있는 이스탄불은 매우 독특한 문화를 가지고 있다. 기독교 유적과 이슬람교가 어우러지고, 이슬람교의 엄격한 율법과 개인의 자유가 상생한다. 매 시간마다 거리에 아잔 소리가 울려 퍼지고 사람들은 하나둘 사원으로 모여든다.

"이스탄불은 인류 문명이 그대로 살아 있는 노천 박물관"이라고 말한 영국의 역사가 토인비의 말에 공감하고 있을 때쯤, 화려한 무늬의 히잡을 쓴 여인들이 함께 사진을 찍자며 다가왔다. 그녀들이 추천해준 예쁜 디저트 가게에 가서 터키식 커피도 마시고 골라 먹는 재미가 일품인 달콤한 터키시 딜라이트도 종류별로 몇 개 샀다. 묻지 않아도 알려주던 그들의 친절에 반하고, 여유롭고 낙천적인 모습에 따사로운 위안이 된다.

여행을 갈 때마다 그 도시의 공원을 꼭 찾는다. 도심 한가운데 신선한 공기를 불어넣는 공원은 지친 여행자의 심신을 달래주는 최상의 휴식처다. 뉴욕에 센트럴파크가 있고 런던에 하이드파크가 있듯이 터키에는 귈하네공원이 있다. '귈하네'라는 이름은 터키어로 '장미정원'을 뜻하며, 매년 국제 이스탄불 튤립축제가 개최되는 곳이기도 하다.

바게트 양고기 케밥을 하나 사 들고 터키에서 가장 오래된 공원인 귈하네공원으로 향했다. 공원 입구부터 녹색의 향연, 그 잔치가 시작된다.

주위는 온통 초록색으로 가득하고 그 끝을 보려면 목이 뻐근해질 정도로 키 큰 나무들이 빼곡하게 줄지어 서 있다. 초록의 푸름에 나도 모르게 자꾸 숨을 들이마시게 된다. 듬성듬성 떨어진 벤치에 앉아 책을 읽거나 푸른 잔디에 누워 사색을 즐기는 사람들의 여유가 부럽고 나무에 기대어 음악을 듣는 연인들의 모습이 사랑스럽다. 분수대에 모여 시원한 물줄기를 맞으며 더위를 식히는 이들이 행복해 보이고, 첨벙첨벙 물장구를 치며 까르르 웃는 아이들의 모습에 흐뭇한 미소가 지어진다.

고양이를 그리는 터키 화가 에스라 설먼의 그림처럼 이스탄불에는 고양이가 참 많다. 그런데 신기하게도 사람을 전혀 무서워하지 않는다. 가방에 있던 비스킷을 조금 잘라 주었더니 고양이 몇 마리가 계속 나를 졸졸 따라온다. 일광욕을 즐기는 듯 햇빛이 비치는 곳만 골라 누워 낮잠을 자는 개들의 모습이 한없이 평화롭다. 따스한 햇살이 잎사귀 사이로 은은하게 비치고 가벼이 불어오는 산들바람에 나뭇잎이 흔들린다. 곳곳에 핀 노란 튤립과 파랗게 올라온 잔디가 여행의 피곤함을 단번에 잊게 한다.

녹음이 우거진 공원을 산책하다가 적당한 곳에 자리를 잡고 앉았다. 나무 그늘 아래 앉아 미리 사온 케밥을 한입 가득 베어 무는데, 바삭하고 고소한 게 정말 일품이었다. 여행자가 아닌 생활인처럼 편하게 누워 여유롭게 책도 읽고 음악도 들으며 쉬다 보니 어느새 해가 저물고 그림자가 길어지기 시작했다. 익숙함을 벗어나 낯설음을 찾아 떠난 여행이지만 낯섦 속에서 익숙함을 발견하는 것이 여행의 또 다른 묘미이기도 하다.

번화한 도심 속의 보석 같은 휴식처이자 자연의 푸름이 안식처가 된 그날의 기억은 토마스 윌머 듀잉Thomas Wilmer Dewing, 1851~1938의 꿈같은 그림처럼 남아 있다.

신비롭고 모호한 꿈 속 같은 장면을 그리는 미국의 인상주의 화가 토마스 듀잉은 '초록의 화가'로 불릴 정도로 초록색을 많이 사용했다. 초록의 향연을 선보이는 그림 중에 〈노래〉, 〈비포 선라이즈〉, 〈갈색 지빠귀〉 등이 있지만, 1893년에 그린 〈여름〉은 푸른 숲의 싱그러움이 물씬 풍기는 작품이다. 그는 1880년대 후반부터 친구들과 함께 여행을 하며 아름다운 풍경을 캔버스에 담았다. 그의 그림을 보고 있으면 무작정 떠난 나의 그 여름을 보는 것 같아 더 반갑게 와 닿는다.

토마스 윌머 듀잉, 〈여름〉, 1893
캔버스에 유채, 128.3×82.6cm, 디트로이트미술관

숲의 사방이 푸른 나무들로 가득하다. 사람의 발길이 전혀 닿지 않은 듯 목초가 무성하고 나무들이 촘촘하게 늘어서 있다. 새들의 후루룩거리는 소리가 간간이 들려오고, 여름을 시샘하듯 이따금 매미들이 씽씽 울어댄다. 풀벌레 소리마저 사라진 듯 고요하지만 활기가 넘쳐흐르고, 숲 너머 세상까지 퍼질 듯한 초록의 선율이 감미롭게 울려 퍼진다. 물감을 화폭에 펼쳐 놓은 듯 색채의 하모니가 황홀하고, 경계가 분명하지 않아 신비로움을 자아내는 풍경이 환상 속의 세상처럼 몽환적이다.

마침 푸른 숲속으로 들어가는 두 여인이 있다. 걸을 때마다 잎사귀가 쓰적거리고, 나뭇잎들이 버서석거리는 소리를 내며 숲을 헤쳐 나간다. 여기저기서 재잘대는 새들의 노랫소리를 들으며 즐겁게 발걸음을 내딛다 보니 금세 숲의 한가운데로 들어섰다. 한 여인이 팔을 쭉 뻗어 기지개를 폈다가 하늘을 한껏 올려다보며 온몸으로 푸름을 만끽한다. 그 옆에는 치맛자락을 잡고 빙빙 돌며 이리저리 고개를 젓는 또 다른 여인도 보인다.

초록색 잎들이 다보록하게 피어난 숲에서 여인들의 청아한 웃음소리가 멀리 퍼져나간다. 아름다운 풍광과 어우러지는 평화로운 모습이 아득한 행복의 기억을 일깨운다.

토마스 듀잉은 자연과 사람의 조화에 감성적으로 접근했다. 그는 서술식 구조보다 미학적인 면을 우선시했던 미국의 화가 제임스 휘슬러와 함께 작업하며 많은 영향을 받았다. 그래서인지 그의 그림은 심미주의적인 성격을 띤다. 심미주의란 아름다움을 최상의 가치로 여겨 이를 추구하는 문예사조로, 대상의 형태를 구체적으로 묘사하기보다 분위기를 만들어내는 것에 치중하는 것을 의미한다. 그는 분명하고 정확한 형태가 없어도 그림이 표현하고 있는 느낌 그 자체로 충분한 생명력이 있다고 믿고 몽환적인 분위기의 회화로 표현하고 발전시켰다. 〈여름〉에서 햇빛과 대기가 은은하게 녹아든 것 같은 신비로운 초록색은 이런 특성을 잘 보여준다.

여행을 떠난 이유를 여행에서 돌아와서 알았다. 나만 힘든 것 같아 억울했고, 무엇도 명확하지 않아 초조했으며, 아무것도 없어서 계속 잡으려 했다. 알 수 없는 두려움에 청춘을 낭비하고 있던 어느 날, 무엇에 이끌린 듯 비행기에 몸을 실었다. 청춘의 방황은 그 여름 내내 나를 방랑하게 만들었지만 돌이켜보면 그 모든 것이 청춘이었다.

청춘의 찬란한 순간을 기록한 토마스 듀잉의 그림은 가슴 깊이 간직한 그 시절을 떠올리게 한다. 화폭에서 펼쳐지는 푸른 숲의 싱그러운 풍경이 젊음의 순수를 감응하게 하고 마음의 빛을 되살려준다. 그가 모호한 초록으로 표현했듯이 여행을 통해 흐릿하지만 푸른 청춘의 아름다움을 발견했다. 그리고 그 안에서 천천히 걷는 법과 다시 일어서는 법을 배웠다.

설레는 젊음 하나로 마음껏 방황할 수 있는 용기, 참 기특한 청춘이었다.

완벽한 평화를 만나다

선상에서 바라보는 베니스의 풍경은 잠시 숨을 멎게 한다. 가만히 보고만 있어도 모든 것이 괜찮아지는 기분이다. 절망이란 모른다는 듯이, 한 번도 좌절하지 않았던 것처럼 의연하고 늠름한 모습이다.

내가 베니스를 좋아하는 이유는 이토록 빼어난 정경 때문이기도 하지만 절망의 끝에서 희망을 잃지 않은 그들의 투지와 노력 때문이기도 하다. 서기 5세기, 바닷가로 피난을 간 수천 명의 사람들이 얕은 바다에 수백만 개의 기둥을 박아 인공 섬을 만들고 해상로를 확보해 해양대국을 이룩한 것이 시초의 베니스다. 척박한 환경에서 살아남기 위해 황량한 갯벌 위에 인간의 의지로 건설한 도시, 베니스는 그래서 더 큰 울림을 준다.

베니스는 음악과 미술, 문화 활동이 활발하게 이루어진 예술의 보고다. 예부터 수많은 화가들이 이곳에 머무르며 창작의 영감을 얻었고, 위대한 소설 속 배경이자 다수의 영화와 음악이 탄생한 곳이기도 하다.

영혼을 울리는 트럼펫 연주가 크리스 보티가 어린 시절의 이탈리아를 추억하며 만든 앨범 《이탈리아》의 11번째 트랙 〈베니스〉를 들으며 산마르코광장에 도착했다. 아침 햇살을 머금어 은은하게 빛나는 광장의 모습과 서정적이고 감성적인 트럼펫 연주가 내 마음을 어루만진다. 99미터 대종루와 두칼레궁전, 그리고 수많은 비둘기들이 나를 반갑게 맞이한다.

그 옆에는 카페 플로리안이 있다. 1720년에 처음 문을 연 이곳은 유럽에서 가장 오래된 카페로, 카사노바, 나폴레옹, 괴테, 루소, 쇼팽, 헤밍웨이 등 여러 유명 인사들이 드나들었던 장소다. 입구에 들어서자마자 아늑하고 안온하면서도 흉내 낼 수 없는 웅장함이 느껴진다. 비엔날레를 보러가기 전, 따뜻한 커피 한 잔과 함께 그들을 떠올리며 본격적인 하루를 시작했다.

미국의 휘트니 비엔날레, 브라질의 상파울루 비엔날레와 함께 세계 3대 미술행사로 꼽히는 베니스 비엔날레는 1895년에 시작되어 100년이 넘는 전통을 자랑하는 세계 최고의 비엔날레다. '비엔날레'는 이탈리아어로 '2년마다'라는 뜻인데, 2년마다 미술 전시회를 열자는 주장은 이탈리아의 시인 가브리엘레 단눈치오의 아이디어였다. 적어도 그만큼의 시간이 지나야 미술계의 흐름이 전반적으로 변화된다고 여겼기 때문이다.

산마르코광장에서 수상버스를 타고 이동해 카스텔로공원으로 들어가니 중앙 전시관과 국가별로 독립된 29개의 전시관이 모여 있었다. 이런 구성은 관객의 흥미를 불러일으키려는 목적이자 베니스 비엔날레가 '미술계의 올림픽'으로 불리는 이유이기도 하다.

자르디니에서 펼쳐지는 주요 전시들을 꼼꼼히 관람하고 국가별로 운영

되는 국가관 전시를 보러 갔다. 물론 한국관도 들렀는데, 각 국가별로 특징이 다르게 나타나는 것이 꽤 흥미로웠다. 관람했다기보다는 경험했다고 말하는 것이 어울리는, 독특하고 입체적인 작품들도 많았다. 곳곳에서 퍼포먼스를 하는 아티스트까지 있으니 도시 전체가 예술의 무대가 된 것 같다.

16세기 중반부터 서양 미술의 중심지로 떠오른 베니스는 위대한 화가들이 많았다. 격정적인 바로크 양식의 선구자인 '색의 마술사' 티치아노는 베네치아파의 회화적인 색채주의를 표현했고, 이탈리아의 화가 베로네세는 매혹적인 구성과 화려한 색채로 자신만의 독특한 스타일을 확립했으며, 후기 르네상스 시대를 대표하는 '위대한 베네치아 화가' 틴토레토는 역동적인 구성과 극단적인 명암 대조로 드라마틱한 그림을 선보였다. 18세기 화가로는 신화와 성서를 바탕으로 혁신적인 기법의 천장화를 그린 티에폴로가 있는데, 우리에게는 〈십자가에 못 박힌 예수〉, 〈이집트로의 피신〉 등으로 잘 알려져 있다.

베니스의 풍경을 캔버스에 담은 화가들도 많다. 1881년에 첫 해외여행을 떠나 베니스의 빛과 물에 매혹당한 르누아르는 꿈꾸는 듯한 몽환적인 느낌으로 〈베니스, 도제의 궁전〉을 그렸다. 푸른빛이 넘실대는 베니스의 바닷물은 클로드 모네의 〈베네치아 팔라조 두칼레〉를 연상시키며, 모네의 스승이자 해안 풍경을 즐겨 그린 인상파 화가 외젠 부댕의 빈티지하면서도 평온한 베니스의 경치들을 떠올리게 한다. 그밖에도 존 싱어 사전트, 에두아르 마네, 앙리 마르탱을 비롯한 수많은 화가들이 베니스의 아름다운 풍경을 캔버스에 담았다.

거리 곳곳을 정처 없이 걷다 보니 오래된 건물 사이, 어딘지 모를 골목 안으로 들어섰다. 하늘을 올려다보자 새파란 하늘 아래에 빨래들이 나부끼고 '물의 도시'라는 별칭답게 사방이 바다로 둘러싸여 있었다. 미로처럼 복잡한 골목에서 한참을 헤매다가 막다른 길에 도달했다. 빨래를 널고 있는 아주머니에게 "여기가 이 길의 끝인가요?"라고 묻자, 그녀가 웃으며 대답했다.

"여기서는 끝이지만 반대쪽에서는 시작이겠죠."

그제야 잔잔한 파도 소리가 들리고, 약간은 비릿한 바닷물 냄새가 오히려 안심되었다. 가끔씩 햇살이 환하게 비치는 거리를 걷다 보면 그냥 막 울고 싶어질 때가 있다. 또 조금 지나면 다시 괜찮아지니 굳이 아무것도 하지 않고 그대로 걷기만 해도 위로가 되는 기분이다.

골목을 겨우 빠져나와, 어느새 탄식의 다리에 도착했다. 종탑이 울리는 해질녘, 탄식의 다리 아래를 지나는 곤돌라에서 키스하면 영원한 사랑이 이루어진다는 전설처럼, 사랑에 빠진 연인들은 저마다의 바람을 안고 이곳으로 모여든다. 노를 저으며 〈산타 루치아〉를 부르는 악사까지 있으니 문득 영화 〈리틀 로맨스〉의 한 장면이 떠올랐다.

그리고 곧, 우연히 마주한 평화로운 정경에 가슴이 벅차올랐다. 길을 헤맨 것은 행운이었다. 그 어떤 감정도 범접할 수 없는 완벽한 평화가 거기에 있었다. 낡은 다리가 빛에 휩싸여 찬란하고 불그스름한 자줏빛 땅은 형용할 수 없을 만큼 평화롭다. 고요함, 따뜻함, 포근함. 이 모든 것은 베니스만이 그려낼 수 있는 그림 같은 풍경이다. 흡사 프란츠 리차드 운츠버거Franz Richard Unterberger, 1838~1902의 〈베네치아 대운하〉를 보는 듯했다.

프란츠 리차드 운츠버거, 〈베네치아 대운하〉
패널에 유채, 46.7×34.6cm, , 개인 소장품

오스트리아 인스부르크 출신의 풍경화가 운츠버거는 미술품 수집가인 아버지의 영향으로 이탈리아의 나폴리, 아말피, 제노바 등을 여행하며 미술품을 수집하고 멋진 풍경화를 남겼다. 특히 베니스의 풍경을 많이 그렸는데, 낭만적이면서도 웅장한 느낌의 도시 경관을 담은 〈베네치아 대운하〉는 평화로움, 그 자체다.

푸른 하늘에 뭉게구름이 피어나고 갈매기들은 운하를 누비며 자유롭게 날아다닌다. 양산을 쓴 여인들이 곤돌라를 타고 나들이에 나섰다. 초록빛 바다 위에 곤돌라를 띄우고 살아가는 베네치아 사람들의 평온한 일상이 일렁이는 물결과 함께 생생히 살아 숨 쉰다.

풍경 전체를 담아내고자 멀리서 내려다보는 듯한 화가의 느긋한 시선이 여행자의 지친 마음을 다독이고, 유유자적 한가로운 모습은 가슴에 넉넉한 여유로움을 선사한다. 운츠버거가 여행을 하며 여행자의 마음으로 그렸기에, 그의 그림을 보고 있으면 지금 당장이라도 어디론가 훌쩍 떠나고 싶어진다.

"인간에게 절망한 사람은 베니스로 가라. 더 이상 절망하지 않게 될 것이다. 인간이 이런 도시를 세울 수 있다면 인간의 영혼은 구원받을 가치가 있다."

영국의 작가 앤서니 버지스의 말이다. 정성으로 건설하고 투지로 이룩한 베니스의 아름다운 풍광은 인간의 의지가 얼마나 강한지를 보여주며, 우리가 느끼는 절망이 완전한 절망의 끝은 아니라는 사실을 상기시킨다.

길을 잃고 헤매다가 우연히 만난 베니스의 완벽한 평화는 나를 있는 힘껏 위로했다. 길의 끝이 곧 시작이라는 것도 알려주었다.

길은 떠나기 위해 존재하는 것이지만 돌아오기 위해서도 존재하는 것처럼 언젠가 꼭 다시 오리라 다짐하며, 도무지 반하지 않을 수 없는 도시, 베니스의 풍경 하나하나를 마음에 깊이 담는다.

좌절과 소나기는 곧 그칠 것이다

세상이라는 영겁의 정글에서 나의 목적은 생존이었다. 살아남는 일에 매진했고 살기 위해 몸부림쳤다. 그러나 좌절은 실타래처럼 이어졌고 고질적인 불안이 자꾸 고개를 들었다. 절망으로 주저앉을 것 같은 날들이 반복되었고 삶이 이대로 끝날 것만 같았다. 깊은 절망은 결국 모든 것을 체념하게 했고, 절망이 켜켜이 쌓인 그곳에는 나를 지배하던 무기력만이 짙게 배어 있었다.

세상에 다치고 거듭 절망한 탓에 여기에 왔다. 영문도 모르고 겪어야 했던 숱한 좌절들이 나를 이곳으로 오게 했다. 여행을 통해 무엇을 얻을지는 모르겠지만, 무엇을 버려야 한다는 것은 알 수 있을 것 같다.

새소리를 들으며 잠에서 깼다. 창문을 열자 공기 중에 상쾌한 기운이 감돈다. 알프스산이 마당이 되고 바흐알프제호수가 산책길이 되는 해발

1,034미터의 산악마을, 스위스 그린델발트의 정경이 한눈에 들어온다.

테라스에 앉아 든든하게 아침식사를 하고 융프라우에 올라갈 채비를 했다. '유럽의 지붕'으로 불리는 융프라우는 해발고도 4,158미터의 설산이기에 고산병과 추위에 대비해 사탕과 초콜릿 같은 간단한 간식거리와 수분 섭취를 위한 생수, 그리고 두툼한 외투를 챙겨 그린델발트역으로 갔다. 잠시 후, 산악열차가 도착했다.

1912년부터 운행된 이 산악열차는 100년이 넘은 지금까지도 우리에게 편리함과 볼거리를 제공하고 있다.

출발한 지 얼마 안 되어 푸른 초원 위에 아기자기하게 모여 있는 스위스 전통가옥 샬레가 보였다. 집집마다 꽃으로 장식한 창문이 눈에 띄고, 마당에 있는 테이블에서 차 한 잔의 여유를 즐기는 사람들의 모습이 평화롭다. 이런 청정 마을에 사는 이들은 한없이 착하고 느긋해, 악한 마음이나 조급함 따위는 전혀 가지고 있지 않을 것만 같다. 방울을 딸랑대며 언덕을 누비는 소와 한가로이 풀을 뜯는 양들까지 있으니 동화 속 세상에 들어와 있는 듯하다. 소음도 먼지도 없는 호젓하고 그윽한 풍경이 마음을 편안하게 한다.

그렇게 아름다운 경치에 빠져 있던 그때였다. 갑자기 하늘이 어두워지더니 순식간에 먹구름이 덮이면서 빗방울이 흩뿌리기 시작했다. 다시 해가 비치다가 금세 빗줄기가 굵어지며 맑았다 흐렸다가를 반복한다. 도무지 종잡을 수 없는 날씨에 슬슬 걱정되기 시작했다. 왜 '융프라우'의 뜻이 '젊은 처녀'인지 알 수 있을 것 같다. 수줍은 처녀처럼 아름다운 모습을 보여줄까 말까 하는 것 같다고 붙은 별명이다.

마티아스 알텐, 〈비〉, 1921
캔버스에 유채, 91.44×91.44cm, 그랜드래피즈 아트 뮤지엄

하늘이 다시 맑아지기를 바라며, 가방에서 그림 한 점을 꺼냈다. 독일의 인상주의 화가 마티아스 알텐Mathias Alten, 1871~1938의 〈비〉였다. 거대한 세상이 비를 몰고 오면 이 그림이 보고 싶어진다. 몰아치는 빗속에서 그림에 집중하다 보면 빗소리들이 그림을 뚫고 들어와 내게 말을 건넨다. 그러면 나는 이미 몰입의 차원을 넘어 나 자신을 발견한다. 가슴 벅찬 풍경이 한없이 행복하지만 거의 반사적으로 눈물이 고인다. 그래서 그림 한 점이 주는 여운은 클 수밖에 없다.

호수 한가운데 나체의 여인이 온몸으로 비를 맞고 서 있다. 손을 뻗어 빗방울의 촉감을 오롯이 느낀다. 지켜보는 이 하나 없는 호숫가에서 아무것도 걸치지 않은 맨몸으로 자유를 만끽하는 모습이 부럽기만 하다. 빗방울이 온 대지를 적시고 호수에는 둥근 물결이 일렁인다. 나무들은 때맞춰 열심히 목을 축이고 한낮의 뜨거운 열기는 금세 한 걸음 물러간다. 여인의 가슴에도 비가 촉촉이 스며들어 오래도록 품고 있던 마음속의 슬픔들이 조금씩 씻겨나간다. 싱그러운 대지가 초록의 내음을 발산하고 여인은 청량한 공기를 담뿍 들이마신다.

알텐은 전쟁과 가난에서 벗어나기 위해 열여덟 살이 되던 해, 가족과 함께 미국 이민 길에 올랐다. 그때부터 가구공장, 사무실, 극장 등에서 일하며 생계를 유지해야 했던 그는 집안 사정상 그림을 그릴 수 없었다. 그가 본격적으로 그림을 그린 것은 그로부터 10여 년 후, 부유한 후원자가 생긴 뒤부터였다. 이후 후원자의 도움으로 파리로 유학을 간 그는 아카데미에서 공부하며 화가로서 입지를 다져나갔다. 그리고 어느덧 자신만의 독특한 인상주의 화풍으로 정물화, 초상화, 동물화 등을 그리며 미국 그랜드래피즈에서 가장 중요한 화가로 자리를 잡았다.

특히 그는 풍경화에서 강점을 드러냈다. 당시 미국의 광활한 풍경에 주목한 많은 풍경가들과는 달리 그는 자연에 대한 자신의 감정을 그림에 담았다. 그래서 그의 풍경화는 우리에게 감탄보다는 감동을 선사한다. 그는 미국과 유럽 등지를 자주 여행하며 작품 활동을 했는데, 이동수단으로 열차보다는 마차를 이용했고, 직접 걷거나 당나귀를 타는 등 검소하고 소박한 여행을 즐겼다.

어떤 학파에도 속하지 않았기에 자유로웠던 그는 여행을 하며 화가로서 자신의 의지를 굳건히 다져나갔다. 그에게 후원자가 생겨 정말 다행이라는 생각과 동시에, 만약 후원자가 없었다면 화가는커녕 그림을 그릴 수는 있었을까, 라는 생각이 들며 왠지 마음 한편이 쓸쓸해졌다.

이런저런 생각에 잠겨 그림을 보다 보니, 어느 틈에 벌써 정상에 다다랐다. 그리고 설마 했던 우려가 현실이 되었다. 온 세상이 하얗다. 눈에 보이는 것은 눈이요, 머리를 적시는 것은 비요, 귀를 스치는 것은 바람이요, 몸을 감싸는 것은 안개다. 몰아치는 비바람을 뚫고 겨우 전망대로 피신해 따뜻한 코코아 한 잔으로 몸을 녹였다. 그렇게 하릴없이 시간이 지나갔다.

거의 반포기 상태로 창밖을 멀거니 바라보며, 융프라우는 날씨 운이 따라야 볼 수 있다고 하는데 이미 내 운은 모두 써버렸나 보다, 라며 상심하고 있을 때쯤, 놀랍게도 세차게 내리던 소나기가 그치더니 서서히 해가 비치기 시작했다. 마치 거대한 거인이 안개와 구름을 후, 하고 불어 날리는 것 같았다. 잠시 후, 정말 거짓말처럼 구름 한 점 없는 새파란 하늘이 고개를 들었다. 그제야 스위스의 대자연이 한눈에 들어온다.

언제 다시 보게 될지 모르는 장관을 눈으로 마음으로 몸으로 기억하기 위해 서둘러 밖으로 나갔다. 푸른색 조명으로 장식해 놓은 얼음궁전을 지나 전망대 밖으로 나오는 순간, 설원이 펼쳐졌다. 여기까지 오른 사람만이 즐길 수 있는 장관이다. 급경사가 협곡의 경관을 더하고, 크고 넓게 뻗은 산맥에서 호연지기가 느껴진다. '신이 빚어낸 알프스의 보석'이라 칭송받는 융프라우는 사방 천지가 한 폭의 그림이다. 어디를 담아도 그림엽서가 될 것 같다.

하늘과 맞닿은 산봉우리에서 융프라우의 위용이 넘친다. 얼마의 세월이 만들어낸 작품인지 가늠하기도 어렵다. 자연은 사람을 일거에 무장해제시키는 효과를 준다는 점에서 걸작이라고 해도 무방하다. 잠시 추위도 잊은 채 만년설로 뒤덮인 비경에 한없이 탄복했다.

변화가 많은 시간이었다. 갑작스러운 소나기는 지속되는 장마보다 견디기 힘들었다. 온몸이 함씬함씬 젖어 마음이 축축 늘어졌다. 좌절은 끝이 없었고 희망은 부질없었다. 그러나 자연 앞에서 좌절은 모두 덧없이 사라지고 진정으로 중요한 것만 남았다.

자연은 아무 말도 하지 않고 모든 것을 알려주었다. 가혹한 세상에서 잠깐의 휴식을 느낄 수 있어 감사했고, 천혜의 자연을 만끽할 수 있어 행복했다. 그리고 자연 속에 파묻혀 다시 한 번 나를 되돌아볼 수 있는 시간이었다. 그 자체로 매순간 완성이지만 영원히 미완성으로 남을 자연, 자연이 들려주는 좌절 속 희망이 거기에 있었다.

우리의 삶은 좌절을 이겨내려는 미숙한 희망으로 허덕인다. 세상을 산다는 것은 늘 이렇게 즐겁고 또 버거운 일이다. 알고 있었지만 외면했던 사실 하나, 좌절과 소나기는 곧 그칠 것이다.

나를 나 자신일 수 있게 만드는 것

센강을 따라 천천히 걷다 보니 어느새 오르세미술관에 도착했다. 화려한 장식의 건축물이 웅장한 분위기를 내뿜으며 단숨에 시선을 압도한다. 잠시 후 미술관 안에 들어서자, 기차역만이 가진 독특한 풍취가 감돌았다.

가장 먼저 눈에 띄는 것은 대형 시계탑이었다. 이 시계탑은 이곳이 과거에 기차역이었음을 알려주는 상징물로, 건물 바깥쪽에 달린 두 개의 시계탑 중 하나다. 원래 이곳은 최고재판소로 사용된 건물로 '오르세궁'이라고 불렸으나 화재로 소실된 후 '오르세역'으로 다시 지어졌다. 이후 39년 동안 기차역으로 사용되다가 1979년에 이를 다시 개조한 모습이 현재의 '오르세미술관'이다.

오르세미술관은 파리의 3대 미술관 중 하나로, 루브르미술관이 세계 최대 규모를 자랑하고, 퐁피두센터가 현대미술의 복합 공간이라면, 이곳은 19세기 인상파 회화를 주로 전시하고 있어서 '인상주의 미술관'으로 불리기도 한다. 오르세미술관의 꽃이라고 할 수 있는 3층 전시장에 들어서자, 인상파 거장들의 작품이 눈앞에 펼쳐졌다. 고흐의 〈화가의 방〉, 고갱의 〈타이티의 여인들〉, 마네의 〈올랭피아〉, 드가의 〈압생트 한 잔〉, 세잔의 〈목욕하는 사람들〉 등 어마어마한 그림들이 한곳에 모여 있는 것을 보니 가슴이 벅차올랐다.

그중 가장 눈길을 사로잡은 것은 르누아르의 그림들이었다. 최고의 걸작 〈물랭 드 라 갈레트의 무도회〉부터 〈피아노 치는 소녀들〉, 〈목욕하는 여인들〉, 〈시골의 무도회〉 등 수많은 작품이 전시되어 있었다. 특히 〈물랭 드 라 갈레트의 무도회〉와 더불어 상당한 심혈을 기울였다고 알려진 〈그네〉가 인상적이었다. 이 그림은 에밀 졸라가 자신의 소설 《사랑의 한 페이지》에서 인용하기도 했을 정도로 인상파의 대가다운 면모를 유감없이 보여주는 그림이다. 무도회의 풍경을 그린 〈물랭 드 라 갈레트의 무도회〉가 흥겨운 분위기를 연출한다면, 그네를 타는 여인을 그린 〈그네〉는 잔잔하고 고요한 운치를 보여준다.

그 느낌이 루브르미술관에 있는 〈책 읽는 소녀〉나 오랑주리미술관에 있는 〈정원에 있는 가브리엘〉과도 비슷했다. 아름다운 여인이 등장하고 화사하고 밝은 빛이 느껴지는 것이 르누아르다웠다. 살아생전 루브르미술관에서 옛 거장들의 그림을 보며 고전 미술과 인상주의 미술을 연구했던 르누아르가 지금은 자신의 그림이 루브르, 오르세, 오랑주리 등 세계 최고의 미술관에 걸려 있다는 사실을 알면 어떤 기분일까. 르누아르의 그림을 보다 보니 그의 발자취를 따라 걷고 싶어졌다.

수많은 화가들의 예술혼이 살아 숨 쉬는 파리는 걷는 곳마다 예술이 된다. '화가의 거리'로 불리는 몽마르트는 특히 그렇다. 몽마르트르에는 지금도 수많은 화가들이 자신의 그림을 선보이고 있다. 이젤을 펴고 여인의 초상화를 그리는 화가도 있고 독특한 퍼포먼스를 선보이는 예술가도 보인다.

조금 전 오르세미술관에서 봤던 르누아르의 그림 속 풍경들도 거리 곳곳에서 느낄 수 있었다. 산책하는 여인들을 몽환적으로 표현한 〈몽마르트의 공원〉과 몽마르트 코르토 거리에 있는 정원에서 잔이라는 여인을 담은 〈그네〉도 떠올랐다. 〈물랭 드 라 갈레트의 무도회〉의 배경이 된 물랭 드 라 갈레트는 르누아르 외에도 고흐, 피카소, 로트레크 등 수많은 화가들이 즐겨 그린 장소이며, 현재는 레스토랑의 모습으로 몽마르트언덕에 위치하고 있었다. 몽마르트는 100여 년 전에 르누아르가 남긴 그림 속 풍경과 크게 다르지 않았다. 그의 작품에 등장했던 장소에 머물다 보니 세월을 뛰어넘는 이야기가 들리는 듯했다.

당시 파리의 화가에게 카페는 영감의 원천이었다. 특히 몽마르트의 바티뇰가에 있던 카페게르부아는 인상주의 탄생의 계기이자 근대미술의 요충지가 된 곳이다. 전통적인 형식을 중시한 살롱에서 인정받지 못했던 인상주의 화가들은 이곳에 자주 드나들며 새로운 예술에 대해 토론했다. 자신들이 추구하는 화풍을 버리고 살롱에 나가 인정받을 것인지, 자기 스타일을 고수하면서 자신들만의 그룹전을 따로 열지를 고민했다. 당시 무명화가였던 그들의 작품이 지금은 전 세계 주요 미술관에 전시되고 있다는 것을 생각하면, 최고보다는 유일을 택했던 것이 결국 최고의 선택이 아니었나 싶다.

몽마르트를 거닐며 그들의 숨결을 느끼다 보니 금세 저녁시간이 되었다. 비록 지금은 인상파 화가들의 아지트였던 카페게르부아가 사라지고 없지만, 몽마르트에는 아직 오래된 카페가 많이 남아 있다. 100년은 족히 되었을 법한 고풍스러운 분위기의 한 노천카페에 자리를 잡고 앉았다. 지나가는 사람들을 구경하며 편안한 자세로 커피를 마시고 있는 그때, 한 곳에 시선이 멈췄다. 손을 꼭 잡고 걸어오는 나이 지긋한 노부부였다.

커다란 카플린을 쓰고 허리 라인이 강조된 원피스를 입은 할머니가 빨간색 프렌치 힐을 신고 또각또각 소리를 내며 걸어오고 있었다. 그 옆에는 베레모를 납작하게 눌러쓴 할아버지가 귀여운 멜빵을 하고 리본 타이로 포인트를 준 모습이었다. 단순히 패셔너블한 스타일 때문이 아니라 뭐라 형언할 수 없는 분위기에 순간 압도당했다.

마침 바로 옆 테이블에 그들이 앉았다. 할아버지가 할머니의 의자를 빼주고 할머니가 할아버지의 땀을 닦아주는 모습이 참 보기 좋았다. 그들은 자기 자신을 사랑하는 사람처럼 보였고, 그 이상으로 서로를 사랑하고 있는 것 같았다. 르누아르, 고흐, 마네 등 인상파 화가들이 평생 자신의 스타일을 고수했던 것처럼, 자기다움을 잃지 않고 자신의 모습 그대로 살아가는 자연스럽고 당당한 모습에 온통 마음을 빼앗겼다. 그림이나 음악에 반한 적은 있어도 사람에게, 그것도 노부부에게 반한 것은 처음이었다.

커피를 마시며 서로 대화를 나누는 그들의 모습을 나는 한동안 넋 나간 사람처럼 바라보았다. 흡사 르누아르가 그린 〈한 잔의 차〉를 보고 있는 듯했다. 이 그림은 중년 부부가 테이블에 앉아 여유롭게 차를 마시는 장면을 그린 것으로, 사랑과 행복이 느껴지는 작품이다.

산책을 나온 부부가 카페에 자리를 잡고 앉았다. 부부의 시선은 웨이트리스가 따라주는 차에 멈춰 있다. 살짝 미소를 머금은 아내가 가만히 손을 모은 채 차를 기다린다. 벌룬 소매의 원피스가 빛에 반사되어 화사하게 빛나고 붉은 꽃 장식의 모자가 여인의 사랑스러움을 한껏 끌어올린다. 그녀 옆에 짙은 컬러의 슈트를 입고 다리를 꼰 채 앉아 있는 남편의 모습이 멋스럽다. 잘 다듬어진 콧수염과 한쪽 끝을 비스듬하게 접어 올린 페도라가 스타일리시하다. 여유로운 시간을 보내는 부부 옆에 개 한 마리가 앉아 있다. 향긋한 차와 맛있는 음식 냄새에 반했는지 연신 혀를 날름거리며 관심을 보인다. 화면 전체를 감싸는 풍부한 빛이 마음을 어루만지고 미묘한 색의 변화가 감미롭고 포근하다.

그 모습을 보고 있자니, 문득 영화 〈르누아르〉의 한 장면이 떠오른다. 관절염으로 극심한 고통을 안고 살아가던 어느 날, 다리는 물론 손가락도 쓰지 못하게 되자 르누아르는 손에 붓을 묶고 그림을 그린다. 이미 모든 것을 그렸으니 이제 그만두어야 한다는 아들의 걱정스런 만류에 그는 이렇게 답한다.

"고통은 지나가지만 아름다움은 남지. 아직 할 일이 남았어. 힘이 다할 때까지 그릴 거야."

죽기 직전까지 작업에 몰두한 르누아르에게 그림은 그의 전부이자 그 자신이었다. 그는 그림은 예쁘고 유쾌한 것을 다루어야 한다는 말로 자신

피에르 오귀스트 르누아르, 〈한 잔의 차〉, 1906~1907
캔버스에 유채, 개인 소장품

의 그림 철학을 정리했고, 그림 그리는 것이 즐겁지 않다면 그림을 그릴 이유가 없다고 했을 정도로 그림을 통해 삶에 즐거움을 불어넣고자 했다. 이런 삶의 태도야말로 그를 그 자신일 수 있게 만드는 힘이었으리라 생각한다. 평생 밝고 화사한 그림을 그린 그가 우리에게 전하고자 한 메시지는 결국 이런 것이 아니었을까.

　사랑하라. 기뻐하라. 삶은 아름답고 행복한 것이다.

여름밤, 돌진하는 마음

여름은 가고 가을은 아직 오지 않은, 9월의 어느 날이었다. 차를 마시며 창가에 앉아 있는데, 서늘한 바람이 코끝을 간지럽혔다. 떠나야 하는 이유는 그것으로 충분했다. 떠나야 할 이유가 떠나지 말아야 할 이유보다 많아도 우리는 대개 떠나지 못한다. 바빠서 떠나지 못하는 사람은 시간이 있어도 떠나지 못하고, 오늘 떠날 수 없다면 내일도 떠나지 못한다는 것은 자명한 사실이다. 곧바로 친구에게 전화를 했다. "부산 가자"는 한마디에 돌진하듯 떠난 여자 셋의 부산여행은 그렇게 시작되었다.

몇 시간 뒤, 서울역에서 만났다. 한 명은 일이 끝나고 바로 와 초췌해 보였고, 또 한 명은 여행에 필요한 물건을 완벽하게 갖추고 있었다. 너무 다른 두 사람의 모습에 절로 웃음이 났다.

부산에 도착하자마자 일출을 보기 위해 잠시 역에서 대기하다가 자정이 다 된 늦은 밤, 부산행 기차에 올랐다. 지정된 좌석에 짐을 풀고 역에서 미리 사온 햄버거와 김밥을 먹으며 신나게 수다를 떨다 보니 기차가 덜컹거리며 출발하기 시작했다. 일상의 속박에서 벗어나 복잡한 과정이 생략되었기 때문일까. 여행에서 나누는 이야기는 비교적 쉽게 깊어진다. 기분 좋은 배부름에 취하고 친구들과의 대화가 이슥해질 때쯤 기차 안에 정적이 흘렀다.

각자 창밖을 바라보며 음악을 듣기 시작했다. 플레이 버튼을 누르자 이어폰에서 데미안 라이스의 〈Amie〉가 흘러나왔다. "Nothing unusual, nothing strange Close to nothing at all"로 시작하는 노래를 해석하면 이렇다.

"특별한 것도 없고 이상한 것도 없어. 변한 건 거의 아무것도 없는 셈이야. 변함없이 흘러가는 하루, 그때 내리던 그 비. 여긴 대단한 변화 같은 것은 없어. 그냥 나이만 좀 더 먹었을 뿐, 그게 다야. …… 그냥 어디로 향하는지도 모른 채 길 위에 서 있는 병사일 뿐. 아직도 넌 믿는다고 말해줘. 이 세기의 끝이 올 때 우리들을 위한 변화가 찾아올 것을 믿고 있다고."

서늘한 가사가 묵직한 사유가 되고 아름다운 멜로디는 기분 좋은 자극이 된다.

새벽에 부산역에 도착해 택시를 타고 해운대로 이동한 후 일출을 보는 것이 원래 우리의 계획이었지만, 인생이 다 그렇듯 계획대로 되는 것은 거의 없다. 알 수 없는 결함으로 인해 몇 시간 동안 기차가 연착되었고 시간은 속절없이 흘러갔다. 꼼짝없이 기차에 갇혀 한참을 기다리다가 부산역에 도착하니, 아침 8시였다.

하는 수 없이 방향을 바꿔 부산비엔날레부터 보러 가기로 했다. 부산비엔날레는 부산 청년비엔날레와 바다미술제, 그리고 부산 국제 야외조각 심포지엄을 통합해, 2002년부터 부산비엔날레로 명칭을 바꿔 2년마다 개최되는 통합 미술제다.

본 전시가 진행 중인 부산시립미술관에 갔다가 특별전을 보기 위해 다시 부산문화회관으로 향했다. 관람객의 열린 마음을 필요로 하는 독특한 형태의 추상적인 작품부터 리얼리즘의 미학을 실험하는 사실적인 작품까지 볼거리가 다양했다. 예술적인 경험에 참여해보고 싶나요, 라고 묻는 작품도 있었고, 일상에서 쉽게 볼 수 있는 생활 속의 예술을 제시하는 작품도 있었다. 전혀 다른 종류의 작품들이 파편화된 형식으로 존재하며 서로 균형을 유지하고 있는 것이 인상적이었다.

흥미로운 이야깃거리를 던져주는, 전 세계 유명 작가들의 차분하고도 때로는 감성적인 작품을 따라가다 보니 어느덧 오후가 지나고 있었다.

서둘러 해운대로 향했다. 숙소에 짐을 풀고 곧장 해변으로 나와 모래사장을 거닐었다. 여름의 막바지를 지나 선선한 바람이 부는 가을의 초입이라 조금 춥지 않을까 싶었는데 바닷물에 발을 담가 보니 그 염려가 무색하리만큼 포근하고 따뜻했다. 조금 물장구를 치며 놀다가 모래사장에 털썩 주저앉았다. 흔히 여자 셋이 모이면 접시가 깨진다고들 하는데, 그 순간만은 서로 약속이나 한 듯 아무 말도 하지 않고 철썩이는 파도 소리를 들으며 지평선 너머를 오래도록 바라보았다.

해변의 고아한 정취에 흠뻑 빠져 있다 보니 곧, 해가 저물기 시작했다. 순식간이었다. 선연히 붉어지는 석양이 붉은 융단 같았다. 붉은 태양이 섬

윈슬로 호머, 〈여름밤〉, 1890
캔버스에 유채, 76.7×102cm, 오르세미술관

광처럼 빛나고 노랗게 물든 노을이 해변의 거의 전부를 차지한 모습이다. 노을빛을 아스라이 받은 바다의 한복판에 이글대는 뜨거움과 얼어붙은 차가움이 공존하고 있었다. 냉정과 열정, 이성과 감성, 현실과 환상 그 어딘가에 있는 듯했다. 그 어떤 화려한 것보다 가치가 있다. 비록 떠오르는 해는 보지 못했지만 아름다운 일몰을 바라보며 짧지만 행복했던 시간을 마무리했다.

갑자기 떠난 그날의 기억은 평생 잊지 못할 아련한 추억으로 간직된다. 낭만적인 풍광과 맛있는 음식에 반했고, 재미있는 볼거리와 흥미로운 예술이 있어 행복했다. 무엇보다 사랑하는 친구들과 함께해서 더욱 좋았다.

약동하며 변모하던 그날의 바다 풍경은 미국의 사실주의 화가 윈슬로 호머Winslow Homer, 1836~1910의 〈여름밤〉을 떠올리게 한다. '해양 화가'로 불리는 호머는 주로 거친 파도가 치고 검은 먹구름이 밀려오는 음산하고 역동적인 느낌의 바다를 많이 그렸다. 이 작품은 그의 그림 중에 몇 안 되는 평화롭고 따뜻한 느낌의 풍경으로, 그래서 더 소중하고 가치가 있는 작품이다.

선선한 바람이 귓가를 스친다. 파도가 바위에 부딪치며 리듬을 만들고 시원한 바닷바람이 감미로운 멜로디를 연주한다. 바다가 빚어내는 음악에 몸을 싣고 두 여인이 마법에 빠진 듯 춤을 춘다. 발에 닿은 부드러운 모래가 낭만을 속삭이고 달빛 가득한 해변에서 여인들은 꿈을 꾸듯 날아오른다. 카메라 플래시를 터뜨리는 것처럼 바다는 쉼 없이 반짝이고 눈부신 파도 거품들이 하얗게 부서진다. 바위에 앉아 바다를 바라보는 사람들의 실루엣이 바다와 완벽한 일치감을 이루며 하나가 된 모습이다. 강렬하게 쏟아지는 태양도 없고 머리를 뒤흔드는 소음도 없는 평화로운 여름밤의 정경이 엄마의 품처럼 고요하고 아늑하다.

바다의 이야기를 풍부한 색채와 능숙한 붓 터치로 그려낸, 황홀하고 아련한 여름밤이다.

이 그림은 호머가 빛에 중점을 두고 그리기 시작한 1890년의 작품으로, 아름다운 빛의 효과를 사실적으로 표현했다. 이 그림을 처음 대중에 공개한 것은 1891년 뉴욕의 한 갤러리에서였다. 그러나 《뉴욕타임스》를 제외한 거의 모든 매체와 평론가들로부터 혹평을 받으며 인정받지 못하다가 그로부터 9년 뒤인 1900년, 파리 만국박람회 살롱전에서 금메달을 수상하며 그의 대표작으로 거듭난다. 호머는 나중에 이 메달을 자신의 무덤에 함께 묻어달라고 말하기도 했는데, 이 그림이 그에게 어떤 의미였는지 조금이나마 알 수 있는 부분이다.

호머만큼은 아니겠지만 나 역시 〈여름밤〉은 그의 그림 중에 가장 좋아하는 작품이다. 그림 자체의 아름다움 때문이기도 하지만 청춘의 기억을 고스란히 떠올려주기 때문이다. 눈을 감으면 잔상처럼 그때가 떠오른다. 돌진하듯 용감하게 뛰어들었던 여름밤의 공기가 내 안에 남아 이따금 고개를 든다. 두려웠지만 용감했고 서툴렀지만 뜨거웠던 그 시절은 꿈처럼 달아오르다 사그라졌다. 다시 돌아갈 수 없기에 더 아련하겠지만, 어쩌면 그날의 아쉬움은 반드시 돌아오라는 바다의 인사였는지도 모른다.

다시 돌아갈 이유 하나쯤은 남겨 두어도 좋을 것 같다.

추락하는 것에는 날개가 있다

바닥인 줄 알았는데 늪이었다. 지푸라기라도 잡는 심정으로 발버둥쳤지만 그러면 그럴수록 늪은 온몸을 휘감으며 숨통을 옭아맸다. 몸부림조차 허락하지 않는 것이 세상이었다. 과연 이 추락의 끝은 어디일까. 피터르 브뤼헐의 〈이카루스의 추락이 있는 풍경〉처럼, 공중에 겨우 발만 남아 동동거리고 있었으나 애석하게도 도와주는 이는 아무도 없었다. 그들은 충고하거나 침묵할 뿐이었다. 나는 둘 중 하나를 택해야 했다. 이대로 죽거나 죽을힘을 다해 날아오르거나.

이틀 전, 여기에 도착했다. 나는 지금 터키 남서해에 있는 작은 휴양 마을, 욜루데니즈 해변을 걷고 있다. '죽음의 바다'로 불리는 이곳은 파도가 죽은 듯이 잔잔하다고 해서 붙은 이름이다. 이름에 걸맞게 평온한 바다가 단번에 마음을 사로잡는다.

귀에 이어폰을 꽂고 걷다가 나도 모르게 발걸음이 멈췄다. 눈부시게 아름다운 바다 때문에 눈물이 나는 것인지, 아니면 지금 이 노래 때문에 눈물이 나는 것인지 알 수 없는 노릇이다. 아무래도 눈물샘이 망가진 게 분명하다. 눈을 감으니 흐르는 눈물과 함께 따스한 햇살이 나를 어루만진다. 온몸의 세포 하나하나가 살아나 예민하게 반응하고 따뜻한 기운이 온 마음을 차지한다.

고개를 들어 보니 하늘을 날고 있는 사람들이 보인다. 한없이 자유로운 모습이다. 문득 하늘을 날면 어떤 기분일까, 라는 생각이 들었다. 갑자기 하늘이 궁금해졌다. 나는 하늘에 대해서는 잘 모른다. 그러나 한번 날기 시작하면 계속 날아야만 추락하지 않는다는 사실은 안다. 그리고 삶에 중요한 것은 나는 것보다 날고 있다는 것을 느끼는 것이다.

용기를 내보기로 했다. 대충 준비를 하고 호텔 밖으로 나가보니 험상궂게 생긴 트럭 한 대가 대기하고 있었다. 망설일 틈도 없이 사람들 사이로 과감히 올라탔다. 온통 덩치 큰 백인 남자들뿐인 공간에 동양 여자 한 명이 등장하자 다들 신기한 듯 바라본다. 멋쩍게 웃어 보이며 먼저 인사를 건넸다. 그리고 곧, 자동차 시동 소리와 함께 침묵이 흘렀다.

바다와 마주하고 있는 가파른 경사의 바위산, 해발 2,000미터의 바바다산 정상이 패러글라이딩의 출발점이다. 그런데 이게 웬일인가. 트럭이 출발한 지 얼마 안 되어 나는 의심하기 시작했다. 혹시 죽음의 바다라는 별칭이 잔잔한 파도 때문이 아니라 실제로 사람이 죽었거나 죽을 수도 있기 때문이 아닌가 하고.

툭하고 밀면 바로 굴러 떨어질 것 같은 시원찮은 트럭에 10여 명의 사람이 겨우 엉덩이만 붙이고 가드레일도 없는 좁고 구불구불한 비포장 길을 올라간다. 게다가 속도는 어찌나 빠른지 흙먼지를 날리며 엄청 내달리는데, 울퉁불퉁한 자갈길이라서 몸이 15센티미터 이상 통통 튀며 공중부양하는 기분이다. 등골이 오싹하다 못해 온몸의 털이 쭈뼛쭈뼛 선다. 목숨의 위협을 느낄 정도다.

그렇게 얼마나 달렸을까. 죽으면 어떡하지, 라는 걱정 어린 상상이 죽어도 할 수 없지, 라는 현실적인 체념으로 변하고 있을 때쯤, 드디어 산꼭대기에 도착했다. 간신히 숨을 돌리고 주변을 둘러보는데, 사람은 망각의 동물이라고 했던가. 눈부시게 아름다운 풍광에 천 길 낭떠러지의 공포마저 한순간에 잊게 된다.

신선한 공기를 담뿍 들이마시며 눈앞에 펼쳐진 장쾌한 풍경에 마음을 내려놓다 보니 흡사 찰스 커트니 커란Charles Courtney Curran, 1861~1942의 〈햇빛이 드는 골짜기〉 속에 들어와 있는 듯했다. 커란은 하늘과 바람, 그리고 햇살을 배경으로 아름다운 여인들의 모습을 즐겨 그린 미국의 인상주의 화가다. 이 그림은 산 정상에 서 있는 여인의 당당한 모습을 표현한 것으로, 보고만 있어도 가슴이 뻥 뚫리는 듯 시원한 기분이 드는 장면이다.

정상에 올라서자 또 다른 세상이 전개된다. 낮게 깔린 안개 너머로 넓은 평야가 펼쳐지고 하늘에서 내려오는 빛이 그대로 여인에게 가 닿아 밝게 빛난다. 지평선 너머의 산봉우리들이 안개 속으로 숨어들자 마침내 거대한 푸른빛이 온 누리를 감싼다. 구름 한 점 없는 쾌청한 하늘 아래, 의

연하게 서 있는 여인이 있다. 맨발로 서서 온몸으로 바람을 맞으며 산을 굽어보는 자세가 제법 오연하다. 눈부신 햇살과 광활한 평원, 그리고 여인의 당당한 모습에서 감동의 전율이 느껴진다.

여기까지 오는 길이 참 힘들었구나, 하는 생각과 함께 설렘과 두려움이 동시에 스쳐 지나갔다. 커란의 그림 속 여인처럼 늠름하게 해내리라 다짐하며 헬멧을 단단히 썼다. 다시 한 번 운동화 끈을 꽉 조이고 거대한 낙하산 가방을 질질 끌며 절벽을 향해 천천히 다가갔다. 날개가 되어줄 커다란 패러글라이더를 땅에 활짝 펴고 숨을 크게 들이마셨다가, 내쉬었다. 그 순간 "인간은 새처럼 하늘을 날 수 없지만 마음만 먹으면 아무리 높은 곳에서도 얼마든지 뛰어내릴 수 있다"던 시바 료타로의 《미야모토 무사시》 속 글귀가 떠올랐다. 한 번 더 심호흡을 한 뒤, 파일럿이 외치는 "Run! Run! Run!" 소리에 맞춰 발을 빠르게 구르자 어언간 공중에 몸이 붕 하고 떠올랐다.

아찔한 하늘로 날아오르기까지는 겨우 몇 걸음이 필요할 뿐이었다.

새가 된 기분이었다. 자유라는 말이 있다면 아마 이럴 때 쓰라고 있는 것일 테다. 라이트형제가 왜 그토록 하늘을 날고자 했는지 조금은 알 수 있을 것 같다. 주위를 둘러보니 온통 하늘과 바다, 그리고 구름뿐이다. 바람이 뺨을 간질이고 구름 알갱이들이 귓전을 스치며 요란한 소리를 낸다. 바람에 몸을 맡긴 채 두 팔을 벌려 발을 천천히 움직이니, 하늘을 걷는 기분이다.

발밑에 있는 강아지 모양의 거대한 섬과 영화 〈블루라군〉의 촬영지로

찰스 커트니 커란, 〈햇빛이 드는 골짜기〉, 1920
캔버스에 유채, 76.2×50.8cm, 개인 소장품

유명한 블루라군 비치가 한눈에 들어온다. 사막이 아름다운 것이 오아시스를 품고 있기 때문이듯 바다가 아름다운 것은 섬을 안고 있어서인 것 같다.

여행을 떠난 이의 마음이 이런 색일까. 물감을 풀어놓은 듯 자연이 만든 색이 환상적이다. 발을 담그면 금방이라도 푸른 물이 들 것만 같다. 그러데이션 된 에메랄드빛 지중해가 보석처럼 빛나고, 하늘과 바다의 경계가 녹아내리듯 몽롱하다. 기기묘묘한 푸른빛이 빛나자 연이어 작은 감탄사가 터져 나왔다. 마치 깊은 늪 속에 빠져 몸부림치는 악몽을 꾸다가 어렴풋이 정신이 들어 눈을 떠 보니, 어느새 하늘을 날고 있는 내 자신을 발견한 것 같은 이상한 기분이 들면서 두려움과 황홀경이 교차했다.

그렇게 한참을 하늘에서 표류하다가 해변에 착지했다. 올라가는 데에는 오랜 시간이 걸렸지만 내려오는 것은 잠깐의 시간이 필요할 뿐이었다. 짧지만 강렬했던 하늘에서의 추억을 뒤로 하고 땅에 발을 딛자, 쏟아져 내리는 햇살이 친근하게 느껴진다.

삶이 아슬아슬했다. 벼랑 끝을 걷는 기분이었다. 때로는 캄캄한 아래로 계속 추락하는 것만 같았다. 끝 모를 늪에서 버둥질하고 있을 때쯤 이곳에 왔다.

흔적도 없어 오랫동안 잊고 있던 내 안의 작은 날개를 달고 하늘을 나는 순간 생각했다. 어쩌면 추락은 날 수 있는 유일한 방법인지도 모른다고. 하늘을 날자 나무 대신 숲이 보이기 시작했다. 그토록 무겁고 웅장해 숨이 턱턱 막히던 내가 살던 세상이 이토록 작고 보잘것없음에 쓴웃음이

나면서도, 다시 힘겹고 지루한 일상이 있는 그곳으로 돌아갈 수 있음에 안도할 수 있었다.

독일의 시인 바흐만이 시 〈유희는 끝났다〉에서 "추락하는 모든 것에는 날개가 달렸다"고 말한 것처럼, 지금은 비록 끝없이 추락하고 있다 해도 언젠가 새로운 희망을 갖고 다시 날아오를 수 있는 날이 오리라 믿는다. 아니, 그렇게 믿고 싶다.

욜루데니즈 해변에 앉아 핑크빛 노을을 바라보며 한 번 더 날아오르기로, 아니 처음, 진짜 내 힘으로 날아보기로 결심했다.

이 모든 인연의 순간들

런던의 날씨는 도무지 종잡을 수 없다. 해가 나왔다가 들어가기를 몇 번 반복하더니 아침부터 비가 추적추적 내린다. 테이트 브리튼에 있는 윌리엄 터너의 그림처럼 음산하고 을씨년스러운 날이다. 다행히 호텔에서 나온 지 얼마 안 되어 다시 우산을 챙겨 미술관으로 향했다.

비가 제법 내려서인지 갤러리 앞은 생각보다 한산했다. 테이트 브리튼은 영국 런던 밀뱅크 지역에 있는 국립 미술관으로, 당시 부유한 사업가 헨리 테이트가 자신이 소장하고 있던 미술품과 건축기금을 기증해 1897년에 건립했으며, 테이트 브리튼이라는 이름 역시 기증자의 성에서 따온 것이다.

테이트 브리튼은 영국의 수많은 미술관 중에서도 가장 개방적이고 대중적인 갤러리로 손꼽히는데, 이렇게 되기까지는 많은 노력이 있었다. 영국의 밀레니엄 프로젝트 중 하나였던 테이트 모던의 설립은 테이트 리버

풀, 테이트 세인트 이브스의 건립으로 이어졌고, 본래의 테이트 브리튼도 증축을 거쳐 더 크고 현대적인 미술관으로 재탄생했다. 지금도 무료 상설 전시와 온라인 강연, 그리고 소셜미디어를 통한 적극적인 홍보활동으로 편안하고 친숙한 갤러리로 대중들에게 다가오고 있다.

그림 감상에도 선택과 집중이 필요하다. 모든 것을 다 보겠다는 욕심보다는 보고 싶은 것을 꼭 보겠다는 마음이 바람직하다. 너무 많은 것을 보려다가 결국 아무것도 보지 못할 수도 있기 때문이다.

테이트 브리튼에는 피카소, 마티스, 휘슬러, 모딜리아니 등 유명 화가들의 작품이 많이 소장되어 있지만, 특히 17세기 이후의 근대 영국회화를 집중적으로 볼 수 있어 영국회화의 거장들을 만나고 싶은 이들에게 안성맞춤이다. 19세기 영국 최고의 화가 윌리엄 터너의 수많은 작품부터 영국 빅토리아 시대의 화가 존 앳킨슨 그림쇼의 황홀한 달빛 풍경, 영국이 자랑하는 라파엘전파 화가 존 밀레이의 대표작 〈오필리아〉, 그리고 영국의 인상주의 화가 필립 스티어의 서정적인 그림까지 다양한 작품들로 가득하다.

그들의 그림을 볼 생각에 들뜬 마음으로 미술관 문을 열었다. 입구에 들어서자, 빨간색 교복을 입고 견학 온 학생들이 옹기종기 모여 있었다. 그 모습이 너무 귀여워 잠시 지켜보다가 전시장 안으로 들어섰다. 눈길 가는 대로 자연스럽게 발길이 따랐다.

전시장 곳곳을 누비며 한 작품 한 작품 집중해서 감상하고 있는 그때, 필립 윌슨 스티어의 〈다리〉 앞에서 나도 모르게 멈춰 섰다. 그림의 아름다움에 순간, 숨이 턱 막혔다. 평소 좋아하던 그림과 실제로 마주하는 것은 정말 감동적이고 멋진 일이다. 분명 실재만이 가진 강력한 힘이 있다. 그 앞에 서면 고유한 본성을 지닌 그림이 변함없이 살아 있는 듯한 강성한 기운을 받는다.

해가 지고 땅거미가 내려 어둠이 깃들자 세상은 조명이 켜진 듯 은은하게 빛난다. 색의 농담으로 표현된 노을의 일렁임 속에 정박 중인 배와 사람들, 그리고 저 멀리 보이는 해안가 풍경이 모두 검은 실루엣으로 남았다. 모호하고 단순한 풍경이 적막하게 다가오고 여백이 차지한 자리가 깊은 여운으로 남는다. 노을을 바라보며 대화를 나누는 남녀가 있다. 다리에 기댄 여인이 아름다운 풍경에 흠뻑 빠져 있고 그 옆에는 멋스러운 갈색 슈트를 입고 비스듬한 자세로 서 있는 남자가 보인다.

해질녘 다리 위에서 대화를 나누는 그들의 모습이 여유롭고 낭만적이다. 그 모습을 지켜보는 것만으로도 마음이 한결 따뜻해진다.

영국의 인상주의 화가 필립 윌슨 스티어Philip Wilson Steer, 1860~1942는 수많은 해변 풍경을 그렸다. 이 그림은 영국 잉글랜드 남동부 서픽주 월버스윅에 있는 다리 위에서 대화를 나누는 남녀의 모습을 담은 것으로, 빛으로 가득한 풍경을 부드럽고 은은한 색으로 표현한 그림이다.

너무나 아름답고 훌륭한 작품이지만 이 그림이 처음 전시되었을 때는 평론가들부터 엄청난 비난이 쏟아졌다. 특히 "고의적으로 못 그린 척했다"거나 "광란의 몸짓"이라는 말을 듣고 스피어는 그림 그리는 것을 포기할 생각까지 했을 정도로 크게 좌절했다. 기존의 틀에 갇혀 있던 당시 평

필립 윌슨 스티어, 〈다리〉, 1887
캔버스에 유채, 49.5×65.5cm, 테이트 갤러리

론가들에게는 그저 그런 작품으로 보였던 것이다. 영국의 작가 사무엘 존슨도 "모든 시대에는 시정해야 할 새로운 오류와 저항해야 할 새로운 편견이 존재한다"고 했듯이, 예나 지금이나 새로운 것이 받아들여지기는 참으로 어려운 모양이다.

그의 그림에 푹 빠져 있다 보니, 시간이 훌쩍 지나 어느새 시계가 늦은 오후를 가리키고 있었다. 아쉽지만 나중에 또 다시 방문하기로 하고 미술관을 빠져나왔다. 그런데 정말 믿기지 않을 정도로, 흐리고 우중충하던 날씨가 맑고 화창하게 개어 있었다. 태양빛이 따갑게 느껴질 정도로 무더웠다. 이렇게 햇살이 강하게 비추는 날에는 바삭하고 고소한 피시 앤 칩스에 시원한 맥주 한 잔을 벌컥벌컥 마시고 싶어진다. 저녁 약속이 있는 코번트가든의 더 록 앤 솔 플레이스로 향했다.

클래식한 외관의 고풍스러운 분위기를 풍기는 이곳은 1871년에 문을 연 런던에서 가장 오래된 피시앤칩스 식당으로, 영국 언론《인디펜던트》와《옵저버》가 '피시앤칩스가 맛있는 음식점'으로 선정한 곳이기도 하다. 실내는 이미 많은 사람들로 붐비고 있어서 야외 테라스에 자리를 잡고 앉았다. 잠시 후, 어마어마한 양의 피시앤칩스와 방울이 송골송골 맺힌 맥주가 나왔다.

갓 튀겨낸 따끈따끈한 생선튀김에 레몬즙을 살짝 뿌리고 두툼한 크기로 쓱싹쓱싹 잘라 타르타르소스를 곁들여 한입 가득 넣으니, 말이 필요없을 정도로 환상적이다. 거기에 시원한 맥주 한 잔을 더해 런던의 뜨거운 열기를 달랬다.

오랜만에 만난 지인과 그동안의 밀린 대화를 나누다가 해가 뉘엿뉘엿 지는 저녁, 타워브리지로 향했다. 낮에 보는 타워브리지도 아름답지만 하얗게 빛나는 타워브리지의 야경은 기가 막힌 장관이다. 이미 거리는 밤을 잊은 사람들로 가득했다. 다리 위에서 함께 야경을 감상하는 연인의 모습이 오전에 본 필립 스티어의 〈다리〉를 연상시켰다.

그렇게 낭만적인 분위기에 흠뻑 취해 다리 위를 천천히 걷고 있는데, 그 순간 멀리서 걸어오는 누군가와 눈이 딱 마주쳤다. 학교 선배였다. 하필이면 그 시기에 같은 나라로 여행을 와서 그날 그 시간에 그곳을 걷다가 우연히 마주친 사실이 무척 신기했다. 너무 어이가 없어 깔깔대며 웃다가 서로 안부를 묻는데, 생각해보니 이게 처음이 아니었다.

한국에 있을 때 친구와 쇼핑을 하러 새로 생긴 패션아울렛에 가서 옷을 입고 나오다가 탈의실 앞에서 마주쳤던 적도 있고, 비엔날레를 보러 간 광주의 어느 커피숍에서 커피를 마시고 나오다가 만난 적도 있었다. 가장 기억에 남는 것은, 대학로에 연극을 보러 갔다가 바로 옆자리에 그가 앉아 있어서 서로 깜짝 놀랐던 일이다.

물론 비슷한 문화생활의 취향 때문이겠지만, 한 사람과 전혀 다른 장소에서 몇 번을 우연히 마주친다는 것은 정말 쉽지 않은 경험임에 틀림없다. 인연이 있다면 이런 게 아닐까 생각했다. 아마 그 순간은 낡은 앨범에서 발견한 한 장의 사진처럼 영원히 잊지 못할 특별한 추억으로 기억될 것 같다.

여행을 하다 보면 수많은 인연을 만난다. 낯선 여행지에서 오랜 친구와 우연히 재회하기도 하고 함께 단체여행을 했던 것이 계기가 되어 그 연분이 지금까지 이어지는 경우도 있다. 배낭여행에서 같은 도미토리룸을 쓰게 되어 친해진 사람도 있고, 낯선 이방인을 선뜻 자신의 집으로 초대해 아낌없이 친절을 베푸는 사람도 만난다. 인연은 항상 이렇게 우연을 가장해서 등장한다. 물론 짧은 만남으로 끝나는 인연도 있지만, 이런 크고 작은 인연을 하나씩 만들어가는 것이 여행의 진정한 매력이 아닌가 싶다.

　작은 만남도 소중하게 여기고 모든 인연들에 감사하며 인연의 끈을 아름답게 이어나가는 것이 어쩌면 삶의 전부가 아닐까. 돌이켜보면 우연히 찾아온 이 모든 인연은 내 삶의 기적 같은 필연이었다.

인생의 갈림길에서

아테네 피레우스 항구에서 출발한 페리가 밤새 바다를 가로지른다. 가판 위에 올라 시원한 바닷바람을 맞으며 멀리 보이는 항구를 바라보니 노랗고 하얀 불빛이 점점 사라져 간다. 나는 지금 카잔차키스가 "죽기 전에 에게해를 여행할 행운을 누리는 사람에게 복이 있다"고 말한 빛에 씻긴 섬, 크레타로 향하고 있다.

객실에서 잠시 눈을 붙이다가 이라클리온 항구에 도착하기 약 한 시간 전, 나도 모르게 눈이 떠졌다. 창밖을 바라보며 진한 에스프레소 한 잔으로 정신을 차리고 있을 때쯤, 강렬한 태양이 내리쬐는 크레타섬에 도착했다.

에게해 남단에 있는 크레타는 미술활동이 활발하게 이루어진 에게문명의 중심지로, 많은 신화 속의 배경이 된 장소다. 그리스신화의 최고의 신 제우스의 고향이자, 그가 황소로 변신해 사랑하는 여인 에우로페를 등에 태우고 도망쳐 온 곳이며, 가장 유명한 신화로는 '이카루스의 추락'이 있다.

예부터 많은 화가들이 이를 주제로 그림을 그렸다. 아버지의 경고를 무시하고 창공에 오른 이카루스가 태양열에 밀랍이 녹아 추락해 죽는다는 이야기로, 우리에게는 샤갈의 〈이카루스의 추락〉과 브뤼헐의 〈이카루스의 추락이 있는 풍경〉 등으로 잘 알려져 있다. 또한 이곳은 그리스 대문호 니코스 카잔차키스의 고향이자 그의 소설 《그리스인 조르바》의 배경이 되는 곳으로도 유명하다.

항구에 줄지어 서 있는 옐로우캡 중 하나를 골라 타고 서둘러 호텔로 향했다. 수동 엘리베이터가 있는 오래된 건물이지만 고풍스럽고 중후한 호텔의 모습이 꽤 멋스러웠다.

짐만 대충 내려놓고 아침식사를 하기 위해 베니제루광장으로 나왔다. 광장 중심에 있는 모로시니분수에서 시원한 물줄기가 품어져 나오고, 아침부터 거리는 사람들의 활기로 가득하다. 분수대 옆 노천카페에 자리를 잡고 앉아 이것저것 주문을 했다. 잠시 후, 제일 먼저 샐러드가 나왔다. 그리스에서 여름에 즐겨 먹는 그릭 샐러드는 '시골 샐러드'나 '농부 샐러드'로 불리기도 하는데, 그 모습을 보자마자 그 이유를 알 수 있었다.

방금 텃밭에서 따온 것 같은 싱싱한 채소와 큼직한 크기로 불규칙하게 썬 토마토와 오이, 다양한 종류의 올리브와 얇게 썬 양파, 그리고 산양 젖을 발효시킨 페타 치즈가 두툼하게 올라와 있고, 그 위에 상큼한 레몬즙과 향긋한 올리브 오일이 듬뿍 뿌려진 모습이 소박하면서도 푸짐하다. 크레타 섬은 세계적인 장수 지역으로, 특히 심장병과 암의 발병률이 낮은데, 아마 자연을 닮은 건강한 지중해 식단 때문이 아닌가 싶다.

신선한 그릭 샐러드와 식사 전 입맛을 돋아주는 그리스의 전통요리 예미스타, 그리고 바삭하고 따끈한 바게트와 진한 커피 한 잔까지, 완벽한 아침이었다.

배를 든든하게 채우고 소화도 시킬 겸 아기자기한 상점을 구경하며 조금 걷다 보니, 저 멀리 보이는 파란 해안이 시선을 사로잡았다. 푸르다 못해 군청색에 가까운 바다가 빛에 반사되어 반짝이자 나도 모르게 탄성이 터져 나왔다. 바다를 배경으로 든든하게 서 있는 베네치안 요새도 보였다. 오스만제국의 침략에 대비해 세운 것으로, 14세기에 지진으로 파괴된 것을 16세기에 복원한 것이 현재의 모습이다.

에게해의 바람을 온몸으로 맞으며 요새에서 시작되는 아주 긴 방파제를 따라 걷는데, 도저히 앞으로 나아갈 수 없을 정도로 바람의 세기가 어마어마하다.

세찬 바람에 놀라 급히 산책을 마치고, 니코스 카잔차키스의 무덤을 보기 위해 길을 나섰다.

베네치아 성채의 높은 보루 마당에 그의 묘가 안치되어 있었다. 화려하고 고급스럽게 치장되어 있을 것을 예상했지만, 그의 무덤은 나무 십자가와 묘비만 세워져 있는 매우 소박한 모습이었다.

묘비명에는 이런 문장이 적혀 있었다.

"나는 아무것도 바라지 않는다. 나는 아무것도 두려워하지 않는다. 그러므로 나는 자유다."

그 옆에는 그의 두 번째 아내 엘레니 사미우의 무덤도 보였다. 아마 카잔차키스는 지중해 바다가 내려다보이는 자신의 고향에서 사랑하는 아내와 함께 영원한 자유인이 되기를 선택한 것 같다.

그와의 만남을 뒤로 하고 호텔로 돌아오는 길, 거리가 이상하리만큼 한산했다. 알고 보니 어느새 시에스타 시간이 된 것이다. 길에는 아무도 없고 웬일인지 표지판이나 이정표도 찾아볼 수가 없다. 그 많던 고양이와 개도 낮잠을 자는지 한 마리도 보이지 않는다.

좀처럼 갈피를 잡지 못한 채 우왕좌왕하다가 문득 갈림길 앞에 멈춰 섰다. 그 순간 나는 그저 길 잃은 이방인이었다. 어느 순간 공간감각을 완전히 상실한 채 방향성 없이 떠돌다 보니 왠지 모를 두려움마저 느껴졌다. 그러나 한편으로는 발길 닿는 대로 어디로든 갈 수 있을 것 같은 자유로움이 피어났다. 낯선 환경에서 길을 잃는 것은 이토록 묘한 감정을 선사한다.

그렇게 한참을 헤매고 있는 그때, 크레타 섬 전체를 감싸 앉는 듯한 붉은 햇살이 빈티지한 분위기를 연출했다. 따듯하면서도 공허한 풍경이 미국의 인상주의 화가 윌리엄 메릿 체이스William Merritt Chase, 1849~1916의 〈브루클린 네이비 야드〉의 한복판 같았다.

붉게 물든 거리에 홀로 산책을 하는 여인이 있다. 눈앞에 갑자기 갈림길이 나타나자 여인은 이리저리 고개를 돌리며 방향을 읽는다. 그러나 도무지 어디로 가야 할지 몰라 망설이며 멈추어 있다. 누구라도 길을 알려주면 좋으련만 세상이 멈춘 듯 조용하다. 먼 길을 걸어 온 듯 여인의 얼굴

윌리엄 메릿 체이스, 〈브루클린 네이비 야드〉, 1887, 개인 소장품

이 조금 지쳐 보이고 길을 찾을 수 있을까 하는 걱정도 묻어난다.

그녀는 이제 어디로 가야 할까.

윌리엄 체이스는 여행을 많이 한 화가였다. 그는 프랑스와 에스파냐를 여행하며 인상주의 화가들과 교류했고 네덜란드를 여행하며 색조주의를 연구했다. 이 그림은 네덜란드 여행을 마치고 돌아온 3년 뒤, 햇살의 붉은 색감을 살려 거리 풍경을 낭만적으로 표현한 작품이다. 이후 그는 다시 이탈리아의 피렌체와 에스파냐의 마드리드 등을 여행하며 수많은 풍경화를 그렸고, 미국 전역을 돌며 개인전을 열기도 했다. 그는 중요한 시점마다 여행을 하며 화가로서 자신의 삶을 꾸려나갔고, 평생에 걸쳐 2,000여 점의 작품을 남겼다. 그는 여행을 통해 자신이 진정 무엇을 하고 싶은지 깨닫고, 꿈에 도전할 수 있는 발판을 마련해나간 것이 아니었나 싶다.

여행을 통해 깨달은 것이 있다. 채워도, 채워도, 채워지지 않는 것이 있다면 이제는 무언가를 놓아주어야 하는 신호라는 것. 선택이란 무언가를 취할 것인가가 아니라 무언가를 비울 것인가의 문제다. 이카루스가 추락을 감수하고 날아오르기를 선택했고, 카잔차키스가 모든 속박에서 벗어나 영원한 자유인이 되기를 선택했으며, 윌리엄 체이스가 안정된 삶을 버리고 여행을 통해 자신의 꿈을 이루어나갔듯이, 더 많은 것을 갖는 것보다 더 원하는 것을 갖는 쪽을 택해야 한다. 그럴 때만이 여전히 수많은 갈림길 사이에서 방황하는 우리의 연약한 마음에 작게나마 용기가 되고, 기꺼이 선택의 즐거움을 누릴 수 있게 된다.

인간의 삶은 선택과 책임의 합으로 이루어져 있다. 한 번에 자신의 길을 택할 수 있으면 좋으련만 우리는 선택을 앞두고 흔들리며 고민한다. 주저 없이 결정을 내리고 앞으로 나아가면 좋겠지만 어느 한쪽을 결정하지 못해 머뭇거리고 괴로워한다. 그러나 모든 선택에는 정답과 오답이 동시에 존재하며, 완벽한 정답도, 완벽한 오답도 없기에 결국 완벽한 선택도 존재하지 않는다.

좋은 선택이란 옳은 선택을 하는 데 있는 것이 아니라 그것이 설령 옳지 않은 선택이라 해도 후회하거나 부끄럽지 않은 선택이 무엇인가를 파악하는 데 있다. 그래서 선택이란 정답을 고르는 것이 아니라 책임을 감수하겠다는 각오다.

태풍에 대처하는 현명한 자세

안락한 구속을 택하는 것은 흔한 일이다. 사람은 누구나 적당히 대처하고 지혜롭게 숨으며 안전하게 살아간다. 그러나 그렇게 점철된 일상의 타성은 생의 의욕을 잠식시켜 우리를 점점 더 위태롭게 한다. 자신이 더 이상 안전하지 않다는 것을 깨달을 때 우리는 어디론가 떠난다. 지혜로운 도주인 셈이다.

비행기에서 창밖을 바라보며, 마르셀 프루스트의 말을 떠올렸다.

"지혜란 받는 것이 아니다. 우리는 그 누구도 대신해줄 수 없는 여행을 한 후 스스로 지혜를 발견해야 한다."

정적을 깨뜨리기 힘들 만큼 조용한 마을이다. 입구에 들어서자마자 코코아공장에서 불어오는 달콤한 향기가 코끝을 자극한다. 아침 일찍 암스테르담에서 북쪽으로 13킬로미터 떨어진 풍차 마을, 잔세스칸스에 왔다.

푸른 하늘 아래, 따스한 햇살이 비치고 17세기에 만들어진 초록색 목조 가옥들이 줄지어 서 있다. 깔끔하게 관리된 정원을 지나 가장 먼저 마주친 것은 닭이었다. 방목해서 키우는 붉은 벼슬의 닭들이 모이를 먹으며 자유롭게 돌아다닌다. 사람들 사이로 앙증맞은 모습의 새끼 오리들이 지나가고 잔강을 유유히 헤엄치는 백조들도 보인다. 작은 식물원이라는 생각이 들 정도로 사방이 싱그러운 풀로 가득하고, 만개한 꽃들이 화사하게 거리를 수놓는다. 수로 둔덕에는 노란색 수선화가 피어 있고 보랏빛의 히아신스가 달콤한 향기를 내뿜는다.

그 뒤에는 거대한 풍차가 바람에 몸을 맡긴 채 제 구실을 한다. 예전에 비해 그 수는 많이 줄었지만 여전히 잘 보존되고 있었다. 풍차를 배경으로 푸른 잔디에서 뛰노는 소까지 있으니, 네덜란드의 화가 바이센브루흐의 〈스키담 근처의 풍차와 풍경〉이 떠올랐다.

예부터 풍차는 많은 화가들의 단골 소재였다. 네덜란드의 대표 화가 렘브란트는 장엄한 빛의 〈풍차〉, 〈풍차가 있는 평야의 전경〉 등을 그렸고 네덜란드가 낳은 천재 화가 고흐도 수많은 풍차 풍경을 캔버스에 담았다. 모네는 네덜란드를 세 번이나 방문했을 정도로 이곳을 사랑했는데, 당시 친구에게 보낸 편지에서 "이곳은 너무나 아름다워 그림으로 담아내기에 내가 표현할 수 있는 색채가 턱없이 모자란다"라고 찬사했을 정도다. 특히 네덜란드 북부 지방 사센하임의 튤립밭을 그린 모네의 〈튤립과 풍차〉는 지금도 세계적인 명화로 사랑받고 있다.

과거 네덜란드는 국토의 대부분이 해수면 보다 낮아 홍수와 해일로 인한 피해가 컸다. 게다가 늘 비가 많이 와서 물이 범람하기 십상이었다. 따라서 네덜란드 사람들은 바다를 메워 땅을 만들고 둑을 쌓은 뒤, 수면의 높이를 일정하게 유지하기 위해 풍차를 만들었다.

편서풍을 활용해 처음에는 물을 퍼내는 동력으로만 이용했으나 나중에는 방앗간, 철공소, 치즈공장 등 각종 가내수공업과 공업용의 에너지원으로 사용했다. 자연을 극복하되 파괴하지 않고 이룩한 네덜란드의 모습에서 그들의 탁월한 지혜가 엿보인다. '세상을 만든 것은 신이지만 네덜란드는 네덜란드인이 만들었다'는 말이 있듯이, 네덜란드의 아름다운 풍경은 오랜 시간에 걸쳐 물과의 전쟁에서 승리한 그들에게 주어진 신의 선물 같다.

네덜란드 사람들은 자전거를 참 많이 타고 다닌다. 어디를 가더라도 자전거 전용도로가 있다. 엄격하고 소중하게 자전거의 영역을 존중받아서인지 자전거 문화가 상당히 발달해 있다. 자전거를 타고 산책 나온 가족들과 자전거 데이트를 즐기는 연인들의 모습을 쉽게 찾아볼 수 있다.

그들의 여유로운 모습을 바라보며 잠시 쉬고 있는데, 별안간 어깨 위로 하나 둘 빗방울이 떨어지더니 조금 전까지만 해도 새파랗던 하늘이 회색빛으로 번지고 있었다. 바람이 점점 세지다가 비가 내리는 것은 순식간이었다. 우산도 챙겨 오지 않아 꼼짝없이 비를 맞는데, 태풍이 온 것처럼 바람이 심하게 부니 우산이 있어도 소용없지 않았나 싶다. 마네의 〈스왈로스〉 같은 풍경이었다.

이 그림은 '인상주의의 아버지'로 불리는 프랑스의 화가 에두아르 마네 Edouard Manet, 1832~1883가 태풍이 오는 풍경을 그린 것으로, 그림의 제목인 '스왈로스'는 '완전히 집어삼키다'와 '제비'라는 중의적인 의미를 담고

에두아르 마네, 〈스왈로스〉, 1873
캔버스에 유채, 취리히 뷰레 컬렉션

있다. 서양에서는 제비가 높이 날면 맑고, 낮게 날면 비가 오고, 울면서 낮게 날면 폭풍이 온다고 전해지는데, 폭풍 소식을 알리려 제비들이 날아온 것 같다.

먹구름이 온 하늘을 뒤덮었다. 갑작스러운 날씨 변화에 소들도 당황했는지 우왕좌왕한 모습이다. 몸을 가눌 수 없을 정도로 부는 바람에 산책을 하던 두 여인이 풀밭에 주저앉았다. 모자가 벗겨질 듯이 바람의 세기가 어마어마하다. 지금 이 순간, 가장 신이 난 것은 풍차다. 풍차의 날개가 때를 기다렸다는 듯이 빠르게 돌아간다. 쉼 없이 움직이며 돌고 또 돈다.

마네는 보이는 대로 그리는 것이 아닌 자신이 본 것을 그렸다. 이 그림에 나타나는 과감하게 생략된 형태와 빛과 그림자의 대비, 그리고 시간의 변화에 따른 풍부한 색채는 인상주의의 특징을 제대로 보여준다.

그는 그늘과 대비되는 빛을 효과적으로 표현하기 위해 검은색을 많이 사용했다. 검은 옷을 입은 여인과 흰 옷을 입은 여인이 극단적으로 대비되면서 강렬한 에너지를 내뿜고, 망설임이라고는 전혀 느껴지지 않는 진취적인 붓 터치에서 빛과 어둠이 단호히 투쟁한다. 이때 구름은 손에 만져질 듯 살아 있어 실제 눈앞에서 거대한 태풍이 휘몰아치는 것처럼 생생하다. 태풍의 분위기를 순간적으로 포착해 예민하게 표현하는 필력이 인상파의 거장답다.

마네에게 여행은 스승이었다. 그는 상류층의 부유한 가정에서 태어났지만 스스로 보헤미안의 삶을 택했다. 법관이었던 그의 아버지는 자신처럼 마네가 법학을 공부하기를 바랐으나 그는 화가의 꿈을 포기할 수 없었다. 그럼에도 불구하고 아버지의 반대가 계속되자 마네는 열일곱 살의 나이에 선원 견습생이 되어 남아메리카로 항해했다가 해군병학교 시험에 낙방한 뒤 화가로 데뷔했다. 처음에는 프랑스의 화가 토마 쿠튀르의 아틀리에에서 그림공부를 했지만 아카데믹한 역사화가인 그에게 반발해 홀로 자유 연구를 하는 길을 택했다.

티치아노, 조르조네, 벨라스케스를 존경했던 마네는 루브르미술관에서 그들의 작품을 연구하며 가졌던 의문을 여행을 통해 해결했다. 독일, 벨기에, 이탈리아 등 유럽 각지를 여행하며 거장들의 그림을 모사했고 그 과정에서 수많은 걸작이 탄생했다. 특히 1872년에 떠난 네덜란드 여행에서 그는 네덜란드의 화가 프란스 할스에게 많은 영향을 받았다. 〈스왈로스〉는 그 여행의 소산으로, 네덜란드 여행을 마치고 돌아와 이듬해에 그린 작품이다. 여행을 통해 완성된 마네의 그림은 익숙한 것에서 벗어나 낯선 것을 탐구하는 과정이 의미가 있음을 보여준다.

삶의 위기는 언제나 갑작스럽다. 우리는 예기치 못한 위기에 당황한 나머지 어찌할 바를 모르며 두려워한다. 때로 시간이 지나면 현명하게 이겨낼 수 있으리라 생각하지만, 나이가 들면 지혜가 많아진다는 믿음은 환상에 불과하다. 지혜란 시간의 흐름에 따라 저절로 획득되는 것이 아니며, 끊임없이 노력하고 훈련하는 데에서 얻어지는 후천적인 능력이다. 과거 네덜란드인들이 탁월한 지혜로 위기를 극복했듯이 위기에 대응하는 바람직한 태도는 적극적인 지혜의 발휘가 아닌가 싶다.

위기는 지혜에 의해서만 종결될 수 있다. 탄탄한 지혜는 모든 위기를 소용없게 만들고, 마음에 모반을 일으키는 삶의 복병을 불필요하게 한다.

네덜란드에 이런 속담이 있다.

"태풍이 불면 어떤 사람은 벽돌을 쌓고, 어떤 사람은 풍차를 단다."

위기가 없는 인생은 없다. 중요한 것은 위기에 대처하는 현명한 자세다.

안개 속 세상을 달리는 기차

유난히 안개가 자욱한 밤, 기차 플랫폼에서 누군가의 얼굴을 떠올리고 있을 때쯤, 출발을 알리는 긴 고동 소리와 함께 기차가 달리기 시작했다. 나는 지금 로마행 야간 기차에 몸을 싣고 있다. 기차는 달리고 또 달린다. 날씨 때문일까. 달카당대며 열심히 굴러가는 기차 소리가 설렘보다는 두려움에 가깝게 들린다.

살짝 열린 창문 사이로 스산한 바람이 불고 세상은 온통 안개로 그득하다. 세상의 비밀을 모두 품고 있는 것 같다. 아직 완벽한 밤은 아닌 듯 안개 사이로 붉은 노을이 번진다. 빠른 속도로 잿빛 건물들이 지나가고 샐빛을 아스라이 받은 창밖 풍경에서 쓸쓸함이 느껴진다. 왠지 에드워드 호퍼Edward Hopper, 1882~1967의 〈293호 열차 C칸〉이 생각나는 밤이다.

2인용은 족히 될 법한 넓은 의자에 홀로 앉아 있는 여인이 있다. 모자를 깊숙이 눌러 써 그늘 속에 표정을 감춘 모습이 어딘지 휑하고 외로워 보인다. 빨간색 립스틱으로 포인트를 준 화장과 세련된 패션스타일, 그리고 짐이 거의 없는 것으로 봐서 미리 계획한 여행이 아니라 어디론가 급히 떠나는 도시인의 모습 같다. 그녀의 손에는 책 한 권이 들려 있다.

책에 온 신경을 집중한 여인에게 기차 안내 방송 소리나 사람들의 대화 소리가 들릴 리 전무하다. 여인은 오직 자신과의 대화에만 집중한다. 수많은 사연을 갖고 있지만 그것들을 고스란히 내면에 담아 두고 조용히 책을 읽어 내려간다. 이 순간 여인의 마음을 위로해줄 수 있는 것은 책이 유일하다.

호퍼는 무심하고 무표정한 방식으로 인간의 내면을 첨예하게 묘사했다. 그 중심에는 고독이 있다. 창밖의 아름다운 풍광과 기차 안의 설렘에는 무심한 채 오직 자기만의 세계에 빠져 있는 여인을 통해 현대인의 고독한 내면을 보여준다. 그림 속 여인은 고독의 깊이를 함부로 측량할 수 없을 정도로 지독하게 고독하다. 고독하다는 말조차 할 수 없어서 침묵하고 있다. 우리는 침묵의 이유를 짐작할 수밖에 없다. 혼자 여행을 떠난 이유는 무엇일까. 그녀의 저 표정은 일시적인 권태일까. 아니면 삶에 대한 근본적인 회의일까.

고독이 넘실대는 기차에서 단단한 소외와 견고한 단절감이 느껴진다. 소통의 부재로 점철된 내면은 한없이 연약하고, 깊은 슬픔이 은닉되어 있다. 단절된 침묵만이 존재하는 고독의 순간이다.

호퍼의 그림에는 추상적인 형태가 없다. 사실적이고 분명하며 모호한

에드워드 호퍼, 〈293호 열차 C칸〉, 1938
캔버스에 유채, 45×50cm, IBM사 뉴욕주 아몬크

구석이라고는 찾아볼 수 없을 정도로 확연하다. 그러나 그 안에 내포되어 있는 감정들은 혼돈스럽고 흐리터분하며 불명확하다. 알 수 없는 상실감과 소외감, 왠지 모를 공허감과 덧없음이 화면을 지배한다. 기차는 정적에 휩싸여 있고 부동의 기운으로 가득 차 있다. 도시를 떠난 여인의 복잡다단한 감정의 편린들이 길게 드리워져 있어서, 한마디로 정의내릴 수 없는 묘한 감정이 느껴진다. 그는 평범한 기차 풍경을 그려 놓았을 뿐인데 우리는 그의 그림을 한참 동안이나 들여다본다. 분명 낯이 익은데 또 낯설기도 하다.

문득 궁금해진다. 호퍼는 왜 수많은 이동수단 중에 기차를 택했을까. 그는 유난히 기차 풍경을 많이 그렸다. 기차 안을 그린 〈특별열차〉와 〈엘 트레인의 밤〉, 기차에서 바라본 바깥 풍경을 그린 〈철로 옆의 집〉과 〈도시에 다가가며〉 등이 대표적이다. 그는 기차를 통해 저마다의 사유에 침잠할 수 있는 최적의 환경을 제공함으로써 자신과의 깊은 대화가 가능하도록 유도한다. 바깥 소리가 완벽히 차단된 흔들리는 기차를 통해 세상과 단절된 채 혼란스러워 하는 인간의 내면을 보여준다.

기차는 누군가는 떠나고 누군가는 돌아오는 교차점이며, 만남과 이별이 수없이 이루어지는 장소다. 지나간 과거는 떠나보내고 다가올 미래를 맞이하는 공간이기도 하다. 〈293호 열차 C칸〉의 그녀 역시 어딘가에서 떠나왔고 어딘가로 떠나고 있다. 호퍼는 기차를 통해 우리에게 말하는 것이다. 삶이 곧 여행이라고.

그렇게 얼마나 달렸을까. 어느새 완벽한 어둠이 찾아왔다. 어두운 밤은 어두운 마음을 더한다. 호퍼의 그림 속 그녀처럼 가방을 뒤져 책 한 권을 펼쳤다. 파스칼 메르시어의 소설 《리스본행 야간열차》다. 폭우가 쏟아지던 어느 날, 지루한 일상을 살아온 그레고리우스가 위험에 빠진 여인을 구해주면서 이야기는 시작된다.

강렬한 어떤 것에 이끌려 리스본행 야간열차에 아슬아슬하게 올라탄 그레고리우스. 그가 낯선 여행을 떠나게 된 것은 낡은 책 속의 한 구절 때문이다.

"우리가 우리 안에 있는 것들 가운데 아주 작은 부분만을 경험할 수 있다면 나머지는 어떻게 되는 것일까?"

그레고리우스의 여정을 따라가다 보니, 어느덧 책의 중반부를 넘어가고 있었다. 그런데 내가 정말 궁금한 것은 그레고리우스가 여행을 통해 찾아가는 책의 내용이나 사라진 여인의 행방이 아니라 왜 그는 그날 그렇게 갑자기 떠날 수밖에 없었는가에 대한 의문이었다. 그런데 이제야 조금 알 수 있을 것 같다. 그레고리우스가 프라두의 책을 펴고 이미 여러 번 읽은 글을 또 다시 읽어 내려가는 부분이 있다. 이 부분을 두고 그는 '다른 모든 글의 열쇠처럼 보였다'고 묘사한다.

"움직이는 기차에서처럼, 내 안에 사는 나. 내가 원해서 탄 기차가 아니었다. 선택의 여지가 없었고 아직 목적지조차 모른다. …… 기차가 멎지 않기를 바랐다. 영원히 멈추어버리지 말기를. 절대 그런 일이 없기를."

호퍼가 자신의 그림을 통해 말하려 했고 그레고리우스가 여행을 통해 깨달았듯이, 삶이란 우리 자신을 향한 여행인지도 모른다. 자신이 원하든 원하지 아니하든 우리는 이미 삶이라는 긴 기차를 타고 있다. 때로는 목적지가 어디인지도 모른 채 쉼 없이 달린다. 호퍼의 그림 속 여인이, 그리고 그레고리우스가 안정된 삶을 버리고 갑자기 떠난 이유는 거기에 가야만 찾을 수 있었기 때문이다. 자신의 진짜 삶을 말이다.

그들이 떠난 이유를 앎으로써 내가 떠나온 이유도 알게 되었다. 내 안의 어떤 마음을 알아차리는 순간은 어떤 마음을 품은 타인과 마주할 때뿐인지도 모른다. 우리는 늘 타인을 통해 나를 바라볼 정도로 자기 자신에게 무지하다. 나는 묻는다. 나는 지금 어떤 기차에 올라 있는가. 또 어디로 가고 있는가.

밤새 달려 맞은 새벽, 안개를 가르는 한줄기 햇살이 나를 비춘다. 어느새 아침이 밝아오고 있었다. 잠시 후, 끼익하는 쇳소리를 내며 기차가 멈추고, 드디어 테르미니역에 도착했다. 강한 햇볕이 내리쬐는 플랫폼에 서서 주위를 둘러보니 웅장한 규모의 고풍스러운 역이 한눈에 들어온다.

오랜 세월의 흔적이 묻어 있지만 아직까지 건재함을 자랑하며 인파로 분주하다. 창문을 사이에 두고 아쉬운 인사를 하는 연인, 자기 몸보다 더 큰 가방을 멘 배낭 여행자, 옹기종기 모여 주전부리를 먹는 아이들, 서류 가방을 든 깔끔한 양복 차림의 회사원, 책을 읽으며 출발시간을 기다리는 젊은 여인. 이토록 수많은 사람들이 저마다의 이유로 기차에 오른다. 사연도 인생도 목표도 각기 다른 사람들이 새로운 이야기를 만들어 간다.

기차역은 늘 가볍게 들뜬 공기로 가득하다. 그리운 사람의 이름을 호명하며 빛나는 순간을 맞이하는 사람도 있고, 홀로 있어 조금은 외로운 듯 보이는 사람에게도 작은 설렘이 묻어난다. 새로운 열정을 찾아 어디론가 떠나는 사람의 마음은 기대감으로 부풀어 있고, 끝없는 의문부호를 가슴에 담고 해매는 사람에게도 옅은 희망이 보인다. 떠도는 발자국으로 가득한 풍경이 놀랍도록 아름답다. 잠시 후, 역무원의 안내에 따라 모두 기차에 오르고, 곧이어 바퀴가 천천히 움직이기 시작한다.

지금 막 떠나는 기차를 바라보며 지난밤의 수많은 질문을 한아름 실어 보낸다. 모든 것을 목격한 도시, 로마는 어떤 답을 알고 있지 않을까. 모든 길은 로마로 통한다고 했으니 이제 나의 길을 가야겠다. 그곳이 어디든 상관없다.

삶

그래도 삶은
계속 된다

산다는 것은 거대한 캔버스에 그림을 그리는 일인지도 모른다. 그 과정이 때로는 힘들고 지루해도
이전과는 완전히 똑같지 않음에, 그래도 조금씩 변화되고 있음에, 우리는 힘을 내며 계속 나아간다.

갑자기 피는 꽃은 없다

어떤 추억은 향기로 기억된다. 깊은 곳에 잠재된 기억을 떠올려 완벽한 추억 속으로 빠져들게 하는 향기는 때로 사진으로 돌아보는 기억보다 생생하다. 은은하게 퍼지는 달콤한 코코아 향은 어린 시절의 추억을 회고하게 하고, 오래된 화구통에 배인 물감 냄새는 학창 시절을 회상하게 한다. 거리에서 스치는 낯선 이의 향수 냄새는 옛사랑을 떠올리게 하고, 햇볕에 갓 건조시킨 세탁물의 포근하고 청결한 향은 어머니의 따뜻한 품을 느끼게 한다.

약간은 비릿하면서도 청량함이 느껴지는 이른 새벽의 비 내음은 낯선 여행지에서의 추억의 장소로 우리를 이끈다. 향기로 인해 불러일으켜지는 기억의 조각들이다.

거리 가득 꽃향기가 나는 봄이면 바이올렛색으로 물든 보랏빛 바다, 남프랑스 프로방스의 라벤더밭이 생각난다. 예부터 이곳은 '화가들의 테라스'로 불리며 고흐, 피카소, 샤갈, 마티스, 르누아르, 세잔 등 내로라하는 화가들이 머물렀다.

르누아르는 프렌치 리비에라에서 작품 활동을 했고, 샤갈은 1966년에 생폴드방스로 여행을 갔다가 아름다운 풍경에 매료되어 20여 년을 그곳에서 살았으며, 고흐는 생레미드프로방스에 머물고 있을 때 〈아이리스〉, 〈사이프러스가 있는 밀밭〉, 〈별이 빛나는 밤〉 등 100여 점의 그림을 완성했다. 세잔은 〈생트 빅투아르산〉을 그리기 위해 엑상프로방스에서 수백여 일을 머물렀으며, 숨을 거두기 전까지 프로방스의 라벤더밭에서 그림을 그렸다.

지금 당장 햇살 가득한 남프랑스로 떠날 수 없다면 이를 대체할 수 있는 곳으로 떠나보는 것도 좋을 듯싶다.

오늘은 파주 프로방스 마을에 다녀왔다. 출판단지와 헤이리 예술마을 등이 모여 있는 파주는 여러 가지 이유로 종종 찾는 곳이다.

소박하고 정감 있는 프로방스 고유의 모습을 간직하고 있어서 언제와도 마음이 따뜻하고 편안해진다. 마을 곳곳을 천천히 거닐다 보면 마치 프랑스에 와 있는 것 같은 기분이 들기도 한다. 입구부터 보이는 파스텔톤의 건물이 경쾌한 기분을 선사하고 알록달록한 나무 벤치들에 눈이 즐겁다. 비닐하우스를 모티브로 해서 만든 유리정원이 싱그러움으로 가득하고 연못의 비단잉어들은 수련 주위를 유유자적 노닌다. 작은 카페테라스에 앉아 졸졸 흐르는 물소리를 들으며 꽃향기 스민 허브차 한 잔을 즐기니 신선놀음이 따로 없다.

차 한 잔을 마시고 프로방스의 특색을 살린 수공예품을 구경하다 보니, 어딘가에서 불어오는 향긋한 꽃향기에 발걸음이 이끌렸다. 미니 화분과 허브를 판매하는 예쁜 꽃집이 줄을 맞춰 서 있고, 향초, 오일, 입욕제 등 아로마 제품을 전문으로 하는 상점이 즐비했다. 연신 코를 쿵쿵거리며 구경하다가 라벤더향이 나는 프레그런스 디퓨저도 하나 샀다. 그 옆에는 포푸리도 보인다.

향기로움을 내뿜는 다양한 종류의 포푸리들 중 화사한 보랏빛의 라벤더 포푸리가 제일 먼저 눈에 들어왔다. 색이 있지만 진하지 않고 향이 있지만 자극적이지 않은 라벤더는 '프로방스의 태양'이라고 불리며 프로방스를 대표하는 꽃으로 사랑받고 있다. 오랜 세월의 이야기를 품은 채 홀연히 피고 지는 꽃이 어느새 아름다운 향기가 되어 마음에 가득 스민다.

'발효시킨 항아리'라는 어원을 갖고 있는 포푸리는 일종의 '향기 주머니'를 뜻한다. 꽃잎, 나뭇잎, 과일 껍질 등을 혼합해 숙성시킨 후 그 향기를 감응하는 것으로, 실내 공기를 정화하고 좋은 향기를 오래 즐기고 싶은 마음에서 탄생했다. 고대 이집트 왕 무덤에서도 그 흔적이 발견된 것으로 봐서 태고부터 인류가 사용한 것으로 추정된다.

특히 포푸리는 17세기에서 18세기 유럽 귀부인들의 대표적인 취미로, 이를 주제로 한 그림들도 많다. 함께 꽃잎을 뜯는 엄마와 아들의 다정한 모습을 그린 존 밀레이의 〈포푸리〉, 꽃잎을 빻는 두 여인의 여유로움이 느껴지는 조지 레슬리의 〈포푸리〉, 포푸리를 만들며 즐거운 한때를 보내는 여인들을 그린 애드윈 애비의 〈포푸리〉 등이 있다. 그중에서도 내가 가장 좋아하는 그림은 영국의 신고전주의 화가 허버트 제임스 드레이퍼

허버트 제임스 드레이퍼, 〈포푸리〉, 1897
캔버스에 유채, 51×68.5cm, 테이트 갤러리

Herbert James Draper, 1864~1920의 〈포푸리〉다. 포푸리를 만드는 여인의 모습을 그린 것으로, 슬픔과 아름다움이 공존하는 작품이다.

테이블 위에 마른 장미가 수북이 쌓여 있다. 색색의 꽃잎들이 이리저리 흩어져 있고 그 진한 향이 방 안을 가득 메운다. 손에 장미 한 송이를 든 채 꽃잎을 뜯어 항아리에 담는 여인의 모습이 관능적이면서도 격조 있고 슬프면서도 우아하다. 화면 전체를 지배하고 있는 은은한 핑크빛이 감미롭고 서정적인데 여인의 표정은 왠지 어둡고 쓸쓸하다. 회환과 비애에 잠겨 있는 듯한 서글픈 눈빛이다. 어쩌면 그녀는 꽃잎을 한 장씩 한 장씩 뜯으며 자신의 복잡한 마음을 비워내고 있는 것인지도 모르겠다.

실내 공기를 정화하는 포푸리처럼 사람의 마음을 깨끗하게 정화시키는 방향제가 있으면 얼마나 좋을까. 지금은 실내 공기를 정화하는 것보다 여인의 답답한 마음을 비워내는 일이 먼저인 듯싶다.

드레이퍼가 작품을 제작하는 과정은 상당히 고통스러웠다. 그는 그림을 그리기에 앞서 매우 치밀한 사전 준비 작업을 거쳤다. 자신이 그리고자 하는 장면을 세밀하게 묘사하기 위해 아주 오랫동안 그 모습을 면밀히 관찰했고, 본격적으로 작품에 들어가기 전, 습작과 드로잉을 수없이 했다. 그가 남긴 스케치들을 보면 도면을 그리거나 표를 만들 때 사용하는 모눈종이처럼 동일 간격으로 직교된 선 위에 완벽한 구도와 적확한 인체 비율을 그려 넣은 것을 확인할 수 있는데, 그림을 향한 그의 열성을 볼 수 있는 부분이다. 또한 그는 고집스러울 정도로 기본에 충실했으며, 대중의 취향에 영합하거나 유행을 따르기보다 자신의 스타일을 끝까지 고수했다. 정교하고 사실적이며 완벽에 가까운 그의 그림은 이런 지난한 과정을 거친 결과인 것이다.

드레이퍼는 〈바다 소녀〉라는 작품으로 큰 성공을 거두고 〈이카루스를 위한 탄식〉으로 파리박람회에서 금메달을 수상하는 등 세간의 주목을 받으며 성공가도를 달렸다. 그러나 고전주의 화풍과 아카데믹한 기법을 지나치게 고집한 나머지 시대에 뒤쳐진 그림을 그린다는 대중의 싸늘한 평가로 외면 받았고, 때마침 모던아트가 일어나기 시작하면서 세상으로부터 점점 잊혀져 갔다.

그의 가치가 재조명 받은 것은 최근의 일이다. 그의 작품이 다시 경매시장에서 거래되기도 하고 2,000년 초반에는 그의 전작도록 《카탈로그 레조네》가 발간되었는데, 이에 의하면 "허버트 드레이퍼는 빅토리아시대 말기에 누드를 가장 아름답게 그리는 화가 중 하나였다. 새로운 세기가 열리는 이때, 우리는 드레이퍼를 철저히 무시한 전 세대 미술가들의 편견과 우월의식에 대해 재평가할 수 있을 것이다"라고 적으며 그의 가치를 높게 평가하고 있다.

드레이퍼의 그림에는 드레이퍼만의 향기가 있다. 누구도 흉내 내거나 따라 할 수 없는 고유한 향기가 난다. 스스로의 힘으로 살아남아 오랜 세월이 흐른 지금까지 여전히 향기로움을 간직하고 있는 그의 그림은 평소 스쳐 보내거나 보고도 이름을 알 수 없던 야생화 같은 아름다움을 지니고 있다. 추운 땅 속에서 헤매고 견디며 자란 싹에 매일 물을 주고 거름을 갈고 햇볕을 쐬주어야 꽃이 피어날 수 있듯이, 드레이퍼의 끝없는 열의와 고집스러운 노력이 있었기에 그의 그림이 뒤늦게 꽃필 수 있었던 것이 아니었나 싶다.

갑자기 피는 꽃은 없다. 다만 갑자기 그 꽃을 발견할 뿐이다. 간절함으로 마침내 희망을 꽃피운 드레이퍼의 열정과 끈기에 가슴 뻐근한 감동이 전해진다.

나의 그림을 꿈꾸고 내 꿈을 그리다

　나의 과거는 그림을 그리던 기억으로 가득하다. 그림은 내게 영원한 일상이었고, 유일한 꿈이었으며, 떼려야 뗄 수 없는 운명 같은 존재였다. 식탁 위에 과일을 올려놓고 정물화를 그리는 던컨 그랜트의 〈인테리어〉 속 여인처럼 집 안에 있는 모든 사물이 그림의 소재가 되었고, 햇살이 비치는 화실에서 석고상을 묘사하는 안데르스 소른의 〈슈와르츠 자매〉 속 소녀들처럼 주말이면 화실에서 친구들과 그림을 그리며 행복한 시간을 보냈다. 또 장소나 분야를 가리지 않고 수많은 미술대회에 참가했는데, 그 모습은 클로드 모네의 〈지베르니의 숲에서〉 같은 풍경으로 기억된다. 그 시절 내게 연필은 가장 친한 친구였고, 붓은 열정의 산물이었으며, 화구통의 무게감마저 든든했다. 나의 그림을 꿈꾸고 내 꿈을 그리던 시절이었다.

　그림을 그리는 것은 늘 행복하고 즐거운 일이었지만 그중에서도 절대 잊을 수 없는 순간이 있다. 주말의 이른 아침이었다.

여느 때처럼 화실에 제일 먼저 도착해 이젤을 펴고 그림을 그리기 시작했다. 그리고 곧 채색에 들어갔는데, 뭐라 형언하기 힘든 감정이 나를 사로잡더니 갑자기 눈물이 핑 고이는 게 아니겠는가. 이상한 기분이었다. 내가 그림을 그리는 것이 아니라 어느 순간부터 그림이 나를 그리고 있었다. 내가 도화지 속으로 들어간 느낌이었다. 눈을 감고 숨을 내쉬면 이대로 사라져도 상관없을 것만 같았다. 그것은 최초의 팔딱임이었고 새로운 종류의 경이였으며 어떤 것에 대한 강력한 확증이었다.

생전 처음 느껴보는 낯선 감정을 느끼며 나는 다짐했다. 혹여 운이 아주 나쁘거나 피치 못할 사정이 생겨 그림을 그리지 못하게 될지라도 어떤 식으로든 절대 붓을 놓지는 말자고.

그렇게 시간이 흘렀고, 붓을 놓은 지 어언 10년이 되었다. 꿈을 좇는 것은 내게 허락되지 않았다. 붓을 잡으면 잡을수록 삶은 피폐해졌고 열정만으로 그림을 그리기에는 욕심이 너무 많았다. 그림을 그리며 사는 것과 그림을 그려서 살 수 있는 것은 전혀 다른 문제였다. 꿈이란 꿈을 꾸기도 꾸지 않기도 어려운 일이었다. 나는 스스로 내 꿈을 사장시켰고, 차갑게 죽은 꿈에 늘 미안했다. 순간의 선택으로 인해 내 삶은 유려하지 못했고 찰나의 위선은 잊으면 잊을수록 덧대어져 갔다. 짙은 미련이 전신으로 파고드는 느낌이었고, 창백한 열등감이 이따금 마음을 분개하고 발작시켰다.

소중하게 간직하던 꿈을 조용히 폐기하던 그날이 아직도 쓰라리게 스쳐 지나간다. 가슴에서 떠밀려 간 수많은 다짐들은 지금 어디쯤에 머무르고 있을까. 그때의 뜨거운 공기는 다 어디로 사라진 것일까. 힘을 잃은 꿈은 빛바랜 추억이 되고 한 시절은 뜨겁게 지나갔다.

아일랜드의 화가 존 라베리 경Sir John Lavery, 1856~1941의 작품 중 〈화실에서〉라는 제목의 그림이 있다. 이 그림은 먼 과거의 시간 속으로 나를 끌어들인다. 목도함으로써 점화되는 그 시절이다.

방 한가운데에 그림을 그리는 여인이 있다. 여인의 오른손에 붓이 들려 있고 왼손에는 팔레트가 쥐어져 있다. 여인이 이젤 위에 놓인 캔버스를 지긋이 바라본다. 그림의 마무리 단계에서 어디 더 수정할 부분이 없는지, 아직 완성이 덜 된 것은 아닌지, 유심히 살펴보는 것 같다. 이때, 여인의 가슴이 섬광처럼 빛난다. 모든 빛을 흡수한 것처럼 눈이 부시다. 아마 그녀도 생전 처음 느껴보는 황홀한 순간을 만끽하며 가슴의 두근거림을 느끼고 있는 것은 아닐까. 보기만 해도 가슴이 뛰는 순간이다.

이 그림은 색채가 가지는 미적 효과도 아름답지만 구도 면에서 매우 훌륭한 작품이다. 특히 공간의 깊이를 통한 표현방식이 눈에 띈다. 라베리는 집에서 흔히 볼 수 있는 일반적인 사물을 화면의 공간감을 나타내는 중요한 요소로 활용했다. 벽에 걸린 액자와 부채, 그리고 나무 이젤 등을 중첩시켜 공간의 깊이를 창출했고 대상의 크기와 위치를 변경시켜 지속적으로 공간에 변화를 주었다. 가까운 곳에 있는 것을 크고 뚜렷하게, 먼 곳에 있는 것은 작고 흐릿하게 그려 원근감을 나타냈다. 만약 여인의 뒤에 문이 열려 있지 않고 벽으로 막혀 있었다고 가정한다면, 매우 답답하

존 라베리 경, 〈화실〉, 1890
캔버스에 유채, 54×38.5cm, 매클레인 뮤지엄과 아트갤러리

고 좁은 공간처럼 느껴졌을 것이다. 그러나 배경을 과감하게 확장시켜 시원한 공간감과 입체적인 화면구성을 표현했다.

라베리는 주로 상류층 여성의 일상을 세련된 필치로 그려냈다. 이 그림 역시 여인의 화려한 옷차림과 고급스러운 인테리어로 봐서 상류층 여성을 대상으로 한 것이라고 볼 수 있다. 그중에서도 그가 주목한 소재는 '그림과 여인'이다. 고급스럽고 우아한 느낌을 자아내는 〈화실을 찾은 방문객〉에서는 화집을 보는 검은 드레스 차림의 여인을 묘사했고, 한갓진 여유로움이 느껴지는 〈존 라베리 스튜디오의 여인들〉에서는 화실에서 시간을 보내는 두 여인을 화폭에 담았다. 그리고 1904년에 그림여행을 떠나 운명적으로 두 번째 부인 하젤을 만난 그는 1909년에 결혼한 뒤 이듬해에 〈스케치하는 라베리 부인〉을 그렸다.

그림을 그리는 화가가 자신의 캔버스에 그림 그리는 모습을 그린다는 것은 그림을 통해 맞닿아 있는 진실한 삶을 반영한 실천적인 행위가 아니었을까.

산다는 것은 거대한 캔버스에 그림을 그리는 일인지도 모른다. 앞치마를 두르고 뭉뚝한 연필을 날카롭게 가다듬으며 마음의 준비를 한 뒤, 하얀 도화지를 펼쳐 스케치하고 지우개로 조금씩 수정하며 밑그림을 그려나간다. 완성된 밑그림에 따라 때로는 과감하게 명암을 주고 때로는 조심스럽게 색을 입히며 붓질을 계속 쌓아나간다. 그 과정이 때로는 힘들고 지루해도 이전과는 완전히 똑같지 않음에, 그래도 조금씩 변화되고 있음에, 우리는 힘을 내며 계속 나아간다.

즐거운 마음으로 묵묵히, 그리고 끈기 있게 임하다 보면 어느새 그림은 완성에 이른다. 성취의 순간은 이토록 짧다. 그림을 그린다는 것은 느리지만 성실하게 자신의 삶을 완성해가는 일이다.

아무리 인내심이 강한 사람이라도, 설령 그 일을 가장 잘한다고 해도 좋아하지 않는 일을 그리 오래 할 수는 없다. 사람은 결국 자신이 하고 싶은 일을 하고, 만나고 싶은 사람들을 만나고, 사랑할 수밖에 없는 것들을 사랑하며, 마음에 순응해 살아가는 연약한 존재다. 또 그것이 사람이 행복해질 수 있는 유일한 길이기도 하다. 단 내 마음대로 살아가되 내 멋대로만 살지 않는 일, 진짜 마음을 자기 마음대로 왜곡해 오판하지 않는 일 또한 꼭 유의해야 할 마음의 법칙이다.

마음을 떠난 몸은 언제나 온전하지 않다. 마음이 없는데 몸만 있거나 몸은 없는데 마음만 있으면 불행하다. '마음이 있는 곳에 몸도 있게 하라'는 이 평범한 진리만 지켜도 우리는 꽤 행복해질 수 있다. 마음과 몸을 일치시켜 몸과 마음이 함께 호흡할 때 비로소 모든 것이 가능해진다.

발바닥에 누가 본드를 발라 놓은 듯 도저히 발을 내딛을 수 없을 때면 나는 마음이 이끄는 대로 간다. 거기에는 어린아이인 내가 그림 그리는 모습이 보인다. 세상에서 가장 행복한 얼굴로 그림을 그리던 예사의 기억이 발아한다. 이제야 깨닫는다. 꿈이 꿈으로 끝나지 않으려면 행동하는 수밖에 없다. 삶을 변화시키는 것은 생각이나 다짐이 아니다. 오로지 행동뿐이다. 행동하지 않는다면 대책 없이 해피엔딩을 꿈꾸는 낙관론에 불과하다.

그리고 나는 오늘, 10년 만에 다시 붓을 잡았다. 먼 길을 돌고 돌아 여기에 앉았다. 천천히 손을 움직여 붓질을 시나브로 쌓아가다 보니, 내 안에 가득했던 불가해한 물음들이 저절로 풀리고 있었다. 해야만 하는 것 대신 하고 싶은 것을 택하기로 했다. 위험을 감수하더라도, 덜 불행할 수 있는 길보다는 행복할 수 있는 길을 걸어갈 것이다.

천천히 가도 괜찮아

수많은 성공신화가 쏟아지는 시대다. 각종 자기계발서가 쌓이고, 멘토 열풍이 불고, 그럴듯한 구호들이 내걸린다. 그러나 "성공의 겉모습만큼 성공하는 것은 없다"던 크리스토퍼 래시의 말처럼, 만들어진 성공신화는 대중의 이상을 구체화한 것에 불과하다.

사람은 타고난 실력과 재능, 각자의 형편이나 상황, 다가올 기회나 운이 모두 다른데 천편일률적인 눈부신 성공담은 수많은 실수나 우연한 행운은 숨긴 채 진실을 왜곡하고 미화한다. 우리는 사실보다는 해석에 가까운 성공담에 도취되어 대리만족을 느끼거나 달콤한 성공의 함정에 빠져든다. 이미 성공한 사람들이 성공한 후에 재생산한 성공 스토리가 아직 성공하지 못한 사람들의 성공을 막는 것이다.

성공신화의 가장 큰 문제점은 바람직한 성공이 아닌 빠른 성공에 초점이 맞춰져 있다는 데 있다. 성공의 비결, 성공의 표본, 성공의 지름길만 찾는 사람의 성공은 요원하다. 중요한 것은 성공을 찾아가는 과정이지, 그럴듯한 성공담을 빠른 시간 내에 쟁취하는 것이 아니다. 시간에 대해 상당한 손해를 보게 된다고 하더라도 자신의 방식대로, 자신의 길을 가려고 노력해야 한다.

여기, 무엇을 하기에 늦은 나이란 없다는 것을 몸소 실천한 이들이 있다. 그들은 단지 나이가 들었다는 이유만으로 자신의 꿈을 포기하지 않았다. 시간이 주는 불안감 때문에 지레 겁먹거나 좌절하지 않았다. 자신의 재능을 믿고 남들과는 다른 방식으로 노력했다.

원시적 예술의 아버지로 불리는 프랑스의 화가 앙리 루소는 22년간 세관원으로 근무하다가 49세에 화가로 전업했다. 그는 데뷔한 다음해부터 사망할 때까지 거의 매년 작품을 발표했을 정도로 자신의 모든 열정을 그림에 쏟아 부었다. 야수파의 창시자 앙리 마티스는 변호사를 꿈꾸며 법률사무소에서 일하다가 뒤늦게 화가가 되기로 결심하고 그림을 그리기 시작했으며, 루미니즘의 선구자 제임스 아우구스투스 수이담은 건축가와 변호사로 활동하다가 37세가 되던 해, 국립아카데미 전시회에 작품을 출품하며 전업화가로 데뷔했다. 또 프랑스의 인상주의 화가 폴 고갱은 35세에 증권거래소를 그만두고 전업화가가 되었다.

'미국의 샤갈'이라고 불리는 해리 리버맨은 은퇴 뒤 조용한 삶을 보내던 어느 날, 노인클럽에서 만난 한 젊은 봉사자의 권유로 생애 처음 그림을 그리기 시작했다. 그리고 77세에 화가로서 제2의 삶을 살았다. 그는 온 힘을 다해 작품 활동을 하며 수많은 그림을 남겼고, 101세의 나이에 21번째 전시회를 마지막으로 생을 마쳤다. 미국의 민속화가 그랜드마 모지스는 67세부터 그림을 그려 80세에 뉴욕의 한 화랑에서 첫 개인전을 열었고, 미국과 유럽 전역에서 숱한 전시회를 개최하며 왕성한 활동을 했다. 101세에 세상을 떠날 때까지 1,600여 점에 이르는 그림을 남긴 그녀는 이런 말을 하기도 했다.

"내 경우에 일흔 살에 선택한 새로운 삶이 그 후 30년간의 삶을 풍요롭게 만들어주었습니다. 열정이 있는 한 늙지 않습니다."

19세기 영국의 화가 존 앳킨슨 그림쇼John Atkinson Grimshaw, 1836~1893도 뒤늦게 그림을 그리기 시작한 화가로 기억된다.

그는 어린 시절부터 그림에 남다른 재능이 있었으나 부모의 반대로 미술을 배우지 못했다. 특히 그의 어머니는 자신의 아들이 그림 그리는 것을 매우 못마땅하게 여겨 그의 그림을 모두 없애버릴 정도였다고 한다. 하는 수 없이 그는 오랫동안 영국 리즈에 있는 화랑에서 유명 화가들의 작품을 보는 것으로 만족해야 했다.

그렇게 세월이 흘러 1861년, 그는 당시 근무 중이던 철도회사를 그만두고 전업화가의 길로 들어선다. 정식으로 미술교육을 받은 적이 없었고 남들보다 늦은 나이에 시작했기에 불리한 점이 많았지만 그는 더욱 열심히 작품 활동에 매진했다. 그 결과, 과일, 꽃, 새 등을 그린 그림으로 성공적인 전시를 선보이며 많은 이들에게 인정받았고, 불과 10여 년 만에 리즈 근처에 있는 대저택을 소유할 정도로 경제적인 부를 이루었다.

그림쇼가 달빛이 비치는 풍경화에 관심을 갖기 시작한 것은 그의 나이

마흔이 넘었을 때부터였다. 그는 화면을 지배하는 듯한 시적 상상력으로 달빛이 비치는 영국의 야경을 묘사했다. 리버풀, 런던, 첼시, 리즈 등을 다니며 당시 산업혁명으로 급속하게 변해가던 영국의 도시 풍경을 캔버스에 담았다.

그가 구현해내는 따뜻하고 신비로운 달빛 풍경은 가슴속에 묘한 심상을 불러일으키며, 마음 깊은 곳에 잠들어 있던 아련한 감성을 깨우는 마력이 있다. 특히 영국 잉글랜드 웨스트요크셔에 있는 공원의 황금빛 가을 풍경을 그린 〈폰트프랙트 근처의 스테이플턴 공원〉은 달빛이 비치는 밤 풍경을 따뜻하고 운치 있게 표현한 그림이다.

스위치를 켠 듯 노란 달빛이 화면을 가득 메운다. 발을 내딛을 때마다 바스락거리는 낙엽 소리가 들리고 여인은 가끔씩 들려오는 바람소리에 귀를 기울이며 걷고 또 걷는다. 어느덧 달빛이 그윽하고 가을은 깊숙하다. 그 순간, 바쁘게 길을 가던 여인이 멈춰 섰다. 끝없이 이어지는 아득한 길 위에서 밤새 가야 할 길이 얼마나 되는지 잠시 가늠해본다. 아무도 없는 길을 홀로 걷는 그녀가 외로울까봐 달은 길을 더 환히 비춘다. 달의 온기가 여인에게 가 닿았는지 마음 안에 따스한 달빛이 흐르고, 여인은 자신의 고뇌를 달과 함께 나눈다. 이 순간 달은 그녀의 외로움을 달래주고 고민을 들어주는 벗이다. 여인은 금세 힘이 나 어디든 계속 갈 수 있을 것만 같다. 달빛이 함께하기에 고단한 밤길도 행복한 꿈길이 된다.

그림쇼는 이와 비슷한 구도의 달빛 풍경을 많이 그렸다. 불이 켜진 집

존 앳킨슨 그림쇼, 〈폰트프랙트 근처의 스테이플턴 공원〉, 1877
패널에 유채, 43.5×28cm, 개인 소장품

을 바라보는 여인을 그린 〈골목길〉은 쓸쓸한 분위기를 자아내고, 손을 잡고 걷는 모녀의 다정한 모습을 그린 〈달빛 거리〉는 그의 전형적인 달빛 풍경을 보여준다. 그리고 쏟아지는 달빛 아래, 서로를 끌어안고 있는 커플을 그린 〈연인〉은 애처로워 더 아름답다.

혹자는 그에게 같은 주제, 비슷한 구도의 그림만 그린다고 비난하기도 했지만 그는 이에 아랑곳하지 않고 자신의 길을 뚜벅뚜벅 걸어갔다. 그 결과, 달빛이 비치는 도시의 밤 풍경에 있어 독보적인 경지에 이르게 된다. 그리고 수백 년이 지난 지금까지도 '달빛 화가'로 불리며 많은 이들에게 사랑받고 있다. 그림쇼가 그린 달빛 풍경은 자신의 길을 묵묵히 걸어가며 열심히 노력한 이들에게 그가 선물하고 싶었던 생의 가장 아름다운 순간이 아니었을까.

우리는 누구나 엄청난 부를 축적할 수 없고 모든 사람이 다 아는 저명인사가 될 수 없다. 우리는 누구나 자신의 분야에서 위대한 업적을 남길 수 없고 모두 최고의 자리에 오를 수 없다. 그렇다면 이를 이루지 못한 사람들은 실패한 인생인가. 그렇지 않다. 성공의 모습은 사람마다 너무 다르고 다양하며 절대적이지 않다.

그림쇼를 비롯한 수많은 화가들이 성공한 이유는 자신의 길을 자신의 속도대로 갔기 때문이다. 많은 사람들이 재능의 부족보다 노력의 부족으로 실패하고, 더 많은 사람들이 노력의 부족보다 같은 방식의 노력으로 실패한다. 재능 없이 그린 그림은 감흥이 없고, 노력 없이 그린 그림은 완성될 수 없으며, 남들처럼 그린 그림은 아무도 봐주지 않는다.

너무 조급해하지 않아도 된다. 스스로를 지나치게 다그치거나 몰아세우지 않아도 된다. 모든 사람에게 알맞은 성공의 속도란 없다. 결코 늦은 것이 아니다. 도착할 때까지 시간이 조금 더 걸리는 것뿐이다.

천천히 가도 괜찮다.

너의 어제를 부끄러워하지 마

밤새 눈발이 흩날리더니 온 세상이 하얀빛으로 변해 있었다. 이른 새벽, 눈이 소복하게 쌓인 거리에는 짙은 정적만이 감돌았다.

새하얀 눈길에 조심스레 발자국을 내며 천천히 걷기 시작했다. 발을 내딛을 때마다 뿌득뿌득하는 소리가 들려오고 발길마다 회오와 사념이 서걱거렸다. 나는 걷고 또 걸으며 내 삶을 냉정하게 돌아봤다. 지난 일들을 돌이켜보며, 진지하고 정직하게 감회 깊이 회고했다. 그 결과, 내가 내린 결론은 이것이다. 내가 낭비되었다고 생각하는 그 시간들은 사실 낭비되지 않았다.

우리는 살면서 무수히 많은 좌절을 경험한다. 여러 번 경험해도 언제나 그 맛은 쓰다. 최선을 다했으나 애쓴 보람도 없이 실패로 돌아가는 일도 있고 자력갱생의 정신으로 열심히 노력했지만 결국 모든 것이 수포로 돌아가 낙심천만하기도 한다.

몇 번에 좌절을 경험하며 자존심에 깊은 상처가 나고 반복되는 실패로 자신이 얼마나 무력한지를 절감한다. 때로는 절망의 나락으로 떨어져 수치심에 괴로워하고 좌절감에 오래 함입되어 패배주의에서 헤어 나오지 못한다. 좌절을 도약의 계기로 만들어 성장하면 좋으련만 우리는 대개 그것을 숨기고 아파하며 살아간다. 그 모든 시간이 쓸모없고 가치 없게 느껴지는 나머지 스스로를 인생의 실패자로 여기는 극단적인 태도를 보이기도 한다.

지인 중에 타의 추종을 불허하는 지독한 완벽주의자가 있었다. 그녀는 늘 스스로에게 높은 기준을 들이밀며 지나치게 완벽을 요구했다. 자신의 인생을 완전무결한 걸작으로 만들고 싶은 것 같았다. 항상 치밀한 계산 아래 모든 것을 계획했고, 조금의 실수도 용납하지 않았다. 작은 실수에도 금세 시무룩해졌고, 한번 실수하면 그것을 계속 곱씹으며 머리에서 쉽게 떨쳐내지 못하고 낙담하거나 책망했다. 충분히 잘하고 있음에도 완벽하지 않으면 아무런 의미가 없다는 듯 스스로 성과를 깎아내리며 좌절의 우물을 팠다. 일을 완벽하게 끝내지 못하면 자신을 쓸모없는 인간으로 여기며 혐오하기까지 했다. 성공을 바란다기보다 실패를 두려워하는 사람 같았다.

남들보다 앞서야 한다는 강박을 가지고 있던 탓일까. 그녀는 항상 다른 사람들과 자신을 비교하며 뭐든지 남들보다 못하면 참을 수 없는 사람처럼 보였다. 남들의 기대와 요구에 지나치게 부응하려는 나머지 타인의 기준에 맞춰 사느라 자신의 시간과 에너지를 과도하게 소모했고, 평소에는 고상하고 관대한 태도를 유지하다가 자신이 쌓아 온 업적이 누군가에게 무심코 부정되었을 때 대단히 신경질적으로 반응했다. 자신의 약점을 들춰낸 상대에게 어떤 식으로든 벌을 줘 자신의 우월함을 확인하거나 완벽함을 입증하려는 잔악한 욕망을 가지고 있었다.

안타까움을 넘어 위태로워 보이기까지 한 그녀의 모습이 과거에서 기인한다는 사실을 나는 나중에야 알게 되었다. 어릴 적에 부모로부터 버림받은 그녀는 전국을 돌아다니며 낯선 친척들 손에 자라야 했다. 불안전한 환경에서 성장기를 보내며 온갖 시련과 수모를 겪었고, 그 과정에서 노골적으로 멸시하거나 인격적인 모욕을 주는 사람도 있었다. 모진 역경을 견디기에는 너무나 어린 나이였고, 설움도 설움이려니와 하루하루가 불안과 두려움의 연속이었다. 부족한 사랑에 대한 결핍과 깊은 피해의식은 집착에 가까운 인정 욕구로 발현되었고, 자신이 완벽하지 않아서 버림받았다는 생각과 완벽하지 못하면 사랑받을 수 없다는 생각이 더해져 완벽주의자의 모습으로 변모한 것이다.

비단 그녀만의 이야기가 아니다. 정도의 차이는 있겠지만, 우리는 모두 완벽을 추구하며 살아간다. 무한 경쟁의식 속에 완벽해야 한다는 강박증에 시달리고, 누군가에게 인정받고 사랑받고 선택받기 위해 완벽주의의 덫에서 허우적거린다. 때로는 달성하기 힘든 비현실적인 목표를 세우고 그것을 어떻게든 이루어내기 위해 수단과 방법을 가리지 않는다. 목표 달성에 실패한 개인을 무가치의 징표로 여기는 승자 독식 문화는 여러 가지 부작용을 낳으며 사회를 병들고 아프게 한다.

그러나 누구에게나 완벽하지 않아도 그 자체로 완전했던 때가 있었다.

이 그림은 낭창하게 예쁜 그 시절을 떠올리게 한다. 미국의 인상주의 화가 로버트 루이스 리드Robert Lewis Reid, 1862~1929의 〈하늘을 향해〉다.

한 소녀가 언덕에 올랐다. 넓은 세상이 한눈에 들어온다. 파란 하늘에 흰구름이 떠다니고 시원한 한 줄기 바람이 불어와 땀이 송골송골 맺힌 소녀의 이마를 서늘하게 식혀준다. 숨을 크게 들이마시니, 가슴속에 신선한 공기가 가득 채워진다. 허리에 손을 얹은 채 옅은 미소를 지으며 지평선 너머를 바라보는 소녀의 표정이 사뭇 진지하고 당당하다. 가슴을 활짝 펴고 한 곳을 응시하며 앞으로 저 넓은 세상으로 나아가겠다고 다짐하는 것 같다. 눈부신 자신감이 보는 이의 마음을 압도한다. 몽롱한 분위기 속에 명징함을 감추고 있는 모습이 우리를 은근히 유혹해 그림 속으로 빠져들게 한다.

리드는 누구보다 열정적인 삶을 산 화가였다. 그는 예술에 관해서는 어떤 일이든 열정적이었다. 보스턴예술학교 재학 당시 《아트 스튜던츠》라는 잡지를 만들고 편집장으로 활약한 그는 보스턴미술관에 전시되어 있던 작품들에 대한 비평과 리뷰 기사를 거의 전문가 수준으로 선보이며 사람들을 놀라게 했다. 이후 파리로 유학을 가 살롱에서 입선하고 살롱 카탈로그에 작품이 실려 주목을 받기도 했으며, 다시 미국에 돌아와 호텔과 박람회의 내부 장식용 벽화를 훌륭하게 그려 많은 상과 영예를 얻었다. 벽화 작업이 마무리되고부터는 주로 여인들의 모습을 그리며 '화사한 인상파'로 사랑받았는데, 이 시기에 리드의 수많은 걸작들이 탄생했다.

로버트 루이스 리드, 〈하늘을 향해〉, 1911
캔버스에 유채, 82×66cm, 브리검영대학교 미술관 오브 아트

이후 그는 자신의 첫 개인전을 갖고 '10인 화가'라는 단체를 만들어 활발하게 활동했으며, 브로드 무어 예술아카데미를 세우고 직접 강의를 하기도 했다. 말년에 소아마비에 의한 발작으로 오른손을 쓰지 못하게 되자 그는 왼손으로 그림을 그리며 자신의 작품 세계를 완성해갔다. 그가 세상을 떠난 해에는 간호사의 부축을 받으며 전시회에 참석할 정도로 건강이 악화되었지만 그의 열정만큼은 식지 않았다. 리드는 죽는 순간까지도 그림에 대한 자신의 열정을 모두 쏟아 부었다.

열정은 삶의 매우 중요한 요소다. 그러나 그것을 어떻게 사용하느냐에 따라 삶의 질은 달라진다. 완벽하게 해내야만 좋은 사람이라는 것과 열정을 다하는 좋은 사람이 되고 싶다는 마음가짐 중 어느 쪽을 택하느냐에 따라 삶의 매순간은 전혀 다른 느낌을 갖는다.

우리는 자기 자신에게 조금 너그러워질 필요가 있다. 자신의 단점을 있는 그대로 받아들이고 완벽에 연연하지 않는 것, 스스로에게 과도한 혐의를 부여하지 않고 실패를 삶의 한 부분으로 인정하는 태도가 바람직하다. 완벽주의로부터 자유롭다는 것은 온전한 나로 살게 된다는 의미다. 완벽에 대한 강박과 불완전에 대한 두려움을 떨쳐내야 진짜 나를 위한 삶을 살 수 있다. 실은 존재할 수도 없는 완벽한 삶에 대한 부채감만 떨쳐내도 우리는 꽤 행복해질 수 있다. 너무 잘하려고 하지 않아도 된다. 인생은 시험이 아니다.

너를 막으려 나를 가두다

자존심은 높은데 자존감은 낮은 데에서 문제는 시작된다. 이런 사람들은 대개 둘 중 하나를 택한다. 거짓 웃음으로 자신을 감추거나 자신만의 동굴 속으로 숨어버리거나. 내 선택은 후자였다. 나는 너무 두려워 고작 스스로를 숨겼다. 마음의 문을 걸어 잠그고 아무도 찾을 수 없는 곳으로 도피했다. 그러나 최후의 피난처에 들어서자마자 본격적인 전쟁은 시작되었다. 끝 간 데 없는 자신과의 투쟁이었다. 두려움에는 그 어떤 규칙도 질서도 없었다.

오직 두려움만이 있었다. 어떤 기억을 점유하며 두려움은 무섭게 쫓아왔고, 가장 깊숙이 은폐되어 있던 두려움은 심층 속에서 지각되며 끈덕지게 실존했다. 나는 두려움의 정체가 무엇인지 알아보려 애썼지만 오래도록 그 근처에서만 배회하다가 돌아와야 했다.

그런데 생각해보면 나는 두려움을 느낀 것이 아니었다. 두려움을 느끼고 있는 나를 느끼고 있었다. 내 안의 어떤 부분을 멸망시키고 싶었으나 그 정체를 알지 못해 두려움을 계속 부풀렸다. 완전한 진공 속으로 틈입한 두려움을 추적하고 자극하며 번식시켰다. 나 자신을 두려움 속에 몰아넣으며 스스로를 소진하고 있었다. 그리고 무엇보다 두려운 것은 내 안의 두려움보다 두려움을 누군가에게 말하는 것이었다. 관계의 단절보다 두려운 것은 관계가 짐이 되는 것이었다. 차마 말할 수 없던 두려움은 그나마 쓸데없이 남은 앙다문 자존심이었다. 그렇게 홀로 쓸쓸히 사라졌고, 내 삶은 무서울 정도로 위축되었다.

몇 번의 새로운 계절이 지나갔는지 정확히 기억나지는 않는다. 아주 긴 시간이었지만 순식간이기도 했다.

여러 시련을 간신히 견뎌낸 어느 날, 해방은 우연히 찾아왔다. 아침에 일어나 커튼을 젖히고 조심스레 베란다 창문을 열어 보니, 이름 모를 들꽃이 피어 있었다. 따스한 햇살 때문인지 노란 꽃이 더 화사하게 빛났다. 이리저리 한참을 구경하다가, 조용히 내 방에 가서 탁상달력을 넘겨 5월에 맞추었다. 봄이었다. 나는 비로소 은신하기를 그치고 동굴 밖으로 빠져나올 수 있었다.

그때를 떠올리면 아서 해커의 〈갇혀버린 봄〉이 생각난다. 이 그림은 19세기 영국의 화가 아서 해커Arthur Hacker, 1858~1919가 말년에 그린 작품으로, 야외의 자연광을 받으며 그린 외광파 기법의 초상화다.

햇살이 들어오는 창가에 한 여인이 서 있다. 허리춤에 앞치마를 둘러매고 식탁 정리를 하다가 그대로 멈춰 있다. 창가로 들어오는 빛이 방 안에

아서 해커, 〈갇혀버린 봄〉, 1911
캔버스에 유채, 92.0×71.5cm

가득하지만 어쩐지 그 느낌이 침울하고 쓸쓸하다. 강렬한 햇살조차 파괴적이다. 그녀 주변에 있는 모든 것들이 빛에 머무르며 움직이고 있으나 정작 그녀는 빛에 갇혀 가만히 멈춰 있다. 왼손은 주먹을 꽉 쥐고 오른손은 식탁을 잡은 채 구석진 방 귀퉁이에 기대어 있는 모습이 애처롭다. 요리한 흔적이 남아 있는 하얀색 접시와 숟가락 하나가 식탁 위에 놓여 있고, 약간 말라 있는 채로 나뒹구는 조각 난 배와 마구 흩어져 있는 포크와 나이프가 여인의 마음을 대변해주는 것 같다.

여인의 표정에 주목하게 된다. 창밖을 바라보는 얼굴에 수만 가지 감정이 드리워져 있다. 꾹 다문 입술이 간조하고 파폐하며, 굳은 표정은 막막할 정도로 황폐하다. 세상을 응시하는 눈빛이 악무한에 사무쳐 있고, 금방이라도 울 것 같은 큰 눈망울에서 깊은 슬픔이 느껴진다.

여인의 몸은 그늘에 숨어 있지만 그 시선은 빛을 향해 있다. 지독하게 어두운 자신만의 공간에 갇힌 채 한 발도 나갈 수 없는 스스로의 처지를 비관하면서도, 제발 나를 이곳에서 꺼내달라고 누군가에게 간절히 외치는 듯하다. 금방이라도 찬란한 태양 속으로 뛰어들고 싶지만 도저히 나갈 수가 없다. 멈춘 시간과 함께 그녀의 마음도 갇혀버렸다.

언제쯤 그녀의 마음에도 봄이 찾아올까. 그녀의 눈빛에 삶에 대한 열망이 남아 있어 그나마 다행이라고 생각하는 것은 나의 이기심인지도 모르겠다.

계속되는 폭풍 속에 꼼짝없이 갇혀 온몸으로 폭풍우를 맞다가 이제 겨우 동굴 속으로 피신한 사람에게 내일은 비가 그칠지도 모르니 그만 동굴 속에서 빠져나오라는 말이 위로가 될 리가 없다. 그것은 상대도 알고 나도 아는 거짓 위로다.

이따금 우리는 위로마저 자기 자신을 위해 할 정도로 잔인하다. 가령 자살하려는 사람에게 죽을 용기로 살라거나 자식 잃은 부모에게 이제 기운 내어 살아가라는 식의 예의 없는 위로와 섣부른 충고를 아무렇지 않게 저지른다. 자신이 누군가에게 도움이 되었다는 착각 속에 타인에게 더 깊은 상처를 입히고 마는 것이다.

진정한 위로란 상대의 눈물을 닦아주는 것이 아니라 함께 울어주는 것이며, 타인을 위로함으로써 자신을 구출하는 것이 아니라 같은 마음으로 시간을 보내는 것이 아닐까 생각한다.

모든 강요가 폭력적이기 마련이지만 그중 최고는 희망의 강요다. 그것은 누군가에게 슬퍼할 자유마저 빼앗는 일이기에. 오스카 와일드도 "희망적인 사고의 바닥에는 끔찍한 공포가 있다"고 말한 바 있듯이, 사람들이 희망을 강조하는 이유는 그렇지 않고는 살 수 없기 때문인지도 모른다.

우리는 살아가기 위해, 이토록 역설적인 말로 자신의 나약함을 감춘다. 그러나 덮어놓고 희망을 말하기에는 엄혹한 시간들이 있다. 우리는 때로 거짓된 희망으로 텅 빈 마음을 메우려 하지만 그것은 애초부터 불가능한 일이다. 희망은 믿을 만한 것이 못 되며, 희망의 배신은 끝이 없다. 희망에 저당 잡힌 생은 불행할 수밖에 없고, 희망을 격하하는 것이야말로 희망적이다.

나는 자기기만적인 희망은 갖지 않기로 했다. 희망이라는 가면을 버려두고 차라리 내 몸 속 어둠에 귀를 기울였다. 그리고 그것은 내 삶에 중대한 사건이 되었다.

나는 내 인생이 멈춘 그 지점부터 본질적인 나와 가까워지고 있었다. 세상과 동떨어진 시간 속에서 깊이를 헤아리기 힘든 심연과 대면했고, 내면의 침묵은 들을 만한 가치가 있었다. 그리고 오랜 시간이 흘러, 모호한 공간에서 빠져나올 수 있었다. 매우 힘든 시간이었지만 그 시간을 통해 희망의 실체를 발견할 수 있었고 어둠을 빛으로 만들었다. 그리고 그 빛은 아직 소멸되지 않은 채 내 안에 고이 간직되어 있다.

자신의 어둠을 빛으로 만든 자의 가슴에는 단단한 평화가 흐른다. 비 그친 세상이 고요로 가득하듯 퍼붓는 절망 뒤에 찾아오는 희망은 평안하고도 참되다. 나는 이제 두려움을 느끼기 위해 두려움을 탐닉하지는 않을 것이다.

자신만의 동굴 속으로 들어가 본 사람은 안다. 나가고 싶어도 나갈 수 없으며, 누구도 꺼내줄 수 없다는 사실을. 살다 보면 누구나 자신만의 동굴 속에 갇히고 싶은 순간이 있다. 갇혀야만 살 수 있을 것 같은 때도 있다. 죽기 위한 것처럼 보이는 행동이 사실은 살기 위한 것일 수도 있는 것처럼, 빨리 나오기보다 제대로 나오기를 택한 사람에게 필요한 것은 스스로 나올 수 있을 때까지 지켜봐주고 기다려주는 일이다.

미루고 있다는 것은 게으름이 아니라 두려움이다. 두려움에는 시간을 주어야 한다. 그저 바랄 뿐이다. 너무 외롭고, 너무 슬프고, 너무 아프더라도, 너무 깊이 들어가지는 말기를. 누군가는 찾을 수 있는 곳에서 멈추기를. 캄캄한 동굴 속의 어둠을 없애는 것은 결국 한 줄기의 빛이니 말이다.

그럼에도 불구하고

불운은 참 빈틈도 없다. 불행은 홀로 오지 않는다는 말이 있듯이, 불행은 또 다른 불행을 몰고 왔다. 갖가지 불행한 일들이 마치 배턴 터치하듯 나를 찾아왔다. 굳이 겪지 않아도 되는 일들을 힘겹게 겪어내고 있던 그해, 내 나이 겨우 스물셋이었다. 해도 해도 너무하네, 라는 말과 함께 어느 날 그만 풀썩 주저앉고 말았다. 너무 어렸고, 너무 약했으며, 너무 혼자였다. 사실 그럴 때 사람이 할 수 있는 일은 별로 없다. 시간이 빨리 지나가기를 바라며 하루하루를 견디는 수밖에.

끔찍한 악몽에 시달리던 아침이었다. "일어나"라는 엄마의 말에 깜짝 놀라 눈을 뜬 순간, 나도 모르게 안도의 숨이 새어나왔다. 땀인지 눈물인지 베개는 축축하게 젖어 있고 눈물이 살짝 말라 있는 볼이 뻣뻣하게 당겨왔다.

무거운 몸을 겨우 일으켜 식탁 앞에 앉았다. 간신히 젓가락을 들어 입에 어묵볶음을 조금 넣었는데, 물컹할 뿐 아무 맛도 느껴지지 않았다. 아직 잠이 덜 깨서 그런가 보다, 하고 잠시 후 양치질을 하는데, 갑자기 입에서 물이 줄줄 흘러내리는 게 아니겠는가. 뭔가 잘못되었구나 싶어 극도로 불안해지기 시작했다.

서둘러 한 시간 거리의 큰 대학병원으로 갔다. 진단은 명확했다. 안면마비였다. 그러나 그 밖의 모든 것은 불명확했다. 병의 원인과 병의 완치 유무를 알 수 없다는 의사의 말에 눈앞이 깜깜해졌다.

약국에서 어마어마한 양의 약을 받아들고 다시 운전대를 잡아 집으로 향하던 길, 신호등의 노란불을 보고 정지선에 선 지 한 3초가 지났을까. '펑' 하는 소리와 함께 몸이 공중으로 뜨며 머리와 가슴을 차례로 핸들에 박았다. 교통사고가 난 것이다. 조금 뒤 내 차를 둘러싼 사람들의 목소리가 매미 소리처럼 왕왕거렸다.

겨우 정신을 차리고, 차에 있으면 더 위험할 것 같아 보도에 섰는데, 한겨울의 추위 때문인지 두려움 때문인지 온몸이 사시나무 떨리듯 진동했다. 그리고 잠시 후, 병원에 도착했다. 오전에 안면마비로 찾은 병원을 오후에 교통사고로 실려 오다니. 엑스레이를 찍는데 나도 모르게 웃음이 났다. 왜 웃느냐는 의사의 물음에 울지 못해 웃는다고 답했다.

그 후 몇 개월간의 집중치료로 몸은 완치되었지만 안면마비로 인한 대인공포증과 교통사고에 따른 트라우마는 꽤 오랜 시간 나를 괴롭혔다. 프리다 칼로처럼 몸두 마음도 만신창이였디.

프리다 칼로Frida Kahlo, 1907~1954는 육체적 고통과 정신적 고통을 예술로 승화시킨 멕시코의 화가다.

가난한 집안에서 태어나 어머니의 우울증으로 인해 유모의 손에 길러진 그녀는 여섯 살 때 소아마비에 걸려 장애를 얻었고, 열여덟 살 때 교통사고로 척추와 다리, 그리고 자궁을 심하게 다쳐 평생 30여 차례의 수술을 받으며 살아야 했다. 특히 선천적 골반 기형으로 인한 세 번의 유산과 더 이상 아이를 낳을 수 없다는 사실은 그녀를 끔찍하게 옥죄었다. 또한 살이 짓물러 썩는 회저병에 걸려 발가락 절단 수술을 받았으며, 골수이식 수술 중에 세균에 감염되어 여러 차례 재수술을 받기도 했다. 결국 건강이 너무 악화된 나머지 말년에는 오른쪽 다리를 잘라내야 했다. 거의 아프지 않은 날이 없었을 정도로 잇따르는 사고와 반복되는 불행 속에 엄청난 고통을 느끼며 살았다.

그녀를 괴롭힌 것은 육체적 고통뿐만이 아니었다. 예술적 창조성은 여성과의 관계에서 나온다고 믿는 멕시코의 화가이자 남편인 디에고 리베라의 여성편력과 문란한 사생활은 그녀를 가없이 분노하게 했다. 심지어 그는 그녀의 여동생과 바람을 피우기도 했다. 그 충격으로 인해 칼로는 오랫동안 방황하며 힘든 시간을 보냈다. 그럼에도 불구하고 그녀는 집착과 사랑의 경계에서 리베라와의 몇 번의 헤어짐, 몇 번의 재결합을 반복했다.

칼로에게 리베라는 한마디로 정의 내릴 수 없는 존재였다. 그녀에게 그는 유일한 사랑이자 증오의 대상이었으며, 평생의 동반자이자 영원히 함께할 수 없는 적이었다. 그는 그녀에게 충일한 기쁨과 함께 극심한 고통을 안겨주었고, 커다란 희망과 동시에 끝 간 데 없는 절망을 느끼게 했다.

칼로가 평생 동안 겪어야 했던 육체적, 정신적 고통은 그녀의 그림 곳곳에 나타나는데, 1944년에 그린 〈부서진 척추〉가 대표적이다. 교통사고 후 여러 차례 척추수술을 받으며 느낀 고통을 '부서졌다'고 표현한 그림으로, 자신의 비극적인 삶을 사실감 있게 묘사하고 있다.

몸 중심에 굵은 쇠기둥이 박혀 있고, 몸통 전체를 옭아매는 보정기 때문에 숨 쉬는 것조차 힘겨워 보인다. 가냘픈 숨을 내쉴 때마다 고통스럽게 헐떡이는 소리가 조금씩 새어나올 뿐이다. 그녀의 커다란 눈에서 뚝뚝 떨어지는 눈물을 보고 있자니, 몸과 마음이 온통 상처투성이가 되어 고통스럽게 신음하는 소리가 여기까지 들리는 듯하다. 온몸에 박혀 있는 수많은 못과 도처에 페인 메마르고 황폐한 배경이 칼로의 내면을 여과 없이 보여주며, 그녀의 깊고 슬픈 눈에서 힘들고 고되게 살아온 삶의 단면이 느껴진다.

칼로의 인생은 한 여자의 연약한 몸으로 그 모든 고통을 감당하기에는 너무나 벅찬 삶이었다. 그나마 그녀를 버티게 한 것은 그림이었다. 그녀에게 유일하게 허락된 두 팔의 자유는 그녀를 침대에 누워 오직 그림만 그리게 했다. 할 수 있는 일이 그것뿐이었기 때문이다. 칼로는 거울에 비친 자신을 관찰하며 스스로의 모습을 그려나갔다. "나는 너무나 자주 혼자이기에, 또 내가 가장 잘 아는 주제이기에 나를 그린다"던 그녀의 이 말은 그녀의 슬픈 내면을 잘 보여준다.

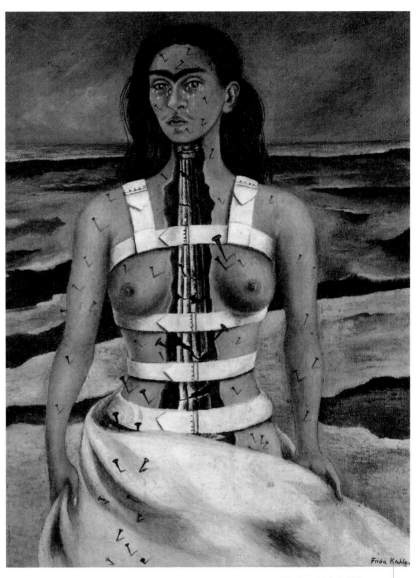

프리다 칼로, 〈부서진 척추〉, 1944
메이소나이트에 유채, 30.5×40cm, 멕시코시티 돌로레스 올메도 재단

그런데 흥미로운 것은, 많은 사람들이 그녀의 그림을 통해 절망이 아닌 희망을 봤다는 점이다. 고통이 그대로 전해지는 것 같은 생생한 묘사는 오히려 인간의 의지가 얼마나 강한지를 보여주며, 극심한 고통 속에서도 끝까지 붓을 놓지 않은 삶에 대한 그녀의 의지는 많은 이들에게 희망을 전한다.

예전에 헤이든 헤레라의 원작 《프리다 : 프리다 칼로의 자서전》을 바탕으로 한 영화 〈프리다〉를 보며 칼로의 삶을 지켜보는 것만으로도 너무 고통스러워 영화를 보는 내내 인상을 찌푸리다가 영화가 끝난 뒤 엔딩 크레딧을 멍하니 쳐다봤던 기억이 난다. 칼로를 연기한 배우 셀마 헤이엑은 영화를 마치고 이런 말을 했다.

"프리다 칼로가 내 삶에 가져다준 가장 큰 변화는 지금과 같은 평온함이다. 지금도 열정에 휩싸일 때가 있지만 나의 열정은 전처럼 산만하지도 절박하지도 않다. 나의 열정은 이처럼 현실에 두 발 딛고 평온하기 때문에 훨씬 더 강렬하다."

역설적이게도 그녀의 전쟁 같은 인생을 통해 우리가 깨닫는 것은 삶에 감사하는 일이다. 그리고 그 안에 열정과 희망을 담는 일이다.

말년에 칼로는 일어나 앉을 수도 없는 상태의 아픈 몸을 이끌고 한 전시회에 참석했다. 그것은 처음이자 마지막으로 연 자신의 개인전이었다. 그녀는 침대에 누운 채로 전시회를 보러 온 사람들과 함께 기쁨을 나누었다. 그리고 다음해, 고통스러운 지난 삶을 뒤로한 채 영면에 들었다. 칼로가 죽기 전, 유언처럼 한 말이 있다.

"이 출발이 기쁜 것이 되기를. 그리고 다시는 돌아오지 않기를."

그녀에게 삶은 끝없는 고통이었고 죽음은 영원한 해방이었다. 삶이 준 맹렬한 고통은 무한한 심연의 고독을 야기했지만 그럼에도 불구하고 그녀는 그림을 통해 슬픔을 풍화시키며 자신의 주어진 삶을 혼신을 다해, 치열하게 살았다.

우리는 늘 삶에 있어 '그럼에도 불구하고'라는 자세를 갖는다. 그럼에도 불구하고 다시 용기를 갖고, 그럼에도 불구하고 다시 희망을 품고 살아간다. 뻥 뚫린 영혼에 부서진 철도 길을 내고 살아갔지만 삶을 향한 강한 의지로 희망을 전한 그녀, 프리다 칼로처럼 말이다.

내 마음에 비친 내 모습

그 시절을 지나며 내가 깨달은 것은 딱 세 가지였다. 너무 기대하지 말 것, 쉽게 믿지 말 것, 함부로 존경하지 말 것. 나의 20대를 한마디로 요약하면 방황이라고 할 수 있겠으나, 다시금 생각해보면 오기를 부렸던 것 같다.

방황을 지속시킨 것은 나의 아집이었다. 세상은 도무지 이해할 수 없는 오류투성이였고, 알 수 있는 것은 아무것도 없었다. 끊임없이 뭔가를 찾으려 했지만 찾지 못했고 때로는 찾은 척 나를 속였다. 세상에 지기 싫었고 졌다는 것을 인정하기 싫었다. 노여움을 잠재울 시간이 필요했고, 나를 납득시킬 세월이 절실했다. 나밖에 없는 시간이었지만 그곳에 나는 없었다.

한참 늦은 사춘기를 앓고 있던 어느 날, 우연히 거울을 봤다. 내가 내 눈을 들여다본 것은 정말 오랜만이었다. 그런데 그 모습은 가히 끔찍했다.

자기혐오와 자기 연민이 뒤범벅된 얼굴이었다. 내 안의 음지는 생각보다 두텁고 진했다. 나는 거울 속의 내 모습을 한참 동안이나 들여다봤지만 그 의미를 알 수는 없었다. 얼굴의 표정에 반응하는 것과 얼굴의 의미를 이해하는 것은 달랐다.

나는 얼빠진 눈으로 두리번두리번 나를 살폈다. 서글픈 눈으로 낯선 내 모습을 더듬고 또 더듬었다. 나는 무엇을 그토록 찾고 있던 것일까. 거울 속에서 마주한 내 모습은 윌리엄 체이스의 〈거울〉 속의 여인 같았다.

검은색 기모노를 입은 여인이 거울을 바라보고 있다. 그러나 거울에 비친 자신의 얼굴이 잘 보이지 않는다. 흐릿한 얼굴에 모호한 상실감이 느껴지고 축 쳐진 어깨에는 근원적인 쓸쓸함이 묻어 있다. 단아한 표정이 정숙해 보이지만 비장하고, 정돈된 매무새가 방정해 보이지만 어둡다. 단정함 속에 감춰진 그녀의 진실은 무엇일까. 여인의 마음에 깊이 숨어 흐르는 슬픔은 소리 없이 정중하다. 꽉 다문 입술처럼 딱딱하게 굳은 마음이 도무지 풀릴 기미가 보이지 않는다. 이때, 그녀는 궁극적인 질문 하나를 던진다. 나는 누구인가. 나는 어떤 사람인가. 나란 사람의 정체성을 몰라 마음이 무질서하고 어지럽기만 하다. 여인은 잃어버린 자신을 갈망하며 미세한 떨림을 응시하고 흠향한다.

그런데 그런 그녀의 모습을 조금 떨어져서 다시 바라보니, 거울에 비친 여인 뒤 세상은 햇빛을 받으며 황금빛 물결을 이루고 있다. 다양한 빛으로 시시각각 변하며 황금빛 향연을 선보인다. 서정이 묻어 있는 따스한 온기가 눈부신 장엄으로 물들며 그녀 주위로 모여든다. 새로운 움직임이 희망을 예고하며 여인의 곁으로 점점 다가오고 있는 것 같다.

나쁜 일이 있으면 좋은 일도 있고, 슬픈 일이 있으면 기쁜 일도 있는 것은 좀처럼 변하지 않는 생의 섭리인가 보다. 지금은 비록 자신의 모습이 흐릿하고 어둡게 보이겠지만, 꼿꼿하게 앉은 그녀의 뒷모습은 이미 강렬한 기운을 내뿜고 있다. 여인이 조금만 고개를 돌려 자신의 뒤를 바라보면 세상은 이미 찬란하게 빛나고 있음을 깨달을 것이다.

이 작품은 미국의 인상주의 화가 윌리엄 메릿 체이스William Merritt Chase, 1849~1916가 1900년에 그린 것으로, 그의 수많은 거울 연작 중 하나다. 윌리엄 체이스는 '거울 보는 여인'이라는 주제로 다양한 구도의 작품을 남겼다. 1883년에 그린 〈거울〉에서는 핑크색 드레스를 입은 여인이 거울 앞에 서서 머리를 매만지는 모습을 그렸고, 1893년에 그린 〈반사〉에서는 의자에 앉은 여인이 커튼에 가려진 거울을 바라보고 있는 모습을 묘사했다. 또 〈거울 앞의 젊은 여성〉에서는 붉은빛으로 가득한 실내에서 거울을 보는 여인을 화려하면서도 엄숙하게 표현했다. 인상적인 것은 거울에 비친 여인의 얼굴이 대부분 어둡고 흐릿하게 표현되었다는 점이다.

거울은 어떤 대상의 모습을 비추는 도구이기도 하지만 사람의 마음을 드러내는 것을 비유적으로 이르는 말이기도 하다. 따라서 거울은 천고부터 자기 인식의 수단으로 활용되었다. 윌리엄 체이스는 거울에 비친 여인의 얼굴을 어둡고 흐릿하게 표현함으로써 복잡 미묘하고 불분명한 인간의 내면을 보여준다.

그가 구현해내는 거울에 반영된 이미지는 인간의 모호한 심리를 실재

윌리엄 메릿 체이스, 〈거울〉, 1900
캔버스에 유채, 91.4×73.7cm, 신시내티 아트 뮤지엄

적인 형체로 발현시킨 결과이며, 거울에 비친 내 모습은 거울 맞은편에 있는 또 다른 나이기도 하다. 나조차 모르는 나를 온전하게 보여주는 표현방식은 거울 속에 있는 불가사의한 실체에 사로잡힘과 동시에 알 수 없는 두려움을 느끼도록 한다. 그래서 거울을 본다는 것은 두렵고도 즐거운 자아 찾기 과정이다.

그의 그림에서 거울만큼이나 중요한 키워드는 '일본'이다. 윌리엄 체이스는 프랑스, 이탈리아, 에스파냐 등 유럽 각지를 여행하며 당시 화가들이 열광한 일본 미술 '자포니즘'의 영향을 많이 받았다. 이 때문일까. 그는 일본 병풍 앞에 앉은 여인이나 일본 삽화를 보는 여인, 그리고 일본의 전통의상 기모노를 입은 여인 등을 자신의 작품에 많이 등장시켰다. 〈거울〉역시 이국적인 풍취의 기모노를 입은 여인을 그윽하게 표현한 그림으로, 19세기 미국 화가의 눈에 비친 동양의 신비로움이 서양문화에 녹아들어묘한 공존의 아름다움을 보여준다.

그림은 시공간을 초월하는 공감이다. 시간의 흐름을 견디고 공간의 생경함을 이겨낸 그림은 오랫동안 살아남아 후세대에게 사랑받는다. 윌리엄 체이스의 그림은 과거와 현재에 공통적으로 존재하는 인간의 심리적 기반을 통해 현대인에게 끊임없이 질문을 던지고 대화를 시도한다. 우리는 그 소통의 과정을 통해 그림을 이해하고 받아들인다. 그림을 차분하고 진지하게 바라봄으로써 타인은 물론 자기 자신의 마음속 혜안까지 얻는다. 거울이라는 매개체를 통해 스스로를 바라보게 하는 그의 그림은 그래서 더 남다르고 애틋하다.

생각해보면 내가 나를 사랑하게 된 지 얼마 안 되었다. 아주 오랫동안 명상하듯 나를 지켜봤고 그림 그리듯 면밀히 관찰했다. 그렇게 시간이 흐르고 흘러 흐리터분하고 분명하지 않아 괴롭기만 했던 마음이 조금씩 또렷해지고 있었다.

프레데릭 프랑크는 자신의 저서 《연필 명상》에서 이런 말을 했다.

"편견과 아집 없이 순수한 눈으로 당신의 얼굴을 보라. 그리다 보면 진정한 얼굴이 언뜻 보일 것이다."

깊고 진지한 애정으로 꾸준하게 자신을 바라보는 일, 꾸밈없고 철저한 자기 응시만이 진짜 내 모습을 찾을 수 있는 길이라 생각한다.

적지 않은 시간이 흘렀다. 그때의 나를 가만히 들여다본다. 나는 늘 내 편이 아니었고 내가 가장 어려웠다. 나는 너무 날카로우면서 취약했고, 그래서 많이 아팠다. 참으로 미련하고도 질펀한 시간이었지만 그로 인해 고유한 나를 찾을 수 있었고, 감정의 과잉으로 스스로를 아프게 하지 않는 법을 깨달았다. 진짜 내 모습을 자각할 수 있는 기회가 되었고, 나를 바르게 사랑하는 법을 깨우쳤다. 스스로를 지나치게 채근하지 않는 법, 가차 없이 가벼워지는 법, 알맞게 뻔뻔해지는 법을 해득했다. 그리고 내가 나임을 온전히 허락하게 되었다. 이제야 비로소 나 자신으로 돌아온 것 같다. 나를 알아가는 일이 즐겁다.

죽음을 향한 끊임없는 전진

이별이 많은 한 주였다. 한 명은 호상으로, 또 한 명은 불의의 사고로 세상을 떠났다. 대부분의 죽음은 갑작스럽고, 예고된 죽음은 드물다. 사망 소식을 접했을 때의 비통함, 죽음을 확인하는 허탈감, 방명록에 이름을 적는 순간의 공허함, 유족을 마주할 때의 슬픔, 산 사람의 몫으로 남은 그리움. 이 모든 감정을 느끼며 떠올린 생각은 나도 언젠가 죽음에 이르리라는 사실이었다.

뒤이어 지인과 나눈 대화에서 우리도 언제 어떻게 세상을 떠날지 모르니 하루하루를 소중히 보내자는 말이 따랐다. 소중한 이를 떠나보내는 것은 늘 견딜 수 없는 아픔이다. 산다는 것은 누군가를 마음에 묻는 일이 많아지는 것인지도 모르겠다.

죽은 이를 위한 예법인 장례는 아이러니하게도 살아 있는 이들에게 묘한 위로가 된다. 영원한 안식을 빌며 고인을 떠나보내는 절차이기도 하지만 남아 있는 이들을 위한 위안의 시간이기도 하다. 사람들은 모두 한데 모여 누군가의 죽음을 애도하고 그 슬픔을 차분히 견디며 시간을 쌓아간다. 누군가의 뜻하지 않은 죽음을 보며 우리가 사는 오늘이 얼마나 소중한지를 깨닫고, 이 순간을 더 열심히 살아야겠다고 다짐한다. 그것이 망자가 살아 있는 이들에게 전하는 마지막 메시지인지도 모른다.

죽음은 화가들의 영원한 주제였다. 그들은 단순히 죽음의 현상을 보여주는 데 그치지 않고 때로는 불가사의한 세계에 대한 공포로, 때로는 자신의 불안감을 해소하려는 목적으로, 또 때로는 사랑하는 이를 떠나보내는 방식으로 죽음을 다양하게 해석했다.

스위스의 상징주의 화가 뵈클린은 〈죽음의 섬〉에서 검은 사이프러스 나무가 우뚝 솟은 섬에 한 척의 배를 등장시켜 섬뜩하면서도 불가사의한 느낌을 표현했고, 러시아의 사실주의 화가 야로센코는 〈첫아이의 장례〉에서 추운 겨울날, 품에 관을 안고 정신 나간 표정으로 아이의 시체를 묻으러 가는 부모의 깊은 슬픔을 푸른빛으로 표현했다. 또 프랑스의 인상주의 화가 마네는 〈자살〉에서 한 남성이 자신의 가슴에 총을 쏴 피를 흘리며 침대에 쓰러져 있는 모습을 묘사했는데, 이는 마네가 자기 자신을 그린 모습이다. 즉 가상의 공간에서 스스로를 죽임으로써 죽음을 통한 자기해방이라는 형이상학적 개념을 표현한 것이다.

스위스의 상징주의 화가 호들러는 죽어가는 아내의 모습을 관찰하며 그 과정을 연작으로 남겼다. 1914년에 그린 〈병〉에서는 두 번째 수술 직후 침대에 누워 있는 아내를 그렸고, 이듬해 〈탈진〉에서는 투병에 지친 아내의 모습을 첨예하게 묘사했다. 〈몸부림〉은 사망 직전 일에 입을 벌리고 마지막 호흡을 내쉬는 모습을 담은 것이며, 이 연작은 〈죽은 발렌틴의 마지막 그림〉에서 영면에 잠든 아내의 모습을 그림으로써 끝이 났다. 호들러에게 연작은 아내와 함께 고통을 이겨내는 과정이자 사랑하는 사람을 떠나보내는 방식이었다.

죽음에 주목한 또 한 명의 화가가 있다. 오스트리아의 화가 구스타프 클림트Gustav Klimt, 1862~1918다. 클림트를 칭하는 수식어로는 상징주의 화가, 분리파 화가, 황금빛 에로티시즘의 화가 등이 있겠지만, 나는 그를 인간의 삶과 죽음에 주목한 '생의 화가'라고 부르고 싶다.

죽음은 언제나 클림트의 주된 테마였다. 가난했지만 다복한 집안에서 가족들과 오손도손 살아가던 어느 날, 그의 사랑하는 동생 에른스트가 갑자기 사망하자 그는 큰 충격을 받는다. 동생의 죽음으로 인해 정신적인 동요를 겪으며 매우 고통스러워했던 그는 더 이상 붓을 들 수가 없었다. 그로부터 약 3년간 휴지기에 들어간 그는 인간의 삶과 죽음에 대해 생각하며 사고의 깊이를 더하는 시간을 가졌다.

클림트는 삶과 죽음을 주제로 많은 작품을 남겼다. 〈희망 1〉에서는 죽음의 불가항력에 무력한 인간이 대항할 수 있는 유일한 방법은 생명의 탄생이라는 섭리를 집약적으로 보여주었고, 〈희망 2〉에서는 산모의 팔꿈치 아래에 해골을 그려 인간의 생로병사인 생명의 순환을 표현했다. 그리고 〈생명의 나무〉에서는 리드미컬하게 움직이는 나뭇가지의 변화를 통해 생사의 수레바퀴는 돌고 돈다는 윤회의 관념을 담았다. 그중에서도 그의 대표작이라고 할 수 있는 것은 〈죽음과 삶〉이다.

이 그림을 그릴 당시 유럽은 세기말적 염세주의가 널리 퍼져 있었다. 시칠리아 대지진으로 10만여 명이 목숨을 잃었고, 불길한 전조로 받아들여진 핼리혜성의 출현으로 사회적 공포가 확산되었다. 그리고 호화 여객선 타이타닉호가 침몰하는 전대미문의 사건이 발생하며 1,500여 명의 생명을 한순간에 앗아갔다. 클림트는 일련의 사건들을 바라보며 죽음에 대한 자신의 생각을 〈죽음과 삶〉에 담았다.

죽음을 상징하는 해골과 신을 의미하는 십자가가 크고 작은 리듬을 이루고 있다. 해골로 표현된 사신은 입가에 미소를 띠며 호시탐탐 삶의 빈틈을 노린다. 그 옆으로는 사신과 직면해 있는 인간 군상이 보인다. 성별도 나이도 인종도 모두 다른 사람들이 어느 하나 내어주지 않을 기세로 똘똘 뭉쳐 있다. 손을 가지런히 모으고 기도하는 노파, 고개를 파묻은 채 중심을 잡고 있는 남성, 해맑은 눈으로 사신을 바라보는 소녀가 보인다. 맨 위쪽에는 아이를 품에 안은 엄마와 곤히 잠들어 있는 사내아이도 있다.

클림트는 삶을 한덩어리로 표현해 인간에게 필요한 것은 결국 인간이라는 생의 본질을 제시하고, 서로에게 의지한 사람들을 통해 사람은 함께 살지 않으면 살 수 없다는 불멸의 진리를 보여준다. 그 순간, 죽음의 위협을 받는 미약한 생은 강력한 삶의 의지로 바뀐다.

클림트는 그림의 제목에 '삶과 죽음'이 아닌 '죽음과 삶'이라고 이름 붙였다. 삶 뒤에 죽음이 온다는 생의 결과론적 접근보다는 죽음이 있기에 삶이 있고 삶이 있기에 죽음도 온다는 생의 순환을 강조한 것이다. 죽음

구스타프 클림트, 〈죽음과 삶〉, 1910
캔버스에 유채, 178×198cm, 레오폴드 뮤지엄

을 너무 절망적으로, 혹은 삶을 너무 희망적으로만 바라보지 않는 중층적이고 초월적인 사생관을 보여주는 부분이다.

이 그림을 완성하고 몇 년 뒤 겨울, 클림트는 갑작스런 뇌출혈로 쓰러져 조용히 눈을 감았다. 그 순간 그의 곁에 그의 영원한 여인 에밀리 플뢰게가 함께했다는 것이 그나마 위안이 된다. 그는 비록 우리 곁에 없지만 그가 남기고 간 그림은 세상에 남아 장대하면서도 고요하게, 죽음 뒤에 펼쳐지는 피안의 세계를 선사하고 있다.

우리는 매일 죽음에 한 걸음씩 가까워진다. 태어난 순간부터 죽음은 시작되고 인간의 종착역은 예외 없이 죽음이다. 때로 죽음에 대한 공포로 인해 죽음을 외면하거나 거부하기도 하지만 삶의 유한성을 받아들이고 죽음을 삶의 일부로 수용하는 것만으로도 죽음에 대한 두려움을 꽤 해소할 수 있다.

우리가 진짜 두려워해야 할 것은 죽음이 아니라 죽은 듯한 삶이다. 죽음을 슬픔이나 두려움의 대상으로만 받아들일 것이 아니라 죽음이 어떤 의미를 담고 있는지 자신의 삶과 연관해서 생각해보고 지나온 인생을 되돌아보며 삶을 새롭게 점검할 수 있는 기회로 활용하는 것이 바람직하다. 빌려온 시간을 소중히 여기며 생이 다하는 순간까지 삶을 아름답게 가꾸어가는 것, 그것이 언젠가 죽을 내게 할 수 있는 최선의 선물이지 않을까.

죽음을 전제로 한 삶은 언제나 빛으로 가득하다.

주체적인 삶 영위하기

몇 해 전, 체코 프라하에 잠시 머물고 있을 때, 한 가정집에 초대받은 적이 있다. 작은 캔디가게를 하는 할머니였는데, 3년 전에 남편을 여의고 홀로 남은 생을 보내고 있었다. 아기자기하게 꾸며 놓은 장식과 오랜 세월의 흔적이 묻어 있는 고가구, 그리고 손수 만든 소품들에서 집에 대한 깊은 애정이 느껴졌다.

거실 소파에 앉아 향긋한 홍차를 마시며 한참 대화를 나누는데, 문득 할머니가 이런 말을 했다.

"내게 인생은 꿈이었어. 평생 꿈만 꾸다가 끝나버렸거든. 그대는 현실을 살았으면 해. 자신의 생각대로, 자신이 원하는 진짜 삶을 말이야."

어떤 목소리는 영원히 잊혀지지 않는다.

사람은 대개 생각한 대로 살지 않는다. 살아온 대로 산다. 설령 그것이 불행한 일이라 해도 익숙한 것을 택한다. "생각한 대로 살지 않으면 사는 대로 생각하게 된다"는 폴 발레리의 유명한 말처럼, 우리는 생각하는 대로 살 필요가 있다.

여기, 주체적으로 자신의 인생을 꾸린 한 여인이 있다. 프랑스의 화가 수잔 발라동Suzanne Valadon, 1865~1938이다. 세탁부의 사생아로 태어나 가난한 유년기를 보낸 그녀는 어려서부터 양재사, 청소부, 세탁부, 공장의 직공, 서커스 단원 등으로 일하며 스스로 생계를 해결해야 했다. 그러던 어느 날, 프랑스의 벽화가 퓌비 드 샤반의 눈에 띄어 모델 일을 하게 된 그녀는 이후 오귀스트 르누아르, 툴루즈 로트레크, 에드가 드가 등 당대 유명 화가들의 그림 속 주인공이 되었다.

그러나 그림 속 모델에 그치는 것이 아니라 직접 그림을 그리고 싶었던 그녀는 어깨 너머로 그림을 배우고 독학으로 회화기술을 터득하며 자신의 화풍을 만들어갔다. 그러던 중 그녀에게 화가로서의 재능이 있음을 발견한 로트레크가 전업화가가 될 것을 권유했고 이를 알게 된 드가 역시 그녀를 물심양면으로 도우며 열렬히 원호했다.

발라동이 본격적으로 그림을 그리기 시작한 것은 자신의 아들이 태어난 해부터였다. 당시 정물화와 풍경화를 그리는 것이 주로 여성 화가들의 몫이었고 남성 화가들만이 인물화를 그릴 수 있었으나 그녀는 이를 거부하고 여느 남성 화가들처럼 여성 누드화를 그림의 주테마로 삼았다.

남성의 유미적인 시선이 아닌 여성의 관점으로 여성의 누드를 그리며 여성의 삶을 진솔하게 표현했다. 발라동이 그린 그림 속 여인들은 전형적인 아름다움보다는 틀에 얽매이지 않은 자연스러움을 보여준다. 〈아담과 이브〉에서는 나체의 남녀가 나무에 열린 사과를 따며 자유롭게 거니는 모습을 대담한 구도로 나타냈고, 〈푸른 침실〉에서는 무덤덤한 표정으로 입에 담배를 물고 침대에 누워 있는 여인을 강한 필력과 화려한 색채로 표현했다.

특히 1917년에 그린 〈자화상〉에서는 출산 직후 부기도 채 가라앉지 않은 자신의 몸을 있는 그대로 그려, 여성의 몸은 성욕의 대상이 아니라 자기 자신일 뿐이라는 사실을 강조했다. 여성으로서의 아름다움보다는 한 인간의 자의식이 강하게 드러난 그림을 통해 화가로서 자기주장을 드러낸 것이다.

다른 남성 화가들이 그린 그림 속 그녀와 자신이 그린 자화상 속 그녀가 큰 대조를 이룬다는 점도 눈길을 끈다. 르누아르의 〈도시의 무도회〉에서 그녀는 가련하고 청순한 여인처럼 묘사되었고, 드가의 〈목욕통〉에서는 수줍고 은밀한 느낌이 강조되었으며, 로트레크의 〈수잔 발라동 초상화〉에서는 깊고 오묘한 눈빛을 지닌 고혹적인 여인으로 표현되었다.

그러나 발라동이 1883년에 그린 〈자화상〉을 보면 정면을 똑바로 응시하는 여성의 당당하고 자신감 넘치는 모습으로 자신을 표현하고 있다. 다른 화가들이 그녀를 수동적이고 소극적인 여성의 모습으로 묘사한 것에 반해 그녀는 자신을 적극적이고 진취적인 모습의 인간으로 표현했다. 즉 타인, 혹은 남성의 의식 안에서 이상화되고 정형화된 여성으로서의 모습이 아닌 발라동 자신이 주체가 된 모습을 남은 것이다.

그녀가 1921년에 그린 〈버려진 인형〉이라는 그림이 있다. 누군가의 인

수잔 발라동, 〈버려진 인형〉, 1921
캔버스에 유채, 129.5 × 81.3cm, 워싱턴 내셔널 여성미술관

형처럼 피동적으로 살았던 과거의 자신을 버리고 주도적인 삶을 살겠다고 선언하는 장면으로, 그녀의 주체적인 삶의 태도가 담겨진 작품이다.

방금 샤워를 마치고 나온 소녀가 침대에 앉아 남은 물기를 닦아낸다. 아직 목욕의 열기가 다 가시지 않았는지 얼굴이 붉게 상기되어 있다. 잠시 후 엄마가 달려와 그녀 옆에 앉더니, 큰 수건으로 소녀의 몸 구석구석을 닦아준다. 그런데 웬일인지 소녀는 엄마에게 등을 돌리고 시선을 마주치지 않는다. 왼손에 작은 손거울을 들고 자신의 모습을 이리저리 비춰볼 뿐이다. 언뜻 발밑에 버려진 인형이 보인다. 소녀의 것과 똑같은 핑크색 머리핀을 하고 얌전히 누워 있다. 즉 버려진 인형은 소녀 자신이다.

인형을 던져버린 소녀의 의연한 표정을 보니 "나는 더 이상 누군가의 인형이 아니에요. 이제 내 인생을 살겠어요"라고 말하는 것 같다.

발라동은 우리에게 자율적이고 주도적인 삶의 가치를 설파한다. 우리는 그림 속 소녀의 모습을 통해 나 자신을 발견하고, 타자에게 기준을 두고 살아가는 내 안의 어떤 모습을 반성하며, 내 삶을 진지하게 돌아볼 수 있는 시간을 갖는다. 불현듯 미국의 자연주의 사상가 헨리 데이비드 소로의 말이 떠오른다.

"남들처럼이라는 말에 마음을 빼앗기지 말자. 다들은 어디에도 없다. 이 세상이 하는 듯이 해서는 무엇 하나 이룰 수 없다."

타인의 말에 귀를 기울이는 것과 남의 눈치를 살피며 세상의 평가에 온통 신경을 쓰고 사는 것은 다르다. 남에게 휘둘리는 수동적인 삶이 존재하듯 타인과 함께하는 주체적인 삶도 가능하다. 이것이 발라동이 우리에게 전하고자 한 참뜻이 아니었을까.

"착한 여자는 죽어서 천당에 가지만 나쁜 여자는 살아서 어디든 간다"라는 말이 있듯이, 그녀는 후자의 삶을 택했다. 착한 여자라는 신화적 이미지에 대한 칭송을 거부하고 자신의 욕망을 적극적으로 실현하며 쾌히 나쁜 여자로 살았다. 그 결과, 상류층 여성도 화가로서 인정받기 힘들었던 시절, 가난한 환경에서 여성으로 태어나 스스로의 힘으로 성공한 위대한 화가로 미술사에 기록된다.

스스로를 '폭풍의 딸'이라고 표현하기도 했을 정도로 그녀는 매우 변화무쌍한 생을 살았지만 누구보다 열정적으로 자신의 삶을 꾸린 주체적이고 자유로운 영혼이었다. 농노적인 삶보다는 차라리 파란 많은 삶을 택했고 유족한 삶보다는 영광된 삶을 원했던 수잔 발라동. 남들처럼 살지 않고 자신처럼 살았으며, 사는 대로 생각하지 않고 생각한 대로 살기 위해 끊임없이 노력한 그녀에게 새삼 박수를 쳐주고 싶다.

인생의 주체가 자기 자신이 아닌 사람은 불행하다. 사람은 자기가 자기로 존재할 때 가장 행복하며, 나 자신에게서 나를 찾는 것보다 중요한 일은 없다. 우리는 자신의 삶에 대해 자문해볼 필요가 있다. 나는 내 생의 권리를 당당히 누리고 있는가. 내가 스스로 선택하고 원하는 삶을 살고 있는가. 나는 내 인생의 주인인가.

진정한 의미에서 삶이란 내가 원하고 바라는 것을 자유롭고 능동적으로 만들어가는 것이며, 삶의 궁극적인 가치란 삶에 대한 애착심과 직절한

결의로 자신의 인생을 아름답게 가꾸어가는 것에 있다. 언젠가 끝날 삶이라 해도 사는 동안 진실하면 그것이 곧 자신의 삶을 영원히 영위하는 것이리라 믿는다. 부디 내 인생의 행복을 타인에게 빼앗기지 말기를, 내가 믿는 삶, 내가 원하는 삶을 살아가기를 바란다.

흔들리는 것의 아름다움

어느새 여름의 푸름은 사라지고 숙고하고 반추하는 계절, 가을이 왔다. 나뭇잎 스치는 소리가 바람에 밀려오고 낙엽 떨어지는 소리가 바람에 흩어진다. 흔들리는 것은 왜 이토록 아름다울까. 나무가 그렇고 청춘이 그렇다. 지는 것은 왜 이토록 슬플까. 잎이 그렇고 생이 그렇다. 결국 흔들리고 지는 것 모두 삶이었음을 깨닫는다. 이맘때쯤이면 생각나는 사람이 있다. 그는 바람 부는 날 나무 아래에 앉아 떨어지는 낙엽을 보고 있으면 죽음이 연상된다는 말을 자주 했다.

불행은 갑자기 찾아왔다.

내 오랜 지인인 그는 부모님의 사업 실패로 한순간에 엄청난 빚을 떠안았다. 오랫동안 꿈꾸던 화가의 길을 포기하고 생활전선에 뛰어든 그는 생활비와 대출금, 그리고 암환자인 동생의 병원비를 마련하느라 회사 근무

외에도 온갖 아르바이트를 하며 매일을 고군분투해야 했다. 어쩌면 자신의 몫이 아닐 수도 있었던 거액의 빚을 갚으며 가족 부양의 힘겨움에 지쳐가던 어느 날, 엎친 데 덮친 격으로 아버지가 쓰러졌고 집이 경매에 넘어갔다. 극심한 스트레스로 인한 각종 질병은 덤이었다.

그렇게 불행은 불행을 낳으면서 불행을 더욱 증폭시켰다.

아침마다 자각하게 되는 불행 앞에서도 그는 가족을 원망하기보다 지켜주어야겠다는 생각을 하며 하루하루를 견뎠다. 그를 진짜 절망시키는 것은 불행 그 자체가 아니라 불행의 끝을 모른다는 사실이었다. 정해진 기한이라도 있으면 언제까지 고생하리라는 마음으로 버티기라도 할 텐데 도무지 끝이 보이지 않으니 죽을 때까지 빚만 갚다가 끝날 수도 있다는 불안감에 휩싸여 있었다. 끝이 보이지 않는 고통은 끝없는 고통을 낳는 법이니까.

그는 모든 것이 사치처럼 느껴졌고, 아무것도 꿈꿀 수 없었다. 그것이 현실이었다. 빚 갚기에 청춘의 전부를 바친다는 것, 그리고 그 끝을 모른다는 것은 단순한 고생 차원이 아니라 굉장한 공포였다.

그날은 아직도 잊혀지지 않는다. 오랜만에 전화가 와 나가보니, 담배꽁초가 가득 쌓여 있는 편의점 앞 간이테이블에 고개를 푹 떨구고 있는 그가 보였다. 인기척 소리가 나도 꿈쩍하지 않아 다가가 보니, 그의 어깨가 미세하게 흔들리고 있었다. 눈물로 중무장한 얼굴이 한없이 쓸쓸해 보였다. 세상이 주먹으로 일격을 가해 호되게 얻어맞은 표정 같았다. 나는 흔들리는 그의 어깨를 조심스럽게 토닥일 뿐이었다. 슬프게도, 할 수 있는 일이 그것밖에 없었다.

괜찮으니 걱정 말라며 환하게 웃는 그의 얼굴에서 어떤 결락감 같은 게 느껴졌다. 차마 감춰지지 않는 그림자랄까. 슬프도록 밝던 그를 뒤로 하고 집으로 돌아오는 길이 왠지 편하지만은 않았다. 아리고 미안했다. 그리고 다음날, 그가 죽었다.

그의 웃음은 확정된 비극이었다. 나는 어리석게도 그 불길한 징조를 전혀 알아차리지 못했다. 그는 왜 그렇게 떠났을까. 지독한 가난에 숨 막혀 차라리 모든 걸 짊어진 것일까. 삶의 열정을 이미 너무 쇠진해버려 더 이상 남아 있는 힘이 없던 것일까. 천천히 죽어가던 그는 얼마나 외로웠을까. 묻고 싶지만, 죽은 자는 말이 없다.

한동안 그는 내 가슴에 사금파리처럼 박혀 아프게 허덕였다. 요즘도 가끔씩 그가 떠오른다. 문득 문득 그날 밤, 편의점에서 마주한 그의 모습이 생각난다. 한없이 흔들리다가 비극적으로 생을 다한 그는 빈센트 반 고흐와 무척 닮았다.

네덜란드의 인상주의 화가 빈센트 반 고흐Vincent van Gogh, 1853~1890는 이름 자체가 수식어인, 20세기를 대표하는 화가다. 다혈질적인 성격과 광기 어린 기질 때문에 사람들과의 소통이 원활하지 못했던 그는 세상으로부터 외면 받으며 자신만의 세계로 점점 고립되어갔다. 그러던 어느 날, 고흐는 파리에서의 답답한 생활을 끝내 견디지 못하고 남프랑스 프로방스 지역의 작은 마을, 아를로 떠난다. 차갑고 숨막히는 회색빛 파리에서 벗어나 밝은 빛이 있는 따뜻한 남쪽으로 간 것이다. 아를에 도착한 그는 아름다운 풍경에 한순간 매료되었고, 푸른 하늘과 따뜻한 햇볕에 위로받으며 마음의 빛을 되찾아갔다.

특히 높게 뻗은 사이프러스 나무는 고흐의 눈길을 사로잡기에 충분했다. 당시 동생 테오에게 보낸 편지에서 그의 마음을 읽을 수 있다.

"사이프러스 나무들은 항상 내 마음을 사로잡는다. 그것을 소재로 〈해바라기〉 같은 그림을 그리고 싶다. 이제껏 그것을 다룬 그림이 없다는 사실이 놀라울 정도다. 사이프러스 나무는 이집트 오벨리스크처럼 아름다운 선과 균형을 지녔다. 그리고 그 푸름에는 무엇도 따를 수 없는 깊이가 있다. …… 솟아오르는 푸름이 미치게 한다."

이곳에서 고흐는 화가로서의 전성기를 맞으며 수많은 작품을 신들린 듯 완성했다. 그의 대표작인 〈별이 빛나는 밤〉, 〈사이프러스가 있는 푸른 밀밭〉, 〈사이프러스 나무가 있는 길〉 등이 모두 같은 시기에 탄생한 작품이다. 그리고 〈두 여인과 사이프러스 나무〉는 이 시기에 나온 걸작 중 하나다.

청량한 하늘 아래, 연초록의 벌판이 춤을 추듯 흔들리고 들판에 핀 꽃들은 노랗고 빨갛게 저마다의 색을 발한다. 푸른 초원 위에 우뚝 서 있는 사이프러스 나무가 보인다. 땅 속 깊이 뿌리를 박고 모진 풍파를 묵묵히 견뎌냈기 때문일까. 서 있는 것만으로도 세월의 위엄이 느껴진다. 하늘로 쭉 뻗은 모습에서 고고하고 의연한 기개가 엿보인다. 헤아릴 수가 없는 시간의 겹침이 나무를 만들고 그렇게 성장한 나무 아래로 두 여인이 지나간다. 여인들의 손에는 한 아름 꽃이 들려 있다.

이 그림은 고흐의 인생에서 예술에 대한 열정이 활활 타오르던 시기에 그려진 작품이다. 그는 오랜 시간 야외에서 작업하며 시시각각 변하는 풍

빈센트 반 고흐, 〈두 여인과 사이프러스 나무〉, 1889
캔버스에 유채, 92×73cm, 크뢸러뮐러미술관

광을 캔버스에 담았다. 눈에 보이는 것을 사실적으로 모사하는 것이 아닌 자신의 느낌과 감정을 담아 풍부한 색채로 표현했다. 색에 대한 열정 못지않게 눈길을 끄는 것이 붓놀림이다. 그는 유화물감을 두껍게 칠하는 임파스토 기법으로 사이프러스 나무를 표현했다. 붓 터치를 덧입힘으로써 생생한 질감을 부여했고, 구불거리는 선과 짧은 터치를 이용해 나무에 양감을 불어넣고 전경에 깊이를 더했다. 화면 전체를 휘감는 듯 소용돌이치는 터치에서 격정적인 내면의 흔들림과 무모할 정도로 뜨거운 열정이 느껴진다. 삶에 대한 정념이 온몸을 휩쓸고 지나가는 듯하다.

아를은 원숙한 고흐를 가능하게 해준 휴식처이기도 하지만 비극적인 사건의 시발점이 된 장소이기도 하다.

절친한 동료 화가였던 고갱과 아를에서 함께 지내던 고흐는 그와 심하게 다툰 후 집에 돌아와 자신의 왼쪽 귀를 자르는 충격적인 사건을 일으킨다. 이후 환각과 발작 증세가 더욱 심해져 정신병원에 입원한 그는 극심한 고통과 오래도록 싸우다가 1890년의 어느 여름, 자신의 가슴에 권총을 쏴 자살을 기도했다. 총상을 입은 채 사흘을 버티던 그는 오랜 후원자이자 지지자였던 동생 테오에게 "고통은 영원하다"라는 말을 남기고 숨을 거두었다.

고흐는 평생 가난과 고통 속에서 힘겹게 살다가 37세의 젊은 나이에 불운하게 삶을 마감했지만, 열정과 진심을 담은 그의 그림은 우리에게 여전히 깊고 진힌 감동을 선사하고 있다.

바람 앞에 가차 없이 흔들리며 쓰러질 듯 위태로운 사이프러스 나무는 갖은 풍파에 시달리는 인간의 삶과 매우 닮았다. 그러나 흔들리기만 할 뿐 결코 부러지지 않는 모습에서 힘든 고난을 버티며 살아가는 우리의 또 다른 모습을 발견한다.

지독한 고통 속에서도 끝까지 붓을 놓지 않았던 고흐가 열과 성을 다해 그린 사이프러스 나무는 그의 캔버스에서 쉼 없이 흔들리며 살아 꿈틀거린다. 흔들리기에 삶은 아름다운 것이라고 진지하고 조용하게 말을 건넨다.

기어이 흔들리며 살아야 하는 것, 그래서 생은 기적이고 감동이며 슬픔이다.

조지 프레더릭 워츠, 〈희망〉, 1886
캔버스에 유채, 142×112cm, 테이트 갤러리

가냘픈 희망의 끈일지라도

희뿌연 안개 속에 한 여인이 쓰러질 듯 앉아 있다. 미끄러질 듯한 지구에서 허리를 숙인 채 겨우 중심을 잡고 있는 모습이 아슬아슬하다. 야윈 몸과 때가 잔뜩 묻은 발, 그리고 여기저기 남아 있는 상처들이 삶의 고단함을 고스란히 보여준다. 게다가 눈은 하얀 천으로 가려 있어 앞이 전혀 보이지 않는다. 여인은 오직 자신의 손끝 감각과 소리에 귀 기울이며 수금을 연주할 뿐이다. 왼손으로 수금을 단단히 잡고 오른손으로 조심스럽게 현을 더듬는다. 그런데 간절한 여인의 마음과는 달리 겨우 한 가닥 남은 수금의 줄이 곧 끊어질 듯 위태롭다. 그 사실을 아는지 모르는지 여인은 더욱더 연주에 집중한다.

칠흑 같은 어둠, 뿌연 세상, 끝없는 두려움 속에서 홀로 사투를 벌이는 그녀의 상황은 매우 절망적이다. 붙들 것 없고 의지할 것 없고 기대할 것 없고 바라볼 것 없는 상황에서도 필사적으로 수금을 연주하려는 여인의 모습이 마음을 더 아프게 한다. 그런데 아이러니하게도 이 그림의 제목은 〈희망〉이다. 좌절이나 슬픔이라는 제목이 더 어울릴 그림에 화가는 희망이라는 이름을 붙여주었다.

영국 빅토리아 시대의 화가 조지 프레더릭 워츠George Frederick Watts, 1817~1904

는 절망 속에서 희망을 그려냈다. 그가 이 그림을 그린 19세기 말에는 세기말적인 비관주의가 성행하고 있었다. 산업혁명으로 인해 도시화가 급격하게 이루어지면서 인권유린이 대두되기 시작했고, 여러 가지 사건 사고들이 발생하며 사람들은 죽음에 대한 공포와 알 수 없는 불안감, 그리고 삶의 허망함에 물들어 갔다. 또 화가 개인으로서도 자신의 딸이 사망하는 비극적인 일을 겪으며 아픔의 시간을 보냈다.

따라서 당대 평론가들은 이 그림의 제목으로 '절망'이 더 적합하다고 조언했지만 워츠는 끝내 '희망'을 포기하지 않았다. 그는 "이 그림에서 희망은 남아 있는 한 줄의 현을 통해 흘러나올 수 있는 음악을 암시한다"며 "절망적인 상황에서도 결코 삶을 포기하지 않고 한 가닥 남은 희망에도 끝까지 살아가는 존재가 인간"이라고 보았다. 그의 이런 생각은 당시 여자 친구 퍼시 윈드햄에게 보낸 편지에도 드러난다.

"나는 두 눈이 가린 채 지구 위에 앉아, 모든 현이 끊어지고 하나의 현만이 남아 있는 수금으로, 가능한 한 많은 소리를 내도록 노력하고 작은 소리에 귀를 기울이는 그런 희망의 그림을 그리는 화가다."

화가란 이런 것이다. 사람들에게 희망을 주는 것이야말로 화가의 자질에 대한 가장 명백하고 견고한 보증이다. 그림이 삶을 변화시키지는 않지만 삶을 살고 싶게는 하는 것처럼 힘든 생에 맞서 그림의 답은 언제나 삶이다. 사람을 살고 싶게 하지 못한다면 아무리 유려한 그림도 소용이 없다. 그림이 완성되는 순간, 그 그림은 화가의 것이 아닌 우리 모두의 것이 되는 것처럼, 화가의 붓질이 멈춘 시점부터 희망을 그린 화가의 메시지는 세상으로 널리 퍼져나간다.

그의 이런 마음이 전해진 것일까. 이 그림은 많은 이들에게 희망이 되었다. 얼마 전 타계한 남아프리카공화국 최초의 흑인 대통령이자 인권운동가인 넬슨 만델라가 로벤섬 감옥에서 긴 옥고를 치를 때 어두운 감방 벽에 이 그림을 걸어두고 수없이 바라보았다는 일화는 유명하며, 앨리스 호손이라는 예명으로 더 유명한 미국의 작곡가 셉티머스 위너는 이 그림을 보고 감명 받아 〈희망의 속삭임〉이라는 노래를 만들었다. 그리고 오바마 미국 대통령은 자서전《버락 오바마 담대한 희망》에서 이 그림에 대해 "한 점의 그림을 통해 누구에게나 소망의 줄이 끊어질 때가 많다는 사실을 깨달았다"며 "마지막 순간까지 음악을 연주하려는 여인에게서 강력한 희망의 메시지를 보았다"고 강조했다.

한치 앞을 내다볼 수 없는 상황을 절박하게 묘사함으로써 '절망 안에서의 희망'을 전하고자 한 워츠의 그림처럼, 지금 우리에게 필요한 것은 희망이 가능하다는 믿음인지도 모른다. 최악의 상황에도 반드시 희망은 있다. 희망이라는 말이 있는 것은 희망이 존재하기 때문이 아니겠는가. 한 가닥 남은 가느다란 희망의 끈을 잡고 혼신을 다해 버티는 저 여인처럼, 가냘픈 희망의 끈일지라도 결코 놓아버리지 말기를, 비록 현의 소리가 미세하고 희미하게 들릴지라도 조금만 더 버텨주기를 바란다. 그것이 우리에게 남은 전부일지도 모르니.

희망의 끈을 놓아버리고 싶을 때 나는 그림 속 여인을 떠올린다. 그리고 이 말을 조용히 되뇐다.

"절대 두 손 들지 마라. 기적이 일어나기 2초 전일 수도 있다."

일상_ 그림처럼 머물고 싶은 날

빌헬름 함메르쇠이 Vilhelm Hammershøi

〈침실Bedroom〉, 1890, 캔버스에 유채oil on canvas, 73×58cm, 개인 소장품Private collection

에드워드 호퍼 Edward Hopper

〈오전11시Eleven a.m.〉, 1926, 캔버스에 유채oil on canvas, 71.3×91.6cm, 허시혼 뮤지엄과 조각정원Hirshhorn Museum and Sculpture Garden

프레드릭 차일드 하삼 Frederick Childe Hassam

〈소나타The Sonata〉, 1911, 캔버스에 유채oil on canvas, 69.6×69.6cm, 휴스턴미술관Museum of Fine Arts, Houston

존 슬론 John Sloan

〈지붕 위의 태양과 바람Sun and Wind on the Roof〉, 1915, 캔버스에 유채oil on canvas, 60.96×50.8cm, 마이어미술관Maier Museum of Art, United States

프레드릭 칼 프리스크 Frederick Carl Frieseke

〈화장하는 여자Before Her Appearance〉, 1913, 캔버스에 유채oil on canvas, 130.18×130.18cm, 큐머 뮤지엄 오브 아트 앤 가든Cummer Museum of Art and Gardens Jacksonville

빈센초 이로리 Vincenzo Irolli

〈창가에서At The Window〉, 캔버스에 유채oil on canvas, 68.2×68.2cm, 개인 소장품Private collection

안나 앵커 Anna Ancher

〈부엌에 있는 소녀Girl in Kitchen〉, 1883~1886, 캔버스에 유채oil on canvas, 87.7×68.5cm, 히르슈스프룽 컬렉션Hirschsprung Collection

안데르스 소른 Anders Zorn

〈목욕The Tub〉, 1888, 수채화와 팝 위에 구아슈Watercolour and gouache on pap, 198.12×121.92cm, 개인 소장품Private collection

에드가 드가 Edgar De Gas

〈미술관 방문Visit to a Museum〉, 1879~1880, 캔버스에 유채oil on canvas, 91.7×67.9cm, 보스턴미술관Museum of Fine Arts, Boston

조지 클라우 센 George Clausen

〈등불 옆에서의 독서Reading by Lamplight〉, 1909, 캔버스에 유채oil on canvas, 73.2×58.4cm, 리즈갤러리Leeds Museums and Galleries

관계_ 우리는 결코 혼자가 아니다

파울 피셰르Paul Gustave Fischer
〈걷다Walk〉, 1907, 패널에 유채Oil on panel, 40.3×31cm, 개인 소장품private collection

에드먼드 타벨Edmund Charles Tarbell
〈푸른 베일The Blue Veil〉, 1899, 캔버스에 유채oil on canvas, 73.7×61cm, 미국 캘리포니아주 샌프란시스코 파인 아트 뮤지엄Fine Arts Museums of San Francisco California USA

존 싱어 사전트John Singer Sargent
〈카네이션, 백합, 백합, 장미Carnation, Lily, Lily, Rose〉, 1885~1886, 캔버스에 유채oil on canvas, 153.67×173.99cm, 테이트 브리튼 갤러리Tate Britain Gallery

마르크 샤갈Marc Chagall
〈에펠탑의 신랑 신부Les maries de la Tour Eiffel〉, 1938, 캔버스에 유채oil on canvas, 150×136.5cm, 조르주 퐁피두 센터Centre Georges Pompidou

클로드 모네Claude Monet
〈산책Woman with a Parasol〉, 1875, 캔버스에 유채oil on canvas, 100×81cm, 워싱턴국립미술관National Gallery of Art

메리 카샛Mary Cassatt
〈아이의 목욕The Child's Bath〉, 1891~1892, 캔버스에 유채oil on canvas, 100.3×66cm, 시카고 아트 인스티튜트The Art Institute of Chicago

귀스타브 카유보트Gustave Caillebotte
〈작업복 입은 사내Man in a Smock〉, 1884, 캔버스에 유채oil on canvas, 65×54cm, 개인 소장품Private collection

르네 마그리트René Magritte
〈백지위임장Le blanc-seing〉, 1965, 캔버스에 유채oil on canvas, 81×65cm, 워싱턴 내셔널 갤러리Washington National Gallery

알렉세이 알렉세이비치 하를라모프Alexei Alexeivich Harlamoff
〈핑크 보닛The Pink Bonnet〉, 캔버스에 유채oil on canvas, 55.5×44.4cm, 개인 소장품private collection

헬렌 터너Helen Maria Turner
〈아침뉴스Morning News〉, 1915, 캔버스에 유채oil on canvas, 45.08×37.47cm, 저지 시티 박물관Jersey City Museum

여행_ 나를 찾으려 길 위에 서다

토마스 윌머 듀잉 Thomas Wilmer Dewing
〈여름Summer〉, 1893, 캔버스에 유채oil on canvas, 128.3×82.6cm, 디트로이트미술관Detroit Institute of Arts, USA

프란츠 리차드 운츠버거 Franz Richard Unterberger
〈베네치아 대운하The Grand Canal, Venice〉, 패널에 유채Oil on panel, 46.7×34.6cm, 개인 소장품Private Collection

마티아스 알텐 Mathias J. Alten
〈비Rain〉, 1921, 캔버스에 유채oil on canvas, 91.44×91.44cm, 그랜드래피즈 아트 뮤지엄Grand Rapids Art Museum

피에르 오귀스트 르누아르 Pierre Auguste Renoir
〈한 잔의 차The Cup of Tea〉, 1906~1907, 캔버스에 유채oil on canvas, 개인 소장품Private Collection

윈슬로 호머 Winslow Homer
〈여름밤summer night〉, 캔버스에 유채oil on canvas, 76.7×102cm, 1890, 오르세미술관Musee d'Orsay

찰스 커트니 커란 Charles Courtney Curran
〈햇빛이 드는 골짜기Sunlit Valley〉, 1920, 캔버스에 유채oil on canvas, 76.2×50.8cm, 개인 소장품Private collection

필립 윌슨 스티어 Philip Wilson Steer
〈다리The Bridge〉, 1887, 캔버스에 유채oil on canvas, 49.5×65.5cm, 테이트 갤러리Tate Gallery

윌리엄 메릿 체이스 William Merritt Chase
〈브루클린 네이비 야드In the Brooklyn Navy Yard〉, 1887, 개인 소장품Public collection

에두아르 마네 Edouard Manet
〈스왈로스The Swallows〉, 1873, 캔버스에 유채oil on canvas, 취리히 뷰레 컬렉션The E. G. Buhrle Collection, Zurich, Switzerland

에드워드 호퍼 Edward Hopper
〈293호 열차 C칸Compartment C, Car 293〉, 1938, 캔버스에 유채oil on canvas, 45×50cm, IBM사 뉴욕주 아몬크IBM Corporation, Armonk, New York

삶_ 그래도 삶은 계속 된다

허버트 제임스 드레이퍼Herbert James Draper

〈포푸리Pot Pourri〉, 1897, 캔버스에 유채oil on canvas, 51×68.5cm, 테이트 갤러리Tate Gallery

존 라베리 경Sir John Lavery

〈화실in the studio〉, 1890, 캔버스에 유채oil on canvas, 54×38.5cm, 매클레인 뮤지엄과 아트갤러리McLean Museum and Art Gallery, Greenock

존 앳킨슨 그림쇼John Atkinson Grimshaw

〈폰트프랙트 근처의 스테이플턴 공원Stapleton Park near Pontefract〉, 1877, 패널에 유채Oil on panel, 43.5× 28cm, 개인 소장품Private Collection

로버트 루이스 리드Robert Lewis Reid

〈하늘을 향해Against the Sky〉, 1911, 캔버스에 유채oil on canvas, 82×66cm, 브리검영대학교 미술관 오브 아트Brigham Young University Museum of Art

아서 해커Arthur Hacker

〈갇혀버린 봄Imprisoned Spring〉, 1911, 캔버스에 유채oil on canvas, 92.0×71.5cm

프리다 칼로Frida Kahlo

〈부서진 척추The Broken Column〉, 1944, 메이소나이트에 유채Oil on masonite, 30.5×40cm, 멕시코시티 돌로레스 올메도 재단Dolores Olmedo Foundation, Mexico City

윌리엄 메릿 체이스William Merritt Chase

〈거울The Mirror〉, 1900, 캔버스에 유채oil on canvas, 91.4×73.7cm, 신시내티 아트 뮤지엄Cincinnati Art Museum

구스타프 클림트Gustav Klimt

〈죽음과 삶Death and Life〉, 1910, 캔버스에 유채oil on canvas, 178×198cm, 레오폴드 뮤지엄Leopold Museum

수잔 발라동Suzanne Valadon

〈버려진 인형The Abandoned Doll〉, 1921, 캔버스에 유채oil on canvas, 129.5×81.3cm, 워싱턴 내셔널 여성미술관Washington National Museum of Women in the Arts

빈센트 반 고흐Vincent van Gogh

〈두 여인과 사이프러스 나무Cypresses with Two Women〉, 1889, 캔버스에 유채oil on canvas, 92×73cm, 크뢸러 뮐러미술관Rijksmuseum Kroller-Muller, Otterlo, Netherlands

에필로그

조지 프레더릭 워츠George Frederick Watts

〈희망Hope〉, 1886, 캔버스에 유채oil on canvas, 142×112cm, 테이트 갤러리Tate Gallery

나를 위로하는 그림

1판 1쇄 발행 2015년 4월 27일 | 1판 9쇄 발행 2018년 11월 15일
지은이 우지현 | 펴낸이 이희철 | 기획 출판기획전문 (주)엔터스코리아 | 편집 조일동 | 마케팅 임종호 | 펴낸곳 책이있는풍경
등록 제313-2004-00243호(2004년 10월 19일) | 주소 서울시 마포구 월드컵로31길 62 1층
전화 02-394-7830(대) | 팩스 02-394-7832 | 이메일 chekpoong@naver.com | 홈페이지 www.chaekpung.com
ISBN 978-89-93616-46-0 03810

· 값은 뒤표지에 표기되어 있습니다.
· 잘못된 책은 바꾸어 드립니다.

이 도서의 국립중앙도서관 출판시도서목록(CIP)은 서지정보유통지원시스템 홈페이지(http://seoji.nl.go.kr)와 국가자료공
동목록시스템(http://www.nl.go.kr/kolisnet)에서 이용하실 수 있습니다.(CIP제어번호: CIP2015010379)